O CASO
DA PRINCESA
DA BAVIERA

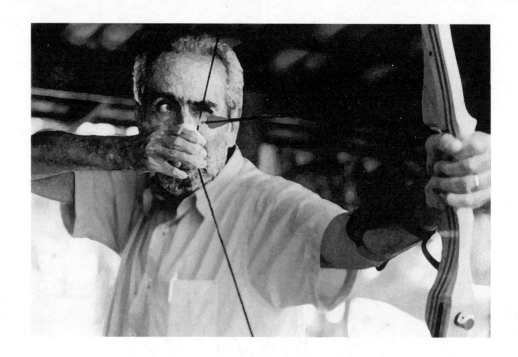

O Arqueiro

GERALDO JORDÃO PEREIRA (1938-2008) começou sua carreira aos 17 anos, quando foi trabalhar com seu pai, o célebre editor José Olympio, publicando obras marcantes como *O menino do dedo verde*, de Maurice Druon, e *Minha vida*, de Charles Chaplin.

Em 1976, fundou a Editora Salamandra com o propósito de formar uma nova geração de leitores e acabou criando um dos catálogos infantis mais premiados do Brasil. Em 1992, fugindo de sua linha editorial, lançou *Muitas vidas, muitos mestres*, de Brian Weiss, livro que deu origem à Editora Sextante.

Fã de histórias de suspense, Geraldo descobriu *O Código Da Vinci* antes mesmo de ele ser lançado nos Estados Unidos. A aposta em ficção, que não era o foco da Sextante, foi certeira: o título se transformou em um dos maiores fenômenos editoriais de todos os tempos.

Mas não foi só aos livros que se dedicou. Com seu desejo de ajudar o próximo, Geraldo desenvolveu diversos projetos sociais que se tornaram sua grande paixão.

Com a missão de publicar histórias empolgantes, tornar os livros cada vez mais acessíveis e despertar o amor pela leitura, a Editora Arqueiro é uma homenagem a esta figura extraordinária, capaz de enxergar mais além, mirar nas coisas verdadeiramente importantes e não perder o idealismo e a esperança diante dos desafios e contratempos da vida.

Rhys Bowen

O caso da princesa da Baviera

Mais um mistério da Espiã da Realeza

Título original: *A Royal Pain*

Copyright © 2008 por Janet Quin-Harkin
Copyright da tradução © 2022 por Editora Arqueiro Ltda.

Todos os direitos reservados. Nenhuma parte deste livro pode ser utilizada ou reproduzida sob quaisquer meios existentes sem autorização por escrito dos editores.

tradução: Cláudia Mello

preparo de originais: Dafne Skarbek

revisão: Carolina Rodrigues e Taís Monteiro

diagramação: Natali Nabekura

capa: Rita Frangie

imagem de capa: Joe Burleson

adaptação de capa: Gustavo Cardozo

impressão e acabamento: Lis Gráfica e Editora Ltda.

CIP-BRASIL. CATALOGAÇÃO NA PUBLICAÇÃO
SINDICATO NACIONAL DOS EDITORES DE LIVROS, RJ

B782c

Bowen, Rhys
O caso da princesa da Baviera / Rhys Bowen ; tradução Cláudia Mello. - 1. ed. - São Paulo : Arqueiro, 2022.
288 p. ; 23 cm. (A espiã da realeza ; 2)

Tradução de: A royal pain
Sequência de: A espiã da realeza
Continua com: A caçada real
ISBN 978-65-5565-309-0

1. Ficção inglesa I. Mello, Cláudia. II. Título. III. Série.

22-77105

CDD: 823
CDU: 82-3(410)

Gabriela Faray Ferreira Lopes - Bibliotecária - CRB-7/6643

Todos os direitos reservados, no Brasil, por
Editora Arqueiro Ltda.
Rua Funchal, 538 – conjuntos 52 e 54 – Vila Olímpia
04551-060 – São Paulo – SP
Tel.: (11) 3868-4492 – Fax: (11) 3862-5818
E-mail: atendimento@editoraarqueiro.com.br
www.editoraarqueiro.com.br

Este livro é dedicado às minhas três princesas:
Elizabeth, Meghan e Mary; e aos meus príncipes: Sam e T. J.

Notas e agradecimentos

ESTA É UMA OBRA DE FICÇÃO. EMBORA alguns membros da família real britânica apareçam como eles próprios no livro, nunca existiu uma princesa Hannelore da Baviera nem uma lady Georgiana.

Alguns apontamentos históricos: naquela época, a Europa estava no meio do caos, com comunistas e fascistas disputando o controle da Alemanha, falida e desalentada depois da Primeira Guerra Mundial. Na Inglaterra, o comunismo avançava entre as classes trabalhadoras e os intelectuais de esquerda. No outro extremo, Oswald Mosley liderava um grupo de extremistas de direita chamados Camisas Negras. Conflitos e batalhas sangrentas entre os dois lados eram frequentes em Londres.

Um agradecimento especial às Srtas. Hedley, Jensen, Reagan e Danika, de Sonoma, Califórnia, pela participação neste livro.

E obrigada, como sempre, ao meu esplêndido grupo de apoio em casa: Clare, Jane e John; e ao meu igualmente esplêndido grupo de apoio em Nova York: Meg, Kelly, Jackie e Catherine.

Um

Rannoch House
Belgrave Square, Londres
Segunda-feira, 6 de junho de 1932

O DESPERTADOR ME ACORDOU hoje no ingrato horário das oito da manhã. Um dos ditados preferidos da minha babá era "Cedo na cama, cedo no batente faz o homem saudável, próspero e inteligente". Meu pai fazia as duas coisas e veja só no que deu. Morreu aos 49 anos, sem um tostão.

Na minha experiência, só existem dois bons motivos para acordar junto com as galinhas: ir caçar ou pegar o Flying Scotsman, o trem de Edimburgo a Londres. Eu não pretendia fazer nenhum dos dois. Não era época de caça e eu já estava em Londres.

Alcancei o alarme na mesinha de cabeceira e bati nele até silenciá-lo.

– Circular da corte, 6 de junho – anunciei para uma audiência inexistente enquanto me levantava e abria as pesadas cortinas de veludo. – Lady Georgiana Rannoch embarca em mais um agitado dia de turbilhão social. Almoço no Savoy, chá no Ritz, uma visita ao ateliê de Scapparelli para experimentar seu mais novo vestido de baile, depois jantar e dança no Dorchester. Ou nenhuma das alternativas anteriores – acrescentei.

Para ser sincera, fazia muito tempo que eu não tinha nenhum evento na agenda, e minha vida social nunca foi nenhum turbilhão. Quase 22 anos e nenhum convite em cima da lareira. Ocorreu-me o terrível pensamento de que eu deveria aceitar que tinha dobrado o cabo da Boa Esperança e estava destinada a ser uma solteirona pelo resto da vida. Talvez minha única expectativa fosse a sugestão de Sua Majestade de me tornar dama de companhia da única filha sobrevivente da rainha Vitória, que é minha tia-avó e mora nos confins de Gloucestershire. Longos anos passeando com pequineses e segurando lã para tricô dançaram diante dos meus olhos.

Acho melhor me apresentar antes de prosseguir: meu nome é Victoria Georgiana Charlotte Eugenie de Glen Garry e Rannoch, Georgie para os íntimos. Sou da casa de Windsor, prima em segundo grau do rei Jorge V, trigésima quarta na linha de sucessão ao trono e, neste momento, completamente falida.

Ah, espere! Tinha outra opção: me casar com o príncipe Siegfried da Romênia, da linhagem Hohenzollern-Sigmaringen – que apelidei em segredo de Cara de Peixe. Esse assunto não tinha surgido nos últimos tempos, graças a Deus. Talvez outras pessoas também tivessem descoberto que ele tem predileção por homens.

Era evidente que seria um daqueles dias de verão inglês que inspiram passeios embaixo de árvores, piqueniques na campina com morangos e creme, croqué e chá no gramado. Até no centro de Londres os pássaros cantavam como loucos. O sol brilhava nas janelas do outro lado da praça. Uma leve brisa agitava as cortinas de voile. O carteiro assobiava enquanto contornava a praça. E quais eram os meus planos?

– Ah, meu Deus! – exclamei quando de repente me lembrei do motivo de o despertador ter tocado, e comecei a me mexer.

Eu era aguardada em uma residência na Park Lane. Fiz minha higiene matinal, me vesti com alinho e desci para preparar chá e torradas. É visível a aptidão que desenvolvi para as tarefas domésticas em apenas dois meses. Quando fugi do nosso castelo na Escócia, em abril, eu não sabia nem ferver água. Agora consigo fazer feijão enlatado e ovos cozidos. Pela primeira vez na vida eu estava vivendo sem criados, pois não tinha como arcar com a despesa. Meu irmão, o duque de Glen Garry e Rannoch, conhecido como Binky, tinha prometido me enviar uma criada da nossa propriedade na Escócia, mas até agora nenhuma havia se materializado. Acho que nenhuma mãe escocesa presbiteriana e temente a Deus deixaria a filha solta no covil de iniquidade que Londres parece ser. Quanto a me dar dinheiro para eu contratar uma criada daqui... bem, Binky está tão falido quanto eu. Caso você não saiba, quando nosso pai se matou com um tiro depois da quebra da bolsa em 1929, Binky herdou a propriedade e ficou sobrecarregado com os mais horrendos impostos sobre a herança.

Então, até agora estou me mantendo sem criados e, sinceramente, estou muito orgulhosa de mim mesma. A chaleira ferveu. Fiz meu chá, espalhei geleia de laranja da Cooper's na torrada (sim, eu sei que deveria estar economizando, mas há limites para o que se pode suportar) e limpei depressa as migalhas enquanto vestia o casaco. Ia fazer muito calor para usar qualquer tipo de agasalho, mas eu não podia correr o risco de que alguém visse o que eu estava vestindo enquanto caminhava por Belgravia – o território da nata da alta sociedade de Londres logo ao sul do Hyde Park, onde ficava a nossa casa.

Um motorista que esperava ao lado de um Rolls Royce prontamente me saudou quando passei. Eu me embrulhei melhor no casaco. Atravessei a Belgrave Square, subi a Grosvenor Crescent e parei para olhar por um bom tempo a extensão frondosa do Hyde Park antes de enfrentar o tráfego na Hyde Park Corner. Ouvi o barulho de cascos e um casal de cavaleiros surgiu da Rotten Row. A garota cavalgava um esplêndido cavalo cinza e estava vestida com elegância, usando um chapéu-coco preto e uma jaqueta de couro bem cortada. As botas brilhavam de tão engraxadas. Olhei para ela com inveja. Se eu tivesse ficado em casa na Escócia, poderia estar fazendo a mesma coisa que ela. Meu irmão e eu costumávamos cavalgar todo dia de manhã. Será que minha cunhada, Fig, estaria montando e estragando a boca do meu cavalo? Ela puxava as rédeas com força demais e pesava muito mais do que eu. Notei outras pessoas paradas na esquina. Não eram homens muito bem vestidos. Carregavam cartazes e placas--sanduíche que diziam: *Preciso de emprego. Trabalho por comida. Faço trabalho pesado.*

Eu tinha crescido protegida das duras realidades do mundo. Agora, me deparava com elas todos os dias. Estávamos passando por uma depressão, e as pessoas faziam fila para receber pão e sopa. Um dos homens parados embaixo do Arco de Wellington tinha uma aparência distinta, com sapatos bem engraxados, casaco e gravata. Até usava medalhas. *Ferido no Somme. Aceito qualquer emprego.* Dava para ver no rosto dele o desespero e a aversão por ter que fazer aquilo, e eu desejei ter dinheiro para contratá-lo na mesma hora. Mas, no fundo, eu estava no mesmo barco que a maioria deles.

Um policial apitou, o tráfego parou e eu atravessei a rua até a Park Avenue. O número 59 era bem modesto para os padrões da Park Lane – uma típica e elegante casa georgiana de tijolos vermelhos com detalhes brancos, degraus que levavam à porta da frente e grades ao redor do fosso que abrigava os aposentos dos serviçais, sob as escadas. Não era muito diferente da Rannoch House, embora nossa casa em Londres fosse bem maior e mais imponente. Em vez de subir até a entrada, desci com cuidado os degraus escuros até a área dos criados e peguei a chave debaixo de um vaso de flores. Entrei em um corredor apavorante e escuro, onde pairava um cheiro de repolho.

Pronto, agora você sabe o meu terrível segredo. Tenho ganhado dinheiro limpando casas. Meu anúncio no *Times* me apresenta como Limpeza Real, uma empresa que conta com a recomendação de lady Georgiana de Glen Garry e Rannoch. Não faço uma limpeza realmente pesada. Nada de esfregar pisos ou, Deus me livre, vasos sanitários. Eu não saberia nem por onde começar. Minha função é abrir as casas de Londres para aqueles que estão em suas propriedades no campo e não querem ter a despesa e o incômodo de enviar os serviçais na frente com a incumbência de sacudir os lençóis que cobrem os móveis, fazer as camas, varrer e tirar o pó. Isso é o que eu consigo fazer sem quebrar nada com muita frequência – outra coisa que você precisa saber sobre mim é que tenho uma tendência a ser estabanada de vez em quando.

É um trabalho muitas vezes repleto de perigos. As casas que atendo pertencem a pessoas do meu meio social. Eu morreria de vergonha se topasse com uma colega debutante ou, pior ainda, com um parceiro de dança enquanto estivesse de joelhos e com uma touca branca na cabeça. Até agora, só a minha melhor amiga, Belinda Warburton-Stoke, e um patife não confiável chamado Darcy O'Mara sabem o meu segredo. E, quanto menos falarmos desse sujeito, melhor.

Até começar esse trabalho, eu nunca tinha pensado muito em como as pessoas comuns vivem. Minhas recordações de descer a escada até os serviçais se limitavam a grandes cozinhas aquecidas com cheirinho de comida saindo do forno e de me deixarem ajudar a esticar a massa e lamber a colher. Encontrei o armário de limpeza e peguei um balde e panos, um espanador e uma vassoura. Graças a Deus, era verão e não haveria necessidade de acender as lareiras dos quartos. Carregar carvão por três lances de escada não era minha tarefa preferida, nem me aventurar no depósito de carvão para encher os baldes como meu avô tinha me ensinado. Meu avô? Ah, desculpe. Acho que ainda não falei dele. Meu pai era primo do rei Jorge e neto da rainha Vitória, mas minha mãe era uma atriz de Essex. O pai dela ainda mora lá, em uma casinha com anões de jardim. É um policial aposentado e um verdadeiro nativo do leste de Londres. Eu o adoro. É a única pessoa a quem posso contar tudo.

No último segundo, eu me lembrei de pegar a touca de criada no bolso do casaco e cobrir o meu cabelo rebelde. As criadas nunca são vistas sem touca. Empurrei a porta revestida de feltro que levava à parte principal da casa e me deparei com várias bagagens empilhadas, que desabaram na mesma hora, com um estrondo. Quem achou que seria uma boa ideia apoiar bagagens na porta dos aposentos dos serviçais? Antes que eu conseguisse recolher as malas, ouvi um grito, e uma velha senhora vestida de preto da cabeça aos pés surgiu pela porta mais próxima, acenando com um bastão para mim. Ela ainda usava um chapéu antiquado amarrado sob o queixo e uma capa de viagem. Tive um pensamento terrível de que talvez eu tivesse me confundido ou anotado o número incorreto e estivesse na casa errada.

– O que está acontecendo? – perguntou ela em francês. Olhou para a minha roupa. – *Vous êtes la bonne?*

Perguntar "Você é a criada?" em francês era um jeito bem estranho de cumprimentar uma serviçal em Londres, onde a maioria delas mal sabe falar inglês direito. Felizmente, eu havia sido educada na Suíça e meu francês é muito bom. Respondi que eu era, sim, a criada, enviada pela empresa de serviços domésticos para abrir a casa, e que tinham me informado que os ocupantes só chegariam no dia seguinte.

– Chegamos mais cedo – disse ela, ainda em francês. – Jean-Claude nos levou de Biarritz a Paris de automóvel e pegamos o trem noturno.

– Jean-Claude é o motorista? – perguntei.

– Jean-Claude é o marquês de Chambourie – disse ela. – Ele também é piloto de corridas. Fizemos a viagem até Paris em seis horas. – Então ela percebeu que estava conversando com uma criada. – Como é que você fala um francês tão razoável para uma britânica? – perguntou.

Fiquei tentada a dizer que o meu francês era muito bom, obrigada, mas em vez disso balbuciei alguma coisa sobre viajar com a família para Côte D'Azur.

– Confraternizando com marinheiros franceses, era de se esperar – murmurou ela.

– E a senhora é a governanta da madame? – perguntei.

– Eu, minha cara, sou a viúva condessa Sophia de Liechtenstein – disse ela.

E, caso você esteja se perguntando por que uma condessa de um país de língua alemã estava falando comigo em francês, devo salientar que as damas bem-nascidas da geração dela costumavam falar francês, qualquer que fosse sua língua materna.

– Minha criada está tentando preparar um quarto para mim – continuou ela, com um aceno de mão para o alto da escada. – Minha governanta e o resto da equipe vão chegar amanhã de trem, conforme planejado. Jean-Claude dirige um automóvel de apenas dois lugares. Minha criada teve que se empoleirar em cima da bagagem. Acredito que tenha sido muito desagradável para ela. – A condessa parou e me olhou aborrecida. – E é muito desagradável para mim não ter onde me sentar aqui.

Eu não sabia muito bem qual era o protocolo da corte de Liechtenstein e como deveria me dirigir a uma viúva condessa daquela terra, mas aprendi que, em caso de dúvida, era melhor exagerar.

– Sinto muito, Vossa Graça, mas me disseram para vir hoje. Se eu soubesse que a senhora tinha um parente que era piloto de corrida, teria preparado a casa ontem. – Tentei esconder a ironia ao dizer isso.

Ela franziu a testa para mim, tentando verificar se eu estava sendo atrevida ou não, imagino.

– Humpf. – Isso foi tudo o que ela conseguiu emitir.

– Vou tirar os lençóis de uma poltrona confortável para Vossa Graça – falei, entrando em uma grande sala de estar escura. Puxei o lençol de uma poltrona, levantando uma nuvem de poeira. – Depois, vou preparar seu quarto antes dos outros. Tenho certeza que a viagem foi cansativa e que a senhora quer descansar.

– O que eu quero é um belo banho quente – disse ela.

Ah, pode ser que isso seja um probleminha, pensei. Eu tinha visto meu avô acendendo a caldeira na Rannoch House, mas ainda não tinha feito esse serviço com minhas próprias mãos. Talvez a criada da condessa fosse mais familiarizada com essas coisas.

Alguém teria que ser. Fiquei pensando como dizer "Caldeiras não estão incluídas no meu contrato" em francês.

– Vou ver o que pode ser feito – falei, fazendo uma reverência antes de sair da sala.

Peguei meu material de limpeza e subi a escada.

A criada parecia tão velha e mal-humorada quanto a condessa, o que era compreensível, já que passara toda a viagem de Biarritz até ali empoleirada em cima da bagagem. Ela havia escolhido o melhor quarto, na frente da casa, com vista para o Hyde Park, e já tinha aberto as janelas e retirado os lençóis de cima dos móveis. Tentei falar com ela em francês, depois em inglês, mas parecia que ela só falava alemão. Meu alemão se limitava a "Eu gostaria de uma taça de vinho quente" e "Onde fica o teleférico?", então gesticulei para avisar que ia fazer a cama. Ela pareceu em dúvida. Encontramos lençóis e fizemos o trabalho juntas. Foi uma sorte, pois ela era muito meticulosa para dobrar os cantos de um jeito específico. Ela também arrebanhou quase uma dúzia de cobertores e edredons de outros quartos no mesmo andar, pois, pelo jeito, a condessa sentia muito frio na Inglaterra. Foi o que deu para entender.

Depois de pronta, a cama parecia digna de uma rainha.

Após limpar o pó e varrer o chão sob o olhar crítico da criada, levei-a ao banheiro e abri as torneiras.

– *Heiss Bad für...* condessa – falei, esticando meu alemão até o limite.

Por milagre, ouvimos um barulho alto e a água quente começou a sair de um daqueles pequenos dispositivos de gêiser sobre a banheira. Eu me senti uma maga e desci a escada triunfante para dizer à condessa que o quarto estava pronto e que ela poderia tomar banho quando desejasse.

Ao chegar no último lance de degraus, ouvi vozes na sala de estar. Eu não tinha percebido que havia mais uma pessoa na casa. Hesitei na escada. Nesse momento, ouvi uma voz de homem falando em um inglês com sotaque carregado:

– Não se aflija, tia. Vou ajudá-la. Eu carrego sua bagagem até o quarto se a senhora achar que é demais para sua criada. Se bem que eu não entendo por que a senhora traz uma criada que não consegue fazer nem as tarefas mais simples. A culpa por tornar a própria vida desconfortável é toda sua.

E um jovem surgiu, vindo da sala. Era magro e pálido, com um porte ultraempertigado. O cabelo era loiro quase branco, todo penteado para trás, o que lhe dava uma aparência fantasmagórica de caveira – Hamlet encarnado. O rosto tinha uma expressão extremamente arrogante, como se ele estivesse sentindo um cheiro desagradável, e os grandes lábios caídos se franziam quando ele falava. Eu o reconheci no mesmo instante, é claro. Era ninguém menos que o príncipe Siegfried, mais conhecido como Cara de Peixe, o homem com quem todos esperavam que eu me casasse.

Dois

Levei um instante para reagir. Fiquei plantada no lugar, apavorada, e não conseguia fazer o corpo obedecer à ordem do cérebro para correr. Siegfried se abaixou e pegou uma caixa de chapéu e uma mala de trem ridiculamente pequena e começou a subir a escada. Suponho que, se eu fosse capaz de raciocinar direito na hora, poderia cair de joelhos e fingir que estava limpando o chão. Os aristocratas não prestam atenção nos criados. Mas vê-lo me deixou tão atordoada que fiz o que minha mãe fez tantas vezes, com tanto sucesso, com tantos homens: me virei e fugi.

Subi correndo o segundo lance de degraus enquanto Siegfried subia o primeiro com uma agilidade extraordinária. *Para o quarto da condessa, não.* Pelo menos esse grau de coerência eu consegui ter. Abri uma porta no final daquele andar e entrei correndo, fechando-a sem fazer barulho. Era um quarto de fundos, onde tínhamos pegado os cobertores extras.

Ouvi os passos de Siegfried no mesmo andar.

– Este é o quarto que ela escolheu? – eu o ouvi dizer. – Não, não, este não vai dar certo de jeito nenhum. Barulhento demais. Ela vai ficar acordada a noite toda por causa do trânsito.

E, para meu pavor, ouvi passos vindo na direção do quarto em que eu estava. Olhei ao redor. Não havia nenhum guarda-roupa, só uma cômoda alta. Tínhamos tirado os lençóis que cobriam o móvel e a cama. Não havia nenhum lugar onde me esconder.

Ouvi uma porta próxima se abrir.

– Não, não. Absurdamente feio – disse ele.

Corri até a janela e a abri. Era uma longa queda até o pequeno jardim, mas ao lado havia uma calha e uma árvore pequena ao alcance, cerca de três metros para baixo. Não esperei nem mais um segundo. Dei um impulso para fora e me agarrei à calha. Parecia bem resistente, e comecei a descer. Agradeço a Deus pela minha educação na escola de etiqueta na Suíça. A única coisa que aprendi a fazer, além de falar francês e saber o lugar de um bispo à mesa de jantar, foi descer por calhas para ir encontrar instrutores de esqui na taberna local.

O uniforme de criada era apertado e nada prático. As saias pesadas se enrolaram nas minhas pernas enquanto eu tentava deslizar pela calha. Pensei ter ouvido alguma coisa se rasgar ao tentar buscar um apoio para o pé. Ouvi a voz de Siegfried em alto e bom som no quarto acima.

– *Mein Gott*, não, não, não. Este lugar é uma calamidade. Uma calamidade, tia! Você alugou uma calamidade, e não tem nem um jardim!

Ouvi a voz se aproximar da janela. Acho que já falei da minha falta de jeito em momentos de estresse. De alguma forma, minhas mãos escorregaram da calha e eu caí. Senti galhos arranhando meu rosto enquanto desabava na árvore e dei um berro. Segurei o galho mais próximo e me agarrei a ele para salvar a minha vida. A árvore toda balançava de forma alarmante, mas eu estava segura no meio das folhas. Esperei até a voz desaparecer, depois desci até o chão, saí correndo pelo portão lateral, peguei meu casaco no saguão dos criados e fugi. Eu teria que telefonar para a condessa e dizer que, infelizmente, a jovem criada que eu havia enviado à casa dela tinha adoecido de repente. Ao que parecia, ela havia desenvolvido uma reação violenta à poeira.

Eu tinha andado apenas alguns metros pela Park Lane quando alguém chamou meu nome. Por um instante terrível, pensei que Siegfried pudesse ter olhado pela janela e me reconhecido, mas me ocorreu que ele não me chamaria de Georgie. Só os meus amigos me chamam assim.

Eu me virei. Lá estava a minha melhor amiga, Belinda Warburton-Stoke, correndo de braços abertos na minha direção. Ela era uma visão lindíssima em seda turquesa, com debrum em rosa-choque e mangas que esvoaçavam à brisa enquanto ela avançava, dando a impressão de que voava. O conjunto era arrematado por um chapeuzinho de penas cor-de-rosa, empoleirado de maneira travessa sobre um dos olhos.

– Querida, é você mesmo! – disse ela, me abraçando e me envolvendo em uma nuvem de perfume francês caro. – Faz séculos que não nos vemos. Estava morrendo de saudade!

Belinda é totalmente diferente de mim em todos os aspectos. Eu sou alta, com cabelo louro-avermelhado e sardas. Ela é baixinha, com cabelo escuro e grandes olhos castanhos, sofisticada, elegante e muito marota. Eu não devia ficar feliz em vê-la, mas fiquei.

– Não fui eu que fui passear no Mediterrâneo.

– Minha querida, se você fosse convidada para passar duas semanas em um iate e o dono do iate fosse um francês divino, você recusaria?

– Provavelmente não – respondi. – Foi tão divino quanto você esperava?

– Divino, mas estranho – disse ela. – Eu achei que ele tinha me convidado porque gostasse de mim, entendeu? E, como ele é incrivelmente rico e ainda por cima é duque, pensei que eu podia ganhar alguma coisa. E você tem que admitir que os franceses são amantes incríveis! Tão libertinos e, ao mesmo tempo, tão românticos. Bom, acabou que ele convidou não só a esposa, mas a amante também e, zelosamente, se revezou entre as cabines em noites alternadas. Fui deixada de lado e fiquei jogando buraco com a filha dele de 12 anos.

Dei uma risadinha.

– E flertando com os marinheiros?

– Minha querida, os marinheiros tinham mais de 40 anos e eram barrigudos. Não tinha nenhum bonitão rústico entre eles. Voltei desesperada por sexo e descobri que todos os homens desejáveis tinham fugido de Londres para o campo ou para o continente. Portanto, esse encontro com você é um raio de sol na minha vida tão sombria. Mas, querida Georgie – ela agora estava me encarando –, o que você tem feito?

– O que parece que eu tenho feito?

– Lutado contra um leão na selva? – Ela me observou desconfiada. – Querida, você está com um arranhão horroroso em uma bochecha, uma mancha na outra e o cabelo cheio de folhas. Ou foi uma rolada selvagem no feno do parque? Me conte, estou louca de curiosidade e vou ficar ainda mais louca de inveja se for a última alternativa.

– Tive que sair correndo de um homem – expliquei.

– O desgraçado tentou te atacar? Em plena luz do dia?

Comecei a rir.

– Nada do tipo. Eu estava ganhando meu dinheirinho como sempre, preparando uma casa para pessoas que iam chegar do continente, mas os novos ocupantes apareceram um dia antes e um deles era ninguém menos que o pavoroso príncipe Siegfried.

– O Cara de Peixe? Que horror! O que ele disse quando viu você vestida de criada? E, mais importante, o que você disse a ele?

– Ele não me viu – respondi. – Eu fugi e tive que descer por uma janela do andar de cima. Foi ótimo ter tanta experiência com as calhas em Les Oiseaux. E foi assim que consegui os arranhões e as folhas no cabelo. Eu caí em uma árvore. Resumindo, uma manhã muito difícil.

– Minha pobre e querida Georgie… que provação! Venha cá. – Ela tirou as folhas do meu cabelo, pegou um lenço de renda na bolsa e limpou a minha bochecha. Uma onda de Chanel flutuou ao meu redor. – Está um pouco melhor, mas você precisa se animar. Já sei, vamos almoçar em algum lugar. Pode escolher.

Eu queria muito almoçar com Belinda, mas não tinha nem um centavo.

– Tem umas cafeterias simpáticas na Oxford Street. Ou podemos ir a algum café numa loja de departamentos qualquer – sugeri. – Elas servem almoços para mulheres, não servem?

Belinda deu a impressão de que eu tinha sugerido comer enguias gelatinosas na Old Kent Road.

– Uma loja de departamentos? Querida, essas coisas são para idosas cheirando a naftalina e donas de casa dos arredores de Coulsden, mulherzinhas que o maridão deixou ir à cidade para um dia de compras. Pessoas como você e eu causaríamos muito rebuliço se entrássemos num lugar desses; pareceríamos dois pavões entrando no meio de um monte de galinhas. Causaria espanto geral. Mas pensemos: aonde vamos? O Dorchester seria razoável, acho. O Ritz é aqui perto, mas acho que a única coisa que fazem bem lá é chá. O Brown's não é diferente… só tem velhinhas de tweed. Não faz sentido comer onde não podemos ser vistas pelas pessoas certas. Acho que vai ter que ser o Savoy. Pelo menos temos certeza de que a comida lá é decente…

– Só um instante, Belinda. – Eu a interrompi no meio da frase. – Ainda estou limpando casas em troca de uma ninharia. Não tenho dinheiro para ir a esses lugares que você está falando.

– É por minha conta, querida – disse ela, acenando com a mão em sua luva turquesa. – Aquele iate parou em Monte Carlo por uma ou duas noites, e você sabe como sou boa nas apostas. Além do mais, vendi um vestido. Alguém realmente pagou por uma das minhas criações.

– Belinda, que maravilha! Me conte tudo.

Ela entrelaçou o braço no meu e começamos a caminhar de volta pela Park Lane.

– Bem, sabe o vestido roxo? Aquele que tentei vender para aquela horrível Sra. Simpson porque acreditava que era a ideia que os americanos faziam da realeza?

– Claro – respondi, corando com a lembrança do fiasco da minha breve carreira de modelo. Belinda havia me chamado para fazer uma demonstração daquele vestido e… Bem, não importa.

– Pois então. Eu conheci outra senhora americana no Crockford's. Sim, admito que infelizmente estava apostando de novo. Contei a ela que eu era uma estilista promissora e fazia trajes para a realeza, e ela foi até o meu ateliê e comprou o vestido, simples assim. Até pagou na hora e fez… – Ela parou de falar quando uma porta se abriu e um homem apareceu, parando no topo da escada com um olhar de desdém absoluto.

– É o Siegfried – sibilei. – Ele vai me ver. Corre!

Era tarde demais. Ele olhou na nossa direção enquanto descia os degraus.

– Ah, lady Georgiana. Que surpresa agradável.

Pela expressão dele, a surpresa não era nem um pouco agradável, mas ele fez uma reverência sutil.

Fechei bem meu casaco para o uniforme de empregada não aparecer. Eu estava muito consciente do arranhão na minha bochecha e do meu cabelo desgrenhado. Devia estar medonha. Não que eu quisesse que Siegfried me achasse bonita, mas tenho meu orgulho.

– Vossa Alteza. – Fiz uma reverência nobre. – Permita que eu lhe apresente minha amiga Belinda Warburton-Stoke.

– Acredito que já tivemos o prazer de nos conhecer – disse ele, embora as palavras não transmitissem as mesmas insinuações da maioria dos jovens que conheceram Belinda. – Na Suíça, acho.

– Claro. Como vai, Vossa Alteza? Vai passar muito tempo em Londres?

– Minha tia acabou de chegar do continente, então é claro que tive que fazer uma visita, mas a casa que ela alugou... que calamidade. Não serve nem para um cachorro.

– Que terrível para o senhor – comentei.

– Vou ter que aguentar – disse ele, a expressão sugerindo que estava prestes a passar a noite nas masmorras da Torre de Londres. – E para onde as senhoritas estão indo?

– Vamos almoçar no Savoy – respondeu Belinda.

– O Savoy. A comida de lá não é ruim. Talvez eu me junte às senhoritas.

– Seria adorável – disse Belinda gentilmente.

Cravei os dedos no braço dela. Eu sabia que essa era a ideia dela de diversão, mas com certeza não era a minha. Decidi tentar a sorte:

– Quanta gentileza, Vossa Alteza. Temos muitos assuntos para colocar em dia. Tem cavalgado nos últimos tempos? – perguntei com doçura. – Desde o infeliz acidente, quero dizer.

Vi um espasmo de aborrecimento cruzar o semblante dele.

– Ah, acabei de lembrar que prometi encontrar um colega no clube dele. Sinto muito. Outra hora, talvez? – Ele bateu os calcanhares naquele estranho gesto europeu e fez uma reverência com a cabeça. – Agora me despeço. Lady Georgiana. Srta. Warburton-Stoke.

E saiu marchando pela Park Lane o mais rápido que as botas conseguiam carregá-lo.

Três

Belinda olhou para mim e começou a rir.

– O que foi isso?

– Ele caiu do cavalo na última vez que estivemos juntos, naquela festa no campo – expliquei –, logo depois de se gabar de como cavalgava bem. Eu tinha que dizer alguma coisa para impedi-lo de almoçar conosco. Onde você estava com a cabeça?

Os olhos de Belinda brilharam.

– Eu sei, foi meio perverso da minha parte, mas não resisti. O príncipe Siegfried e você de uniforme de criada no Savoy... que delícia!

– Achei que você fosse minha amiga – falei.

– Eu sou, querida, eu sou. Mas você tem que admitir que teria sido uma bela confusão.

– Teria sido meu pior pesadelo.

– Por que você se importa com o que esse homem desagradável pensa? Achei que a ideia era fazê-lo ter certeza de que seria preferível cair sobre a própria espada a se casar com você.

– Porque ele pode relatar ao palácio, ainda mais se perceber que estou vestida como uma criada e, se somar dois mais dois, entender que acabou de me ver limpando a casa dele. E, se o palácio descobrisse, eu seria enviada para o interior para ser dama de companhia da única filha ainda viva da rainha Vitória e passar o resto dos meus dias cercada de pequineses e lã de tricô.

– Ah, acho que seu argumento é válido. – Belinda tentou não sorrir. – É, isso foi muito insensível da minha parte. Venha, você vai se sentir melhor depois de um bom almoço no Savoy. – Ela começou a me arrastar pela Park Lane. – Vamos pegar um táxi.

– Belinda, não posso ir ao Savoy vestida desse jeito.

– Não tem problema, querida. – Belinda me puxou para o lado, na direção da Curzon Street. – Meu ateliê fica logo depois da esquina. Vamos dar uma passadinha lá e eu empresto alguma coisa para você vestir.

– Não posso aceitar. E se eu acabar estragando algum dos seus vestidos? Você sabe como eu sou. Eu poderia acabar derramando alguma coisa nele.

– Não seja boba. Na verdade você vai me fazer um favor. Você pode ser um anúncio ambulante dos meus projetos quando socializar com seus parentes da realeza. Isso seria uma proeza, não é? Alta costura atendendo a família real com hora marcada e tudo?

– Sem culotes – falei de imediato, com a lembrança da minha experiência desastrada como modelo passando em detalhes diante dos meus olhos. – Uma roupa normal que eu possa usar sem tropeçar ou parecer uma idiota.

Belinda deu sua risada deliciosa.

– Você é tão doce, Georgie.

– Doce, mas desastrada – argumentei, melancólica.

– Tenho certeza que um dia você vai superar essa falta de jeito.

– Espero que sim. Não é que eu seja *sempre* desajeitada. Acontece que eu só sou desajeitada no lugar errado e na hora errada, na frente das pessoas erradas. Deve ter alguma coisa a ver com os nervos, acho.

– Mas que motivos você tem para ficar nervosa? – indagou Belinda. – Você deve ser a jovem mais desejável da Grã-Bretanha, é lindíssima e ainda por cima é encantadoramente fresca e virginal… Falando nisso, alguma atualização a fazer sobre esse assunto?

– Minha virgindade, você quer dizer?

Duas babás que empurravam carrinhos de bebê se viraram para nos olhar com uma expressão de pavor absoluto.

Belinda e eu trocamos um sorriso.

– É melhor esperarmos para ter essa conversa em um lugar um pouco menos público – comentei e empurrei-a pela porta do prédio que abrigava o ateliê dela.

Quando chegamos lá em cima, na salinha, ela me fez experimentar várias roupas antes de escolher um vestido de crepe georgette marrom-claro com uma capa dourada curta e transparente por cima.

– Capas estão na moda e combinam muito com o seu cabelo – disse ela.

E combinou mesmo. Eu me senti uma pessoa diferente ao me encarar no espelho de corpo inteiro. Não mais desajeitada, mas alta e elegante. Quer dizer, até olhar para meus pés. Eu estava usando calçados de criada pretos e confortáveis com cadarço.

– Vamos precisar de outro sapato – disse ela. – Podemos dar uma olhada na Russell e Bromley no caminho.

– Belinda… eu não tenho dinheiro. Você não entendeu isso?

– Os sapatos têm que complementar a roupa – disse ela com leveza. – Além disso, você pode me pagar quando for rainha de algum lugar. Nunca se sabe, você pode acabar com um marajá e ganhar seu peso em diamantes.

– E depois ele vai me trancar em um harém. Não, obrigada. Acho que vou me contentar com um inglês menos rico.

– Que tédio, querida. E tão pouco sexy. – Belinda saiu para a rua e chamou um táxi, que parou com uma freada brusca ao lado dela. – Russell e Bromley primeiro – disse ela, como se estivesse acostumada a fazer isso. Ela estava. Já eu me sentia a própria Cinderela.

Belinda levou meia hora para escolher um par de escarpins dourados para mim, e depois fomos para o Savoy. Ela tagarelava contente e meu ânimo começou a melhorar. O táxi fez a volta sob o pórtico maravilhoso, moderno e aerodinâmico do Savoy, e um porteiro saiu apressado para abrir a porta. Entrei me sentindo sofisticada e glamorosa, finalmente uma mulher do mundo. Pelo menos até minha capa esvoaçante ficar presa na porta giratória. Senti um solavanco para trás, e tive que ficar ali, envergonhada e sufocando, enquanto o porteiro me soltava e Belinda ria.

– Você sabia que faz roupas perigosas? – indaguei enquanto entrávamos no restaurante. – Já é a segunda vez que uma das suas criações tenta me matar.

Belinda ainda estava rindo.

– As pessoas normais não parecem ter problemas com elas. Talvez sejam roupas secretamente comunistas, destinadas a destruir a casa de Windsor.

– Então eu não vou deixar você vender para as minhas primas. – Arrumei a capa quando chegamos à entrada do restaurante para o prendedor não ficar me espetando no pescoço.

– A senhorita tem reserva? – perguntou o maître.

– Sou Belinda Warburton-Stoke e vim almoçar com lady Georgiana Rannoch – disse Belinda com doçura enquanto o dinheiro trocava discretamente de mãos – e infelizmente não temos reserva... mas tenho certeza que o senhor vai ser um anjo e encontrar uma mesa para nós em algum lugar...

– Bem-vinda, milady. É uma honra. – Ele fez uma reverência para mim e nos acompanhou até uma mesa encantadora para duas pessoas. – Vou pedir ao chef para vir listar as recomendações.

– Preciso admitir que é útil ter um nome real – falei enquanto nos sentávamos.

– Você devia usá-lo com mais frequência. Provavelmente conseguiria obter crédito em qualquer lugar que quisesse, por exemplo.

– Ah, não, não vou me endividar. Você conhece o lema da nossa família: Antes a Morte que a Desonra.

– Não há nada de desonroso em se endividar – disse Belinda. – Pense nos impostos sobre a herança do seu pai que seu irmão teve que pagar.

– Ah, mas ele vendeu metade da propriedade, a prataria da família e nossa propriedade em Sutherland para quitar esses impostos.

– Que nobreza entediante da parte dele. Fico feliz por ser só uma proprietária de terras, e não parte da aristocracia. As expectativas dos ancestrais têm menos peso. Meu tataravô era comerciante. Os membros da sua família nunca iriam interagir com ele, claro, mesmo ele podendo bancar vários deles. De qualquer forma, gosto muito dos pecados das classes mais baixas. E, por falar em pecados, você não me contou...

– O quê?

– Sua virgindade, querida. Espero que finalmente tenha feito alguma coisa para se livrar dela. É um fardo.

Infelizmente, os rubores se destacam na minha pele clara.

– Você finalmente conseguiu, não foi? – continuou ela em um tom alto como um sino, arrancando olhares fascinados de todas as mesas ao redor. – Não me diga que não! Georgie, qual é o seu problema? Ainda mais quando você tem alguém que está pronto, disposto e, ora, é muito capaz.

O pobre rapaz que estava nos servindo água quase deixou a jarra cair.

– Belinda! – sibilei.

– Aquele libertino do Darcy O'Mara ainda está em cena?

– Não está, não.

– Ah, não. O que aconteceu? Vocês dois pareciam tão íntimos na última vez que vi.

– Não brigamos nem nada. É que ele desapareceu. Pouco depois da infame festa no campo. Ele simplesmente não deu mais as caras, e eu não tenho ideia do paradeiro dele.

– Você não foi atrás dele?

– Eu não podia fazer isso. Se ele não me quer, não sou eu que vou me atirar em cima dele.

– Eu faria isso. Ele é um dos homens mais interessantes de Londres. Falando sério, existem muito poucos, não é? Estou morrendo de frustração sexual, no momento.

O chef, agora de pé ao lado da nossa mesa, fingiu estar ocupado arrumando os talheres. Belinda pediu muitas coisas deliciosas – uma salada de endívia com salmão defumado e costeletas de cordeiro grelhadas acompanhadas por um clarete macio que era uma maravilha, seguido de um pudim de pão com manteiga que era dos deuses. Tínhamos terminado o pudim, e o café acabara de ser trazido quando uma risada estridente foi ouvida do outro lado do salão, um "ha ha ha" bem alto. Um jovem se levantou, ainda se sacudindo da gargalhada.

– Que confusão! – disse ele, e começou a vir na nossa direção.

– Agora você entende o que eu quero dizer sobre não haver homens interessantes em Londres – murmurou Belinda. – Esta é a imagem atual da masculinidade britânica. O pai é dono de uma editora, mas o desempenho dele embaixo das cobertas não é digno de um romance.

– Acho que não conheço.

– Gussie Gormsley, querida – disse ela.

– Gussie Gormsley?

– Augustus. O pai é lorde Gormsley. Estou surpresa por ele não estar na sua lista de candidatos. Deve ser a conexão com a editora. Sua família não deve querer comerciantes… essas coisas. – Ela acenou para ele. – Gussie! Aqui.

Gussie era um jovem alto e louro, que seria um atacante de rúgbi ideal. O rosto dele se iluminou de prazer ao ver Belinda.

– Ora, ora, Belinda, minha cara – disse ele. – Há quanto tempo.

– Acabei de voltar do Mediterrâneo, querido. Você conhece a minha amiga Georgiana Rannoch?

– A irmã do Binky? Meu Deus!

– Por que "meu Deus"? – perguntei.

– Eu sempre achei… bem, ele sempre nos fez pensar que você era uma coisinha tímida e retraída, e aí está você: esbanjando glamour.

– Georgie provavelmente é a mulher mais desejável da Grã-Bretanha – disse Belinda, antes que eu pudesse gaguejar alguma coisa. – Os homens estão brigando por ela. Príncipes estrangeiros, milionários americanos.

– Não admira que Binky tenha escondido você – disse Gussie. – Preciso apresentá-la ao velho Lunghi. – Ele se virou e acenou para a mesa dele no canto.

– Quem é Lunghi? – perguntou Belinda.

– Lunghi Fotheringay, minha cara. – Claro que ele disse o segundo nome como "Fungy". Era assim que se pronunciava, engolindo sílabas.

– Lunghi Fungy? Que engraçado – disse Belinda. – Por que ele se chama Lunghi?

– É que ele acabou de voltar da Índia. Mostrou uma foto dele mesmo com um pedaço de pano enrolado nos quadris e alguém perguntou qual era o nome daquilo, e ele disse que era um *lunghi*, e nós achamos isso muito engraçado. Foi assim que ele virou Lunghi Fungy. – Ele gesticulou de novo. – Aqui, meu amigo. Duas jovens admiráveis que eu quero lhe apresentar.

Eu me senti enrubescer com todos os olhos do Savoy voltados para mim, mas Belinda acionou seu sorriso reluzente enquanto o Sr. Fotheringay se aproximava. Ele era esguio, moreno e com uma aparência séria. Nada mau, na verdade.

As apresentações foram feitas e, em seguida, Gussie disse:

– Olha, vamos dar uma festa na nossa casa na próxima semana. Vocês não querem ir?

– Adoraríamos, se estivermos livres – disse Belinda. – Vai ter alguém interessante lá?

– Além de nós, você quer dizer? – perguntou o moreno e taciturno Lunghi, olhando para ela com seriedade. Estava bem claro em qual de nós ele estava interessado. – Posso garantir que somos os homens mais fascinantes de Londres no momento.

– Infelizmente tenho que concordar – concordou Belinda. – Londres está bem desprovida de fascínio no momento. Vamos aceitar o convite, não é, Georgie?

– Por que não? – respondi, tentando dar a impressão de que esses eventos eram comuns.

– Vejo vocês lá. Vou mandar os convites pelos correios para oficializar tudo. Fica na Arlington Street, naquele bloco branco, grande e moderno de apartamentos ao lado do Green Park. St. James's Mansions. Vocês vão saber onde é pelo som do jazz e pelos olhares reprovadores dos vizinhos.

Belinda e eu nos levantamos para ir embora.

– Está vendo? Coisas boas acontecem quando você está comigo – disse ela enquanto pagava a conta sem olhar duas vezes. – E ele ficou bem impressionado com você, não é?

– Com a sua roupa, mais provável – argumentei. – Mas pode ser divertido.

– Um deles pode servir, sabia?

– Para quê?

– Para tirar sua virgindade, querida. Sério, às vezes você é tão tapada.

– Você disse que Gussie era inútil embaixo das cobertas – observei.

– Para mim. Para você, ele pode servir. Afinal, você não vai ter muitas expectativas.

– Obrigada, mas eu decidi esperar pelo amor. Não quero sair do prumo como a minha mãe.

– Falando no diabo... – disse Belinda.

Ergui o olhar e vi minha mãe entrando no salão.

Estava parada na porta do Savoy Grill. Parecia fingir observar o cenário, mas, na verdade, estava esperando até que todo mundo a notasse. Devo admitir que ela estava uma perfeição em seda branca esvoaçante com toques de vermelho apenas suficientes para ficar estonteante. O chapéu clochê que emoldurava o rosto delicado era de palha branca com redemoinhos vermelhos bordados. O maître saltou em direção a ela.

– Vossa Graça, que alegria tê-la aqui – murmurou ele.

Minha mãe não é Sua Graça desde muitos maridos atrás, mas ela deu um sorriso lindo e não o corrigiu.

– Olá, François. Que bom vê-lo de novo – disse ela com aquela voz melodiosa que encantava o público nos cinemas do mundo todo antes de meu pai conquistá-la.

Ela estava atravessando a sala quando me viu. Surpresos, aqueles enormes olhos azuis se arregalaram de repente.

– Meu Deus, Georgie. É você! Quase não a reconheci, querida. Você parece civilizada, para variar. Deve ter arranjado um amante rico.

– Olá, mãe. – Nós nos beijamos a cerca de dois centímetros do rosto uma da outra. – Eu não sabia que você estava na cidade. Achei que nesta época do ano fosse estar na Floresta Negra.

– Vim para encontrar… um amigo. – Havia certa timidez na voz dela.

– Então, ainda está com o… como é o nome dele?

– Max? Ah, sim e não. Ele acha que sim. Mas estou cansada de não ter ninguém com quem conversar de vez em quando. Quer dizer, o sexo ainda é divino, mas eu gosto de uma boa conversa e não consigo aprender alemão. E Max só gosta de falar sobre atirar. Por isso eu vim dar um pulinho em Londres. Ah, ali está ele. – Vi uma mão acenando de um canto distante do restaurante. – Preciso ir, querida. Você ainda está na velha e sombria Rannoch House? Vamos tomar um chá ou alguma coisa assim. *Ciao!*

E assim ela se foi, me deixando com a habitual decepção e frustração de tantas coisas não ditas. Você já deve ter adivinhado que, como mãe, ela não é das melhores. Belinda pegou o meu braço.

– Não sei por que você teima em não querer acabar como a sua mãe. Ela tem um guarda-roupa lindo de morrer.

– Mas a que custo? – indaguei. – Meu avô acha que ela vendeu a alma.

Alguém tinha chamado um táxi. Nós entramos. Olhei pela janela e descobri que estava tremendo. Não foi só o encontro com a minha mãe que me deixou nervosa. Logo antes de subir no carro, acho que vi Darcy O'Mara entrando no Savoy de braço dado com uma garota alta de cabelo escuro.

Quatro

— Você está muito calada — comentou Belinda durante o trajeto de táxi para casa. — A comida não caiu bem?

— Não, a comida estava ótima — respondi. Respirei fundo. — Você não viu Darcy entrando no Savoy quando nós saímos?

— Darcy? Não vi mesmo.

— Então posso estar imaginando coisas. Mas eu podia jurar que era ele, de braço dado com uma moça. Uma moça muito bonita.

— Ai, ai — disse Belinda com um suspiro. — Homens como Darcy não são conhecidos por serem fiéis, e imagino que ele tenha um apetite saudável.

— Acho que você tem razão — comentei, e fiquei quieta pelo resto da corrida, na mais profunda tristeza.

Parecia que minha reticência idiota tinha eliminado as minhas chances com Darcy. *Será que eu o queria de verdade?*, me perguntei. Ele era irlandês, católico, não tinha um tostão, era pouco confiável e inadequado em todos os sentidos, exceto pelo fato de ser filho de um nobre. Mas vê-lo com outra mulher provocou uma dor quase física no meu coração.

Além do mais, esses encontros fugazes com a minha mãe sempre me deixavam frustrada e deprimida. Havia muitas coisas que eu queria dizer e nunca encontrava o momento certo. E agora parecia que ela estava partindo para mais um novo homem. Foi a ideia de acabar como ela que me deixou cautelosa em relação a me entregar a alguém como Darcy. Eu não sabia se tinha herdado a natureza volúvel dela, mas com certeza tinha herdado as fortes características dos Rannoch. E "Antes a Morte que a Desonra" era o lema da nossa família!

Entrei na Rannoch House, ainda usando a roupa elegante de Belinda, com meu uniforme e os sapatos pesados de arrumadeira em uma sacola da Harrods. Eu já tinha tentado devolver as roupas, mas ela insistia que seria uma boa propaganda e que a única que eu precisava fazer era dar o cartão dela a quem me elogiasse. Isso até fazia sentido, embora ela claramente achasse que eu encontrava meus parentes da realeza com mais frequência do que de fato ocorria. Até onde eu sabia, meu próximo encontro com o rei e a rainha seria em Balmoral, para onde eu era convocada todos os verões, já que o Castelo de Rannoch ficava lá perto. E em Balmoral só se usavam os trajes tradicionais das Terras Altas escocesas.

Entrei na escuridão do vestíbulo e notei uma carta no tapete. Eu a peguei cheia de expectativa. Era raro que me escrevessem, pois quase ninguém sabia que eu estava em Londres. Então vi o que era e quase deixei o envelope cair. Era do palácio. Entregue em mãos.

Fiquei gelada. Do secretário particular de Sua Majestade. *Sua Majestade a espera para tomar chá amanhã, 7 de junho. Ela pede desculpas pelo convite em cima da hora, mas surgiu uma questão urgente.*

Meu primeiro pensamento, claro, foi que Siegfried tinha afinal reconhecido o uniforme de arrumadeira e ido na mesma hora até o palácio para contar a terrível verdade. Eu seria enviada para o interior e...

– Espere um minuto! – falei em voz alta.

Ela pode ser rainha da Inglaterra e imperatriz da Índia e tudo o mais, mas não pode me obrigar a fazer nada que eu não queira. Não estamos na Idade Média. Ela não pode mandar cortar a minha cabeça nem me jogar na Torre de Londres. Não estou fazendo nada de errado. Eu sei que limpar casas está um pouco abaixo da minha posição, mas estou levando uma vida honesta. Não estou pedindo para ninguém me sustentar. Estou tentando me virar no mundo em um momento difícil. Ela deveria se orgulhar do meu empreendimento.

Certo. Era isso, então. Era exatamente o que eu ia dizer a ela.

Eu me senti muito melhor depois disso. Subi a escada, resoluta, e tirei a criação de Belinda. Em seguida, me sentei à escrivaninha e fiz uma nota de cobrança, com metade do valor acordado, para a condessa viúva Sophia, com uma explicação sobre a repentina aversão da arrumadeira à poeira de Londres.

Rannoch House
Terça-feira, 7 de junho de 1932

Querido diário,
Linda manhã luminosa. Buck House hoje. Chá com a rainha. Não espero muita coisa para comer. Sério, o protocolo da realeza é muito bobo. Talvez precise distrair Sua Majestade. e devorar um bolo depressa desta vez. Fico me perguntando o que ela quer. Nada de bom, imagino...

Quando me vesti para o chá no palácio, já não sentia mais tanta coragem. Sua Majestade é uma mulher formidável. Ela é baixinha e pode não parecer muito brava à primeira vista, mas lembre-se da minha bisavó, a rainha Vitória. Também era baixinha, mas todo um império tremia quando ela erguia uma sobrancelha. A rainha Maria não tem exatamente esse mesmo poder, mas só de imaginar aquela coluna ereta e aqueles olhos azuis frios com sua expressão franca e avaliadora, até a pessoa mais forte treme que nem gelatina. E ela não gosta de ser contrariada. Encarei as roupas do meu guarda-roupa, tentando decidir o que causaria a melhor impressão. Nada muito mundano, então não podia ser a criação de Belinda. Tenho alguns vestidos formais bem elegantes, mas infelizmente quase não tenho roupas de verão. O vestido que eu mais gostava era de algodão. Precisava ser passado, e eu ainda não tinha dominado o uso do ferro. Acabei com mais vincos do que comecei, além de uma ou duas queimaduras. E agora não era um bom momento para praticar. No fim, optei pela simplicidade e escolhi um terninho azul-marinho e uma blusa branca. Parecia um uniforme escolar, mas pelo menos eu estava arrumada, limpa e adequada. Completei com um chapéu de palha branco (nada parecido com o pequeno e elegante da minha mãe) e luvas brancas, e saí.

Era um dia quente, e eu estava bem corada quando cheguei ao topo da Constitution Hill. Limpei o rosto com o lenço encharcado de água de colônia antes de passar pelos guardas. A entrada dos visitantes fica do outro lado do palácio. Uma visitante como eu, chegando sem uma carruagem real ou um Rolls Royce, pelo menos podia entrar por um portão lateral. Cruzei o pátio de acesso com a sensação, como sempre, de estar sendo observada e de que ia acabar tropeçando em uma pedra.

Fui recebida com muita civilidade e conduzida até o primeiro andar, onde os aposentos da realeza ficavam. Felizmente, não precisei enfrentar a grande escadaria com tapete vermelho e estátuas, pois fui levada por uma escada de serviço simples até um escritório que poderia ser de qualquer advogado de Londres. O secretário de Sua Majestade me esperava.

– Ah, lady Georgiana. Me acompanhe. Sua Majestade está esperando na sala de estar particular.

Ele parecia bem animado, até alegre. Fiquei tentada a perguntar se Sua Majestade o havia consultado sobre o serviço de trem para os confins de Gloucestershire. Mas, por outro lado, talvez ela não tivesse revelado a ele o motivo para me convocar. Decerto ele não sabia nada sobre tias com pequineses.

Graças a Deus não somos católicos, pensei. Pelo menos eles não podem me trancar em um convento até aparecer um noivo adequado. Isso me fez congelar no meio do corredor. E se eu fosse conduzida à sala de visitas só para encontrar o príncipe Siegfried e um padre me esperando?

– Por aqui, milady – disse o secretário. – Lady Georgiana, madame.

Respirei fundo e entrei. A rainha estava sentada em uma poltrona Chippendale em frente a uma mesa baixa. Embora já não fosse jovem, tinha a pele perfeita e lisa, sem sinais de rugas. Além do mais, acredito que ela nem precisava da ajuda dos vários produtos caros que minha mãe costumava usar para manter a aparência jovial.

O chá já estava servido, incluindo uma deliciosa variedade de bolos em uma bandeja de prata e vidro com dois andares. Sua Majestade estendeu a mão.

– Ah, Georgiana, minha querida. Que bom que você veio.

Como se alguém pudesse recusar o convite de uma rainha.

– Foi muita gentileza me convidar, madame.

Tentei fazer a combinação de sempre, de reverência e beijo na bochecha, e dessa vez consegui sem esbarrar com o nariz.

– Sente-se. O chá está pronto. Chinês ou indiano?

– Chinês, por favor.

A própria rainha serviu o chá.

– E coma alguma coisa.

– Depois de Vossa Majestade – falei, sabendo muito bem que o protocolo exige que o convidado só coma o que a rainha comer. Na última vez, ela havia escolhido uma fatia de pão integral.

– Acho que não estou com fome hoje – disse ela, fazendo meu ânimo ficar ainda mais abalado. Será que ela sabia que era uma tortura ficar olhando para tortas de morango e *éclairs* sem poder comer nada?

Eu estava prestes a dizer que também não estava com fome quando ela se inclinou para a frente.

– Pensando bem, esses *éclairs* parecem deliciosos, não é? Vamos esquecer nossa aparência só um pouquinho, está bem?

Ela estava de bom humor. *Por quê?*, pensei. Será que era um chá de despedida antes de ela anunciar algum terrível destino para mim?

– Como você tem estado desde a última vez que a vi, Georgiana? – perguntou ela, me encarando com aquele olhar poderoso.

Eu estava me esforçando muito para dar uma mordida no *éclair* sem deixar rastros de creme no lábio superior.

– Bem, obrigada, madame.

– Quer dizer que você acabou ficando em Londres. No fim das contas, não foi para o interior nem para sua casa na Escócia.

– Não, madame. Eu tinha planejado fazer companhia a Sir Hubert quando ele voltasse do hospital na Suíça, mas ele decidiu terminar a recuperação em um sanatório suíço, e não fazia sentido eu voltar para a Escócia.

Sir Hubert era meu ex-padrasto preferido e tinha se ferido gravemente durante uma expedição de montanhismo nos Alpes.

– E você está totalmente ocupada em Londres?

– Eu me mantenho ocupada. Tenho amigos. Almocei no Savoy ontem.

– É sempre bom estar ocupada – disse ela. – No entanto, espero que haja outras coisas na sua vida além de almoços no Savoy.

Aonde ela quer chegar?, pensei.

– Neste momento de crise, há muito a se fazer – continuou ela. – Uma jovem como você, ainda sem o peso de marido e filhos, poderia realizar muitas coisas boas e dar um excelente exemplo. Ajudar em refeitórios populares, dar conselhos sobre condições sanitárias para mães e bebês no East End ou até mesmo se unir ao movimento de saúde e beleza. Essas são todas causas nobres, Georgiana. Vale a pena dedicar tempo e energia a elas.

A conversa não vai ser tão ruim então, pensei. Se estava sugerindo que eu ajudasse mães e bebês no East End, estava claro que ela esperava que eu ficasse em Londres.

– Ótima ideia, madame – retruquei.

– Sou benfeitora de várias instituições de caridade dignas. Vou descobrir onde seus serviços seriam mais apreciados.

– Obrigada.

Eu estava falando sério. Adoraria ajudar uma instituição de caridade a fazer o bem. E teria mais alguma coisa para fazer entre as limpezas de casas.

– Vamos deixar essa sugestão de lado por enquanto – disse Sua Majestade, tomando um gole de chá da China –, pois no momento pretendo alistá-la como minha cúmplice em um plano que estou tramando.

Ela me deu aquele olhar franco, com os olhos azul-claros prendendo os meus por um longo instante.

– Estou desesperada de preocupação pelo meu filho, Georgiana.

– O príncipe de Gales? – perguntei.

– Naturalmente. Os outros, cada um do seu jeito, estão se mostrando aceitáveis. Todos pelo menos parecem ter uma noção do dever real que falta ao incorrigível David. Aquela americana... Pelo que ouvi dizer, não há sinais de que o fascínio dele por ela vá diminuir. Ela cravou as garras nele e não vai soltar. É claro que, por enquanto, não há risco de um casamento, pois ela já é casada com outro, pobre coitado. Mas, se ela se divorciar dele... bem, você pode imaginar como essa situação seria desagradável.

– Sua Alteza nunca teria permissão para se casar com uma mulher divorciada, não é?

– Você fala em nunca ter permissão, mas, quando ele se tornar rei, quem poderá impedi-lo? Ele será o chefe titular da igreja. Henrique VIII mudou as regras para se adequarem a ele, não foi?

– Tenho certeza que a madame está se preocupando sem necessidade. O príncipe de Gales pode gostar da vida de playboy neste momento, mas, quando se tornar rei, vai se lembrar do dever que tem para com o país. Isso é inato a todos os membros da família.

Ela estendeu o braço e deu um tapinha na minha mão.

– Espero que você esteja certa, Georgiana. Mas não posso ficar sentada sem fazer nada para salvar meu filho da destruição e nossa família da desgraça. Está na hora de ele se casar, e com uma jovem que possa lhe dar filhos que tenham o pedigree adequado. Uma americana de quarenta anos simplesmente não serve. Então, eu bolei um plano.

Ela me deu aquele olhar conspiratório de novo.

– Você conhece a família real da Baviera?

– Não os conheci, madame.

– Eles não têm parentesco conosco, claro, e infelizmente são católicos romanos. Em termos oficiais, não são mais a família governante, mas ainda gozam de status e respeito consideráveis naquela região da Alemanha. Na verdade, há um forte movimento para restaurar a monarquia na Baviera, o que os tornaria fortes aliados contra aquele ridículo arrivista, *Herr* Hitler.

– Madame está planejando um casamento com um membro da família real da Baviera?

Ela se aproximou de mim, embora fôssemos as únicas pessoas na sala.

– Eles têm uma filha: Hannelore. Muito bonita, segundo todos os relatos. Tem dezoito anos e acabou de sair do convento onde foi educada nos últimos dez anos. Se ela tiver a chance de conhecer meu filho, que homem não vai se sentir atraído por uma beldade virginal de dezoito anos? Ela com certeza faria com que ele se esquecesse daquela mulher, Simpson, e retornasse ao caminho do dever.

Fiz que sim com a cabeça.

– Mas onde é que eu entro nisso, madame?

– Vou explicar meu plano, Georgiana. Se achar que está sendo obrigado a conhecer a princesa Hannelore, David vai fugir. Ele sempre foi teimoso, desde menino, você sabe. Mas, se ele a vir, do outro lado da sala, e se alguém insinuar que ela está prometida a outra pessoa, um príncipe menor, bom, você sabe como os homens gostam de uma competição. Por isso escrevi para os pais dela e a convidei para vir até a Inglaterra, para ser apresentada à sociedade e poder praticar inglês. E pensei que seria melhor ela não ficar conosco no palácio. – Ela me encarou com aquele olhar penetrante. – Decidi que ela deve ficar com você.

– Comigo?

Tive sorte de não estar bebendo chá na hora, ou teria cuspido tudo na poltrona Chippendale. Minha voz acabou saindo como um guincho e eu esqueci de adicionar a palavra "madame".

– O que poderia ser mais agradável para uma jovem do que ficar com alguém da mesma idade e de uma posição adequada? Como você mesma disse, você socializa com amigos. Você almoça no Savoy. Ela vai se divertir fazendo o que os jovens fazem. Então, nos intervalos certos, vamos dar um jeito de ela frequentar as mesmas atividades que meu filho.

Ela continuou falando com tranquilidade. O sangue latejava na minha cabeça enquanto eu tentava encontrar palavras para comunicar que eu não tinha como hospedar uma jovem de sangue real em uma casa sem criados e na qual eu estava vivendo à base de feijões enlatados.

– Posso contar com você, não posso, Georgiana? – perguntou ela. – Pelo bem da Inglaterra?

Abri a boca.

– Claro, madame – respondi.

Cinco

Saí cambaleando do Palácio como se estivesse em um sonho. Pesadelo, na verdade. Dali a alguns dias, uma princesa alemã ia se hospedar na minha casa, e eu não tinha criados nem dinheiro algum para alimentá-la. As rainhas nunca pensam em coisas insignificantes como dinheiro. Provavelmente nem passou pela cabeça dela perguntar se eu tinha como abrigar uma hóspede da realeza ou se eu queria alguma ajuda nesse departamento. E, mesmo que ela tivesse me prometido uma mesada para ajudar com a hospedagem, isso ainda não levava em consideração o fato de que eu não tinha criadas nem um mordomo e, pior ainda, uma cozinheira. Os alemães gostam de comer, disso eu sei. Feijão enlatado e ovos cozidos, todo o meu repertório até então, simplesmente não ia agradar.

Por que eu não tinha falado a verdade para a rainha? Depois do ocorrido, parecia uma bobeira enorme eu ter concordado com algo tão absurdo. Mas, com aqueles olhos de aço em cima de mim, não tive coragem de recusar. Na verdade, eu tinha feito a mesma coisa que inúmeros donos de antiquários que nunca pretenderam deixar a rainha sair com um de seus itens valiosos de graça e, ainda assim, acabaram dando-o de presente.

E agora eu não tinha ideia do que fazer. Precisava falar com alguém... alguém sábio que conseguisse encontrar uma saída. Belinda não servia. Ela ia achar que tudo era uma grande piada e ia esperar ansiosa para ver como eu lidaria com a situação. Por outro lado, ela nem sequer conseguia conceber o grau da minha falta de dinheiro. Ela havia recebido uma pequena renda particular aos 21 anos, o que lhe permitiu comprar um chalezinho e manter uma criada. Ela também ganhava dinheiro com a criação de vestidos, sem contar os ganhos no jogo. Para ela, "falida" significava ficar sem champanhe por alguns dias.

Ai, meu Deus, pensei. *E se essa princesa quiser bons vinhos e caviar? E se ela esperar alguma coisa diferente de feijão e chá?*

De repente, tive uma ideia brilhante. Eu conhecia a única pessoa no mundo a quem poderia recorrer em busca de ajuda: meu avô. Não o duque escocês cujo fantasma agora assombra as muralhas do Castelo de Rannoch (tocando gaita de foles, se quisermos acreditar nos serviçais, embora isso exija um esforço de imaginação, já que ele não sabia tocar quando vivo). Estou falando do meu avô que não é da realeza, o ex-policial. Corri até a estação de metrô mais próxima e logo estava passando pelo East End de Londres em direção à periferia ao leste de Essex e uma casinha geminada com anões de jardim.

Sob o olhar atento dos anões, segui pelo caminho da frente da casa, passando por um gramado minúsculo e dois canteiros de rosas cuidados com capricho, e bati na porta da frente. Ninguém atendeu. Um contratempo inesperado. Eram seis horas, e eu tinha certeza de que ele não tinha dinheiro para jantar fora. Lutando contra a decepção, eu estava prestes a ir para casa. Depois me lembrei de ele ter falado da senhora que morava na casa ao lado. "Morcega velha" foi o termo que ele usou para descrevê-la, mas de um jeito afetuoso. Ela talvez soubesse do paradeiro dele. Senti um arrepio de preocupação. Ele não estava muito bem no inverno anterior, e torci para que não estivesse no hospital.

Bati na outra porta e esperei. Mais uma vez, nenhuma resposta.

– Droga – murmurei.

Depois olhei para cima e vi uma cortina balançando. Havia alguém ali e estava me observando. Quando me virei para sair, a porta se abriu. Uma mulher grande e corpulenta usando um avental florido me encarou.

– O que deseja? – indagou ela.

– Vim visitar meu avô – comecei. – Sou Georgiana Rannoch e estava pensando se...

Ela deu um grito de contentamento.

– Eu sei quem a senhorita é! Caramba, por essa eu não esperava! Nunca pensei que a realeza fosse aparecer na minha porta. Devo fazer uma reverência?

– Claro que não – respondi. – Eu só queria perguntar se a senhora sabe onde meu avô pode estar. Eu vim até aqui para vê-lo e...

– Entre, docinho – disse ela, quase me arrastando para dentro. – Vou dizer onde está seu avô. Na minha sala de estar, tomando chá. É lá que ele está. E a senhorita está mais do que convidada a se juntar a nós. Tem o suficiente para todos.

– Que gentileza – falei.

– Não é nada, querida. Não é nada – disse ela efusivamente.

– Desculpe, mas não sei o nome da senhora.

– É 'uggins, querida. Sra. 'ettie 'uggins.

Achei que era uma escolha infeliz de nome para alguém que não conseguia pronunciar a letra "h" com som de "r", mas sorri e estendi a mão.

– Como vai, Sra. Huggins?

– É um prazer conhecê-la, Vossa Alteza.

– Eu não sou alteza, só milady, mas pode me chamar de Georgiana.

– A senhorita é mesmo da elite – disse a Sra. Huggins.

Ela estava no meio do corredor quando meu avô apareceu.

– O que está acontecendo, Hettie? – perguntou ele. Então me viu e seu rosto se iluminou. – Ora, que surpresa! Você é um colírio para os meus olhos cansados – disse. – Venha dar um beijo no seu velho avô.

Fiz isso, apreciando o cheiro de sabonete barato na pele dele e a aspereza da bochecha.

– Quase voltei para casa – comentei –, mas depois me lembrei de você falar da sua vizinha e pensei em tentar a sorte. Mas quando a Sra. Huggins não atendeu a porta...

– Ela está meio nervosa – disse meu avô. – Por conta dos meirinhos.

– Eles estão tentando me expulsar, é isso – disse a Sra. Huggins. – Só porque eu atrasei um pouco o aluguel, pois tive que pagar o médico quando estava doente.

– Ela não é dona da própria casa como eu – explicou meu avô. – Não teve a sorte de ter uma filha que a tratasse bem, não é, Hettie, meu amor?

– Eu tenho quatro filhas e todas se casaram com canalhas – contou ela. – Fui eu que tive que ajudá-las.

– Algum filho, Sra. Huggins? – perguntei antes que a conversa ficasse emotiva demais.

Ela ficou pálida.

– Três meninos – respondeu. – Todos morreram na guerra. Com alguns dias de diferença.

– Sinto muito.

– É, bom, não tem muito que possamos fazer em relação a isso agora, tem? Não há como trazer meus meninos de volta. Então eu tento me ajeitar da melhor maneira possível. E chega de conversa triste. Entre e se sente, querida.

Ela me conduziu até uma sala de jantar minúscula que tinha, além da mesa e das quatro cadeiras, uma poltrona de cada lado da lareira e um aparador com um rádio em cima.

– Espero que não se importe de comer aqui – disse ela. – Só usamos a sala de estar em ocasiões especiais. Sente-se, docinho. Vamos.

Ela apontou para uma cadeira. Eu me sentei, experimentando a sensação de irrealidade que sempre se apoderava de mim em casas normais. Eu tinha crescido em um castelo. Estava acostumada a cômodos maiores do que aquela casa inteira, corredores longos o suficiente para praticar patinação e substanciais correntes sibilantes de ar frio vindas de chaminés tão grandes que daria para passar um boi por elas. A sala da Sra. Huggins me fazia lembrar da casa de brinquedo que minhas primas Elizabeth e Margaret tinham no jardim.

– Acabei de tomar chá no palácio – falei enquanto meus pensamentos retornavam para a família real.

– O palácio, ora, quem diria. – A Sra. Huggins olhou para o meu avô com admiração. – Sinto muito, mas você não vai conseguir nada chique aqui, só uma comida boa e simples.

Olhei para a mesa do chá. Eu esperava alguma coisa semelhante – pão em fatias finas, bolinhos –, mas este não era um chá como eu conhecia. Fatias de presunto e porco, metade de uma torta de porco, um pedaço de queijo, um pão grande com casca crocante, cebolas em conserva e um prato de tomates enfeitavam a mesa, assim como um bolo de frutas bem molhadinho e alguns biscoitos.

– É um belo chá – comentei.

– É o que geralmente comemos, não é, Albert?

Meu avô fez que sim com a cabeça.

– Não comemos muito à noite, como as pessoas elegantes. Almoçamos no meio do dia e depois jantamos isso.

– Parece muito bom para mim – falei, e aceitei feliz as fatias de presunto que ele estava colocando no meu prato.

– Então, o que traz você a Essex? – perguntou meu avô enquanto comíamos. – E não me diga que estava de passagem.

– Eu vim porque preciso do seu conselho, vovô – falei. – Estou meio encrencada.

– Tem um jovem envolvido? – perguntou ele, dando um olhar preocupado para a Sra. Huggins.

– Não, não é nada disso. É só…

Olhei para a Sra. Huggins, sentada ali prestando atenção. Eu não podia dizer a ela por que tinha ido até lá, mas não podia arrastá-lo para longe dela sem parecer rude. O problema foi resolvido quando ele disse:

– Pode falar o que quiser na frente da Hettie. Nós dois não temos segredos, só os que dizem respeito às minhas amigas.

– Ora, pode parar com isso! – Hettie deu uma risadinha, e eu percebi que o relacionamento deles tinha progredido desde a minha última visita.

– É o seguinte, vovô – comecei, e contei toda a conversa com a rainha. – E eu não tenho ideia do que fazer – lamentei. – Não posso hospedar uma princesa, mas também não me atrevo a enfrentar a rainha e dizer a verdade. Ela ficaria tão horrorizada por eu estar vivendo na pobreza e sem criados que com certeza me enviaria para o interior para ser dama de companhia de uma tia da realeza. – Minha voz virou um lamento.

– Tudo bem, minha querida. Não esquenta.

– O quê?

– Não esquenta. É uma gíria que diz para não se preocupar. Você nunca ouviu?

– Acho que não.

– Claro que ela não conhece – retrucou a Sra. Huggins. – Ninguém usa gírias no palácio.

Vovô sorriu.

– Isso exige um pouco de reflexão – disse ele, coçando o queixo. – Por quanto tempo essa princesa estrangeira vai ficar?

– Não faço ideia. A rainha falou que queria que fôssemos a Sandringham e a algumas festas.

– Então pode ser só uma semana, mais ou menos?

– É possível.

– Porque eu estava pensando aqui – disse ele. – Eu sei onde posso conseguir uma cozinheira e um mordomo.

– Sabe? Onde?

– Nós dois – respondeu vovô, e caiu na gargalhada. – Eu e a Hettie. Ela é uma boa cozinheira, e eu posso fingir ser mordomo se for necessário.

– Vovô, não quero que seja meu criado. Não é certo.

– Ah, mas você também estaria nos fazendo um favor, minha querida – disse ele, olhando de novo para a Sra. Huggins. – Sabe, pode ser útil estar longe daqui se aquele meirinho aparecer de novo com um aviso de despejo. Ele tem que entregar em mãos, não tem?

– Mas eu não posso pagar nada.

– Não se preocupe com o dinheiro agora, minha querida – disse vovô. – Não precisa nos pagar nada, mas você vai precisar de dinheiro para alimentar essa jovem.

– Ela vai vir esperando o melhor – concordou a Sra. Huggins. – Eu diria que foi errado a rainha querer que você pague por isso do próprio bolso.

– Ela não pensa nessas coisas – comentei. – A família real não precisa pensar em dinheiro. Eles nem andam com dinheiro.

– O mundo é injusto – disse a Sra. Huggins com um aceno de cabeça sagaz para o meu avô.

Vovô coçou o queixo.

– Eu estava pensando que você devia escrever para o seu irmão e pedir ajuda. Afinal, ele lhe deve um grande favor.

– Você está certo, ele deve mesmo, mas também está sem um tostão.

– Então diga que você vai levar a princesa para a casa dele na Escócia. Pelo que eu conheço da sua cunhada esnobe, ela faria qualquer coisa para não ter que receber uma visita da realeza na casa dela.

– Vovô, essa ideia é brilhante – falei, rindo. – Brilhantíssima! E também vou lembrar a Binky que ele prometeu me enviar uma criada. Ah, meu Deus, tenho certeza que a princesa vai querer alguém para vesti-la.

– Não vou me oferecer para vestir uma princesa – disse a Sra. Huggins. – Eu não tenho ideia de como essas roupas chiques devem ficar no corpo e as minhas mãos são brutas demais para uma pele delicada.

– Se Binky mandar minha criada da Escócia, como prometeu, ela pode cuidar da princesa – falei. – Já me acostumei a viver sem uma criada.

– Quando é que a princesa vai chegar?

– Nos próximos dias – respondi. – Ai, ai. Não estou nem um pouco empolgada.

– Não esquenta. – Meu avô deu um tapinha no meu joelho. – Vai dar tudo certo. Você vai ver.

Seis

Rannoch House
Quarta-feira, 8 de junho de 1932

Nosso mordomo no Castelo de Rannoch desenvolvera uma deficiência auditiva havia pouco tempo. Demorou uns bons cinco minutos para eu conseguir fazê-lo entender que não queria falar com lady Georgiana, mas que eu *era* lady Georgiana. Por fim, ninguém menos que minha cunhada, Fig, pegou o telefone.

– Georgiana? – Ela pareceu assustada. – Qual é o problema agora?

– Por que deveria ter algum problema?

– Suponho que você não esteja desperdiçando dinheiro em uma ligação telefônica com as atuais tarifas astronômicas a menos que seja uma emergência de verdade – disse ela. – Imagino que você esteja ligando da Rannoch House.

– Estou, e é um assunto urgente. – Respirei fundo. – Eu queria saber se vocês vão estar em casa nas próximas semanas.

– É claro que vamos estar em casa. As férias de verão estão muito além das nossas possibilidades. Hoje em dia não se pode mais nem pensar em fazer uma viagem rápida para o Mediterrâneo no verão. Devo levar o pequeno Podge para ficar com os avós em Shropshire, mas, fora isso, vamos tentar nos divertir no Castelo de Rannoch, por mais triste que essa perspectiva possa parecer.

– É uma boa notícia, na verdade – comentei –, porque vou sugerir um jeito de animar as coisas. Estou planejando levar um grupo de alemães para ficar com vocês.

– Alemães? Conosco? Quando?

– Acho que no fim da semana.

– Você vai trazer um grupo de alemães para ficar conosco esta semana? – A educação impecável de Fig apresentou rachaduras evidentes. Uma dama é educada para nunca demonstrar emoções. A voz de Fig ficou alta e estridente. – Quantos?

– Não sei o tamanho do séquito que a princesa vai trazer.

– Princesa? – Agora ela estava abalada de verdade.

– É, é tudo muito simples – respondi. – Eu tomei chá no palácio ontem, e Sua Majestade me perguntou se eu poderia hospedar uma princesa da Baviera em visita…

– Você? Por que você?

Fig se irritava muito por eu ser parente do rei e ela não, ainda mais porque, para piorar as coisas, minha mãe era plebeia e atriz. O mais próximo que Fig chegou de socializar com a realeza foi passar uma ou duas noites em Balmoral.

– Sua Majestade acha que o palácio pode ser meio enfadonho para uma jovem e que ela vai se divertir mais com alguém mais próximo da idade dela. Em circunstâncias normais, eu ficaria feliz de acatar o pedido e bancar a anfitriã na Rannoch House, mas, como você sabe, não recebo mais a mesada do meu irmão, portanto não posso pagar os serviçais e não sei como posso hospedar alguém, muito menos uma princesa.

– Por que não disse isso a Sua Majestade?

– Dizer a ela que estou morando na casa da família sem serviçais porque meu irmão se recusa a pagar por eles? Que impressão isso daria, Fig? Pense no nome da família. Na desgraça que seria. – Antes que ela pudesse responder, continuei, animada: – Foi assim que eu tive essa ideia brilhante. Vou levar todos eles para a Escócia. Eles vão se divertir muito. Podemos organizar umas festas e excursões até o mar e depois fazer um festival de caça quando começar a temporada, em agosto. Você sabe que os alemães adoram dar tiros.

– Agosto? – A voz de Fig tinha subido pelo menos uma oitava. – Você acha que eles vão ficar até agosto?

– Não tenho a menor ideia de quanto tempo eles planejam ficar. Não se discutem detalhes triviais com Sua Majestade.

– Vou ter que alimentar um grupo de alemães até agosto? Georgiana, você tem ideia de quanto os alemães comem?

– Não vejo nenhuma outra opção – falei, gostando muito da conversa até agora.

– Diga à rainha que você não pode fazer isso. Simples assim.

– Não se nega nada à rainha, Fig. E, mesmo se eu dissesse a ela que não posso fazer isso, teria que explicar o motivo, e haveria uma confusão danada. Como eu disse, tudo pode ser resolvido de maneira bem simples. Eu ficaria muito feliz em hospedar a princesa na Rannoch House se tivesse meios para isso. Sua Majestade mencionou que ia nos convidar para ir a Sandringham por algum tempo, e é claro que deve haver muitas festas para manter Sua Alteza entretida, então a despesa não seria tão terrível. Tudo o que Binky teria que fazer seria restabelecer minha mesada por um tempo e mandar a criada que ele prometeu.

– Georgiana, se eu não a conhecesse bem, diria que você está tentando me chantagear – disse Fig com frieza.

– Chantagear? Por Deus, não. Não é nada disso. Eu só queria lembrar aos dois que vocês têm uma pequena dívida de gratidão comigo pelo que fiz por Binky. Se eu não tivesse descoberto quem matou Gaston de Mauxville, Binky estaria definhando em uma cela na prisão. Ele poderia até ter sido enforcado, deixando você sozinha para criar o pequeno Podge e administrar a propriedade. O envio de uma criada parece uma bagatela em comparação.

Houve uma pausa. Dava para ouvir a respiração de Fig.

– Nós já pedimos a sua criada, Maggie – disse ela por fim –, mas, como você sabe, ela não queria deixar a mãe por causa do estado de saúde dela. E não tem mais ninguém adequado. A Sra. Hanna, a lavadeira, tem uma filha, mas ela tem se mostrado muito irresponsável. Derramou sopa em cheio nos seios de lady Branston outro dia.

Eu quase comentei que seria difícil *não* acertar a sopa nos seios de lady Branston.

– Se a minha mesada voltasse, eu poderia contratar uma criada temporária em Londres. Minha amiga Belinda tem uma moça ótima. Eu poderia usar a mesma agência.

– Mas e os outros serviçais? – Fig agora parecia desesperada. – Você não pode hospedar uma princesa alemã só com uma criada. Quem vai cozinhar para vocês? Quem vai servir?

– Bem, por acaso eu sei onde posso arranjar uma cozinheira e um mordomo temporários. Com amigos que estão viajando para o exterior, sabe? Então é só uma criada mesmo e a questão da comida. Eu preciso alimentar os hóspedes.

Houve uma longa pausa.

– Tenho que falar com Binky – disse Fig. – Os tempos estão difíceis, Georgiana. Não preciso dizer isso. Tenho certeza que você passa por filas de pão na cidade todos os dias.

– Passo, mas acho que você não chegou ao ponto de entrar na fila do pão, não é, Fig?

– Não, mas temos sido obrigados a viver dos produtos da propriedade – disse ela, acalorada. – Não podemos mais ir a Fortnum para comprar as guloseimas que fazem a vida valer a pena. Binky até desistiu da pasta de anchovas, e você sabe como ele adorava. Agora só temos comidas simples e humildes do campo.

– Pena que não é temporada de caça – comentei. – Se fosse, vocês poderiam atirar em cervos suficientes para alimentar os alemães. Ouvi dizer que eles adoram carne de cervo.

– Vou falar com Binky – disse ela, apressada. – Eu entendo que não devemos sujar o nome da família com Sua Majestade e com estrangeiros.

Desliguei o telefone bastante satisfeita.

Duas cartas chegaram pelo correio na manhã seguinte. Uma era de Binky, dizendo que ia transferir uma quantia modesta para a minha conta bancária, que era só isso que ele podia me mandar tão em cima da hora e considerando a época difícil em que vivíamos, mas que ele esperava que fosse suficiente para cobrir minhas necessidades financeiras temporárias. No fim da carta, Fig adicionou: *Verifique minuciosamente as referências de qualquer serviçal que você levar para a NOSSA CASA e tranque a prataria!!* A outra carta era do palácio. Sua Alteza Real, a princesa Hannelore, chegaria no trem vindo do porto no sábado. Isso me dava dois dias para transformar a casa no tipo de lar adequado a uma princesa, instalar meu avô e a Sra. Huggins como mordomo e cozinheira e contratar uma criada para mim.

Chamei meu avô e a Sra. Huggins e comecei a trabalhar na mesma hora, abrindo o resto da casa. Desde que eu tinha me mudado, estava usando meu quarto, a cozinha e a pequena sala matinal. O resto dos móveis da casa continuava envolto em lençóis. Comecei a trabalhar, enlouquecida, tirando o pó, varrendo o chão e fazendo as camas. Tive só uns pequenos contratempos. Consegui arrancar a perna de uma estátua de cavalo empinando, mas acho que não era da dinastia Ming nem nada, e encontrei uma cola para grudá-la de volta. Ah, e deixei cair um lençol que estava sacudindo na janela em cima de um coronel que passava. Ele não ficou muito feliz e ameaçou me denunciar à minha patroa.

Quando vovô chegou, eu estava exausta. Ele e a Sra. Huggins andaram pela casa sem fazer nenhum comentário, e eu pensei que eles não tinham ideia do quanto eu tinha feito e achavam que a casa tinha aquela aparência o tempo todo. Mas então meu avô parou, com a cabeça inclinada para o lado, como um pássaro.

– Não me diga que você fez essa cama sozinha.

– Claro que fiz. E também limpei o resto da casa.

– Ora, quem diria – disse a Sra. Huggins. – Você, sendo uma dama...

Ela pareceu bem consternada quando viu o tamanho da nossa cozinha e consternada ainda mais ao ver a despensa vazia. Eu disse a ela para fazer uma lista e comprar comida.

– Não tenho a menor ideia do que uma princesa alemã come, docinho – disse ela. – E não consigo fazer nenhuma bizarrice estrangeira. Nada de pernas de rã ao alho e coisas assim.

– Isso é francês – disse vovô. – Os alemães gostam de bolinhos.

– Pode cozinhar o que está acostumada, Sra. Huggins – argumentei. – Tenho certeza de que vai ficar perfeito.

Por dentro, eu estava começando a ter sérias dúvidas de que ficaria perfeito. Vovô e a Sra. Huggins eram pessoas adoráveis, mas o que eles conheciam das formalidades da vida na corte? Foi aí que eu lembrei que a princesa estava saindo direto de um convento. Ela também devia ter pouca ideia da vida na corte. Depois de instalar meu mordomo e minha cozinheira, fui procurar uma criada. Não ia ser fácil como eu esperava. Parecia que todas as melhores criadas tinham corrido para o campo com seus respectivos senhores e senhoras. A agência prometeu ter umas garotas prontas para eu entrevistar na segunda ou na terça – depois que eles conseguissem verificar as referências. Quando perguntei se eles tinham alguém que pudesse quebrar um galho no fim de semana, a senhora refinada atrás da mesa parecia que ia ter um ataque cardíaco.

– "Quebrar um galho"? – vociferou ela. – No fim de semana? – Ela se encolheu como se cada uma das palavras lhe provocasse dor. – Não trabalhamos com esse tipo de coisa. – Parecia até que eu tinha pedido uma stripper direto de Sodoma.

Isso meio que me deixou em apuros. Uma princesa vinda do continente não ia querer ser obrigada a preparar o próprio banho ou pendurar as próprias roupas. Ela nem devia saber fazer essas coisas. E também não ia ser adequado a cozinheira sair da cozinha para isso. Eu precisava de uma criada, e rápido. Fiz a única coisa em que consegui pensar e fui apressada até o chalezinho de Belinda em Knightsbridge.

– Eu preciso de um grande favor – disparei, ofegante, quando a criada dela me levou até a sala de estar ultramoderna com móveis escandinavos baixos e espelhos *art déco*. – Será que eu poderia pegar sua criada emprestada no fim de semana? – Binky teria ficado horrorizado ao me ouvir usando americanismos horríveis como "fim de semana", mas, pela primeira vez, eu não tinha escolha.

– Pegar minha criada emprestada? – Ela parecia perplexa. – Mas, querida, como eu ia sobreviver sem a minha criada? Tenho que ir a uma festa no sábado à noite. Quem arrumaria as minhas coisas? E ela tem folga aos domingos. Não, sinto muito, mas isso não ia dar certo.

– Ai, meu Deus – falei. – Então estou perdida. Vou receber uma princesa alemã e só tenho os serviçais mais básicos.

– Na última vez que estive na Rannoch House, você não tinha nenhum serviçal, então as coisas devem estar melhorando – disse ela.

– Eu não tenho serviçais agora... eu trouxe meu avô e a vizinha dele de Essex.

– Essex? – Ela arregalou os olhos. – Você espera que eles saibam servir uma princesa?

– É melhor do que nada. A rainha jogou esse problema no meu colo e estou tentando fazer o melhor possível. Além disso, a princesa acabou de sair de um convento. Não tem como ser uma experiência pior do que essa, né?

O rosto de Belinda se iluminou.

– Que comédia, querida.

– Não tem nada de comédia nessa situação, Belinda. Provavelmente vai ser um desastre, e vou ser banida para o campo.

– Mas por que Sua Majestade empurrou uma princesa para você? Eles estão redecorando o palácio ou algo do tipo?

– Ela, hum, acha que a princesa ia se divertir mais com alguém da idade dela – respondi sem revelar o verdadeiro motivo, que era empurrá-la para o príncipe de Gales. Belinda circulava entre a alta sociedade e podia muito bem topar com o príncipe. E eu não confiava que ela não ia abrir o bico.

– Espero que ela não esteja esperando diversão com jovens promissores – disse Belinda –, porque você não anda por esses círculos, não é, querida?

– Se a família dela se deu ao trabalho de mantê-la trancada em um convento durante a maior parte da vida, imagino que eles gostariam que ela evitasse grupos da alta sociedade – argumentei.

– Muito sensato. Você não tem ideia das coisas que estão acontecendo hoje em dia – disse Belinda, cruzando as pernas compridas e revelando belas meias de seda branca. – O príncipe estava em uma festa com outro rapaz ontem à noite.

– O príncipe de Gales? – indaguei, horrorizada.

– Não, não. Esse gosta de bruxas velhas, como já sabemos. Estou falando do príncipe Jorge. O filho mais novo. Eles estavam mostrando um retrato dele usando o capacete da guarda e mais nada.

Ela começou a rir. Eu me perguntei se a mãe dele sabia disso ou se ele era um dos filhos que ela achava que estava bem encaminhado.

– Preciso ir – falei. Por alguma razão, não consegui rir. Tudo estava ficando meio fora de controle.

– Não se esqueça da festa de Gussie e Lunghi na próxima semana, está bem? – disse Belinda enquanto me acompanhava até a porta. – Vai ser muito divertida. O pai de Gussie tem muito dinheiro, então acho que vai ter uma banda e sabe Deus o que mais.

– Não sei se vou conseguir ir se estiver presa a uma princesa – falei.

– Leve a princesa, querida. Mostre a ela o quanto nós, britânicos, nos divertimos.

Acho que Sua Majestade não aprovaria o tipo de festa que Belinda achava divertida. Voltei para casa com a sensação de estar prestes a fazer uma prova para a qual não tinha estudado. Fiquei pensando se seria horrível demais pegar caxumba de repente e, assim, mandar a princesa para o palácio.

Em seguida, é claro, o bom e velho sangue Rannoch venceu. Um Rannoch nunca recua. Eu tinha ouvido isso com muita frequência durante a minha criação no Castelo de Rannoch. Quem poderia se esquecer de Robert Bruce Rannoch, que, depois de ter o braço decepado, pegou a espada com a outra mão e continuou lutando? Eu não deveria recuar por causa de uma coisinha pequena como a visita de uma princesa. Com a cabeça erguida, marchei em direção ao meu destino.

Sete

Rannoch House
Sábado, 11 de junho de 1932

Querido diário,
A princesa alemã chega hoje. Sinto a desgraça iminente.

No caminho para a Victoria Station para receber o trem vindo do porto, quase perdi a coragem e tive que dar um sermão em mim mesma. Ela é uma jovem recém-saída da escola, falei com firmeza. Ela vai se encantar com a cidade grande e com tudo em Londres. Vai ficar empolgada por estar sozinha com uma acompanhante tão jovem. Tudo vai dar certo. É só por alguns dias, e a rainha vai ficar satisfeita.

Encorajada por essa conversa comigo mesma, atravessei a estação, passando pelas máquinas a vapor sibilantes, pelos gritos e apitos de aviso, até a plataforma na extrema direita, por onde chegam os trens vindos do porto. Quando aquele grande monstro cuspidor de fogo parou na estação, bufando com força, me ocorreu algo. Eu não tinha ideia de como ela era. Disseram que era uma belezinha, mas só isso. Será que ela teria cara de alemã? Como era a cara dos alemães? Conheci muitas alemãs quando estudava na Suíça, mas as pessoas elegantes costumavam se vestir com roupas de Paris e não era possível distingui-las pela ascendência.

Parei em um ponto por onde todos que desembarcavam teriam que passar e esperei. Abordei várias jovens só para receber olhares desconfiados quando perguntava se eram uma princesa. A plataforma ficou vazia. Ela não tinha vindo. Tinha mudado de ideia e ficado em casa, pensei, e uma grande onda de alívio me invadiu. Então, através da fumaça que se dissipava, vi um grupo de três mulheres paradas juntas e agitando os braços enquanto negociavam com um carregador. Havia uma senhora idosa e robusta, uma jovem e uma terceira mulher, de pele escura, vestida de maneira simples, o rosto descorado e com uma expressão séria. A jovem era encantadora e bonita – muito loura, com cabelos compridos presos em uma trança em volta da cabeça e vestindo um traje de marinheiro de linho azul-marinho. A mulher mais velha usava uma capa inconfundivelmente alemã: cinza e debruada com trança verde, além de um daqueles pequenos chapéus tiroleses com uma pena na lateral.

Corri até elas.

– Por acaso a senhorita é a princesa Hannelore? – perguntei à jovem.

– *Ja*. Esta é Sua Alteza – disse a mulher mais velha, se curvando para a bela garota em traje de marinheiro. – Você é criada de lady Georgiana de Rannoch? – Ela cuspiu as palavras com um forte sotaque alemão enquanto me lançava um olhar crítico. – Nós esperamos você. – (Claro que ela pronunciou "Nós esperramos focê.") – Está atrasada.

– Sou lady Georgiana. Vim pessoalmente receber Sua Alteza.

A mulher mais velha recuou e fez uma reverência.

– *Ach, Verzeihung*. Me perdoe. É muita honra a senhorita vir pessoalmente. Sou a baronesa Rottenmeister, acompanhante de Sua Alteza.

Ai, meu Deus. Nunca me ocorreu que ela viria com uma acompanhante! Mas claro. Que burrice a minha. Que rei enviaria a filha, recém-saída do convento, para o outro lado do continente sem uma acompanhante?

– Baronesa. – Fiz uma reverência em resposta. – Que gentileza a sua em trazer a princesa para nos visitar. A senhora vai ficar por muito tempo?

– Estou sempre com princesa. Ela fica. Eu fico. Ela vai. Eu vou – disse ela.

Ai, ai. E eu não tinha arrumado um segundo quarto de hóspede. Como e quando eu ia fazer isso sem ser notada?

– Permita-me apresentar Sua Alteza Real, a princesa Maria Theresa Hannelore Wilhelmina Mathilda. – A baronesa Rottenmeister fez um gesto com a mão enluvada de preto. – Alteza. Esta é lady Georgiana de Glen Garry e Rannoch.

A bela moça estendeu a mão.

– Olá, boneca – disse ela com uma voz doce e suave.

Fiquei confusa. Olaboneca era um nome alemão? Eu não fazia ideia.

– Olaboneca? – repeti.

Um grande sorriso atravessou o rosto dela.

– Como vai, boneca?

– Boneca?

O sorriso desapareceu.

– Não está certo? Eu falo o verdadeiro inglês contemporâneo. Eu sou o máximo, não sou?

– Alteza, onde a senhorita aprendeu esse inglês? – perguntei, ainda perplexa. – Ensinavam isso no convento?

Ela deu uma risadinha travessa.

– No convento? Não. Em nossa vila – (ela disse "fila") – tem boa cinema e muitas filmes americanas. Saímos pela janela do convento à noite e vamos ver filmes. Vi todos os filmes de gângster. George Raft, Paul Muni... você viu *Scarface*?

– Não, infelizmente não vi *Scarface*.

– Filme muito bom... muitos tiros. Bang, bang, matei você. Eu adoro gângster. Tem muitos tiros em Londres?

– Fico feliz em dizer que há pouquíssimos tiros em Londres – respondi, tentando não sorrir porque ela parecia muito séria.

– Uau. Que droga – disse ela. – Só Chicago tem tiros, então?

– Acredito que sim. Londres é bem segura.

Ela suspirou, decepcionada.

– Para onde as senhoras querem que eu leve essas malas? – perguntou o carregador, impaciente.

– Seu motorista espera lá fora? – perguntou a baronesa Rottenmeister.

– Não tenho motorista em Londres – respondi. – Vamos pegar um táxi.

– Um táxi? *Gott im Himmel!*

– Táxi. Gostei. – Hannelore parecia animada. – Minha caixa de joias, Irmgardt.

– Não fui apresentada à sua amiga – falei, acenando para a terceira mulher do grupo.

– Não amiga. Criada pessoal de Sua Alteza – disse a baronesa Rottenmeister com frieza.

Fiquei radiante. Ela havia trazido a própria criada. Claro que ela havia trazido a própria criada. Que pessoa normal não faria isso? Eu estava salva.

– Fenham. Famos encontrar táxi – disse a baronesa imperiosa e passou na nossa frente.

A princesa Hannelore se aproximou de mim.

– Famos se lifrar dessa felha. Famos se divertir muito, focê e eu, né?

– Ah, sim. Com toda certeza. – Eu também sorri.

Quando o táxi parou em frente à Rannoch House, até a baronesa Rottenmeister pareceu impressionada.

– *Ja* – disse ela, balançando o pescoço grosso. – Bela casa. É *gut*.

Hannelore olhou ao redor, empolgada.

– Olhe – sussurrou ela. Um homem atravessava a Belgrave Square carregando um estojo de violino. – Ele é um gângster.

– Não, ele é violinista. Ele fica na esquina e ganha uns trocados tocando violino. Eu já disse que não temos gângsteres em Londres.

Hannelore observou a praça arborizada, uma babá com a roupa bem engomada empurrando um carrinho de bebê enquanto uma menininha ao lado dela empurrava um carrinho de boneca idêntico.

– Gosto de Londres – disse ela –, mesmo sem gângsteres.

– Se houvesse gângsteres, eles não estariam na Belgrave Square – observei. – Este é um dos endereços mais respeitáveis de Londres. Fica perto do Palácio de Buckingham.

– Famos encontrar o rei e a rainha logo? – perguntou Hannelore. – Estou doida para conhecer esses coroas.

Percebi que seriam necessárias algumas aulas rápidas de inglês antes de conhecermos aqueles "coroas".

Toquei a campainha para avisar à minha extensa equipe que tínhamos chegado. Quem abriu a porta foi meu avô, usando um fraque. Quase caí para trás.

– Boa tarde, Vossa Senhoria. – Ele fez uma reverência sincera.

– Boa tarde, Spinks – respondi, tentando não sorrir. – Esta é a princesa Hannelore com sua acompanhante, a baronesa Rottenmeister, que também vai ficar conosco, e a criada dela.

– Vossa Alteza. Vossa Graça. – Vovô fez uma reverência para elas.

– Nosso fiel mordomo, Spinks – apresentei e, quando entramos, vi uma figura roliça usando um elegante uniforme azul com avental branco engomado.

– E nossa governanta, Sra. Huggins, milady – disse vovô.

A Sra. Huggins fez uma reverência.

– Prazer em conhecê-la, pode ter certeza – disse ela.

– As malas estão no táxi – falei, quase me contorcendo de vergonha. – Você poderia levá-las direto para o quarto da princesa, por favor? Ah, e teremos que arrumar um quarto para a baronesa.

– Mamão com açúcar, milady – disse vovô.

– Irmgardt, a Sra. Huggins vai ajudar a arrumar um quarto para você depois que você ajudar com as malas – expliquei.

A criada me encarou sem nenhuma expressão.

– Ela não fala inglês – disse a baronesa. – É uma garota bastante burra.

– Então, por favor, explique a ela em alemão.

As instruções em alemão foram repassadas. Irmgardt assentiu, séria, e foi pegar as malas no táxi.

– Vou escolher meu quarto – disse a baronesa. – Tenho muitas exigências. Tem que ser silencioso. Não pode ser muito frio nem muito quente. Tem que ser perto do banheiro. – E, antes que eu pudesse impedi-la, ela subiu a escada.

A princesa Hannelore me olhou.

– Ela é um pé no saco, não é?

Ela deve ter percebido que eu fiquei chocada.

– Vossa Alteza, a senhorita não deve usar essa expressão – comentei com delicadeza.

– É palavrão? – perguntou ela com inocência. – Qual é o problema de chamar ela de sacola?

– Não é esse tipo de saco – expliquei.

– Ok – disse ela. – E nós duas temos que ser parceiras. Não sou Vossa Alteza. Meus amigos me chamam de Hanni.

– Como mel em inglês? – perguntei, porque foi assim que ela pronunciou.

– Isso mesmo.

– E eu sou Georgie – falei. – Bem-vinda a Londres.

– Eu sei que vou me divertir pra valer – disse ela.

Nesse momento, a baronesa Rottenmeister desceu a escada.

– Eu escolhi o quarto que quer – disse ela. – Silencioso. Longe de rua. Sua criada faz minha cama.

– Minha criada?

Olhei para a rua, onde a Sra. Huggins e vovô estavam lutando contra uma montanha de malas. – Infelizmente, ela não…

– Mas ela disse que vai fazer isso para mim agora mesmo. Uma doce garota.

Olhei para o alto da escada e quase caí para trás. Belinda estava ali, usando um elegante uniforme de criada que parecia ter saído direto de uma comédia de costumes francesa.

– Tudo resolvido, Vossa Senhoria – disse ela com seu melhor sotaque de Essex.

Oito

NA HORA DO JANTAR, MINHAS HÓSPEDES já estavam instaladas nos quartos. Haviam tomado um banho quente (meu avô tinha alimentado a caldeira na potência máxima). A mesa estava posta na sala de jantar com toalhas brancas e prata polida. Belinda tinha escapado para ir à tal festa, prometendo que, se a ressaca não estivesse muito terrível, ia tentar voltar no dia seguinte. Um cheiro bom vinha da cozinha. No fim das contas, parecia que tudo ia dar certo.

– Espero que sua cozinheira sabe que meu estômago é delicado – disse a baronesa Rottenmeister ao descer para jantar. – Eu como feito um passarinho por causa da minha saúde.

Visto que ela tinha uma circunferência impressionante, questionei a observação em silêncio. Hanni estava encantadora em um vestido de noite cor-de-rosa enfeitado com rosas. Eu até comecei a ter esperança de que ela iria mesmo chamar a atenção do príncipe de Gales e que o futuro da monarquia britânica estaria a salvo. Talvez eu recebesse um novo título como agradecimento. Marquesa da Belgravia? E talvez viesse com uma propriedade – minha própria posse, Senhora da Ilha de um lugar qualquer. Tenho certeza de que ainda há ilhas perto da Escócia esperando para serem doadas à pessoa certa. Com esses pensamentos felizes, conduzi minhas hóspedes ao jantar.

– Está muito frio aqui – disse a baronesa. – Por que não tem fogo?

– Estamos no verão. Nunca acendemos a lareira depois de primeiro de maio – respondi.

– Vou pegar um resfriado – disse a baronesa. – Tenho peito muito delicado.

De jeito nenhum o peito dela podia ser descrito como delicado, e ela estava usando um casaco de pele por cima do vestido de noite preto. Ela também não parecia preocupada com o fato de que a protegida dela, a princesa Hanni, parecia bem confortável em seu vestido decotado de seda leve.

A comida chegou pelo elevador. Meu avô serviu os pratos.

– O que é isso? – A baronesa cutucou a comida com o garfo.

– Torta de carne com rim – disse vovô. – Um belo rango britânico.

– Tordecarnerrim? Rango? – questionou a baronesa. – O que é rango?

– É uma gíria para comida, Vossa Graça – respondeu meu avô.

– Acho que não vou gostar disso – retrucou a baronesa, mas experimentou um pedacinho. – Nada mau – disse ela e devorou o prato todo.

Quando os doces chegaram, ela pareceu confusa.

– Não tem sopa? Nem peixe? Nem ave? Nem salada? Como eu conseguir manter minhas forças com tão pouca comida?

– Eu moro sozinha e me acostumei a comer pouco – expliquei. – Quando formos convidadas para jantar com o rei e a rainha no palácio, tenho certeza de que eles vão servir todos esses pratos.

– Mas até lá eu tenho que sofrer, imagino – disse ela com uma resignação dramática.

– Achei um bocado gostoso – disse Hanni. – Melhor que comida no convento. Freiras sempre fazem penitência.

A sobremesa foi colocada na nossa frente.

– O que é isso, agora? – perguntou a baronesa.

– Pinto malhado com creme – disse vovô. – Uma das especialidades da Sra. Huggins.

– Pinto malhado? – A baronesa cutucou a sobremesa, desconfiada. – Você quer dizer pato?

– Não, é pinto mesmo. – Meu avô me olhou e piscou.

– Pato eu conheço. Pinto eu não conheço – disse a baronesa.

Quase mergulhei a cabeça no prato para não rir.

– É só um nome – comentei. – Um antigo nome tradicional para um pudim de sebo.

– Sebo? Péssimo para minha digestão. – Mas ela comeu, limpando o prato antes de qualquer outra pessoa e repetindo. – Acho que eu tenho que comer alguma coisa, afinal – disse ela, resignada. – Todas as famílias nobres inglesas comem assim, tão simples?

– Estamos em uma depressão – falei. – Tentamos viver de um jeito simples enquanto as pessoas comuns estão passando por tempos tão difíceis.

– Não faz sentido ter berço nobre se não comer bem – disse ela. – Restam tão poucos privilégios.

– Eu gosto de pinto malhado! – exclamou Hanni. – E amanhã você me mostra Londres e vamos a festas para dançar e se divertir pra valer.

Achei que a diversão seria restringida com severidade pela baronesa Rottenmeister, mas, por via das dúvidas, fiquei em silêncio. Então, quando a baronesa pediu licença por alguns instantes, Hanni sibilou para mim:

– Temos que nos livrar da pé no saco. Ela não vai deixar eu me divertir. Temos que acabar com ela.

– Acabar com ela?

Hanni deu uma risadinha.

– Você sabe. Acabar com ela. Despachar. Bang, bang. Fim.

– Hanni, acho que não vamos conseguir despachar a baronesa, mas concordo que as coisas não vão ser agradáveis com ela por perto.

– Então temos que planejar jeito de fazer ela voltar para casa.

– Como?

– Fazer ela não gostar daqui. Ela gosta de comer. Sirva bem pouca comida. E ela gosta de ficar no quentinho. Abra todas as janelas. Deixe tudo frio. E ela gosta de banhos quentes. Desligue a água quente.

Olhei espantada para ela.

– Para alguém que acabou de sair do convento, você é bem pérfida.

– O que é pérfida?

– Traiçoeira.

– Ah, quem passa perna em alguém – disse ela, radiante. – É. Isso aí, boneca.

– *Ach, das ist gut.* Vocês, jovens, estão amigas. Gostei – disse a baronesa ao voltar para a sala.

Depois do café, acompanhei minhas hóspedes até os quartos. A baronesa precisava de mais cobertas e reclamou que o quarto estava úmido e tinha certeza de ter visto uma aranha em um canto.

– Sinto muito. A casa é muito úmida, até no verão – expliquei. – E infelizmente é comum ter aranhas. Mas não tem muitas venenosas.

– Aranhas venenosas? Em Londres?

– Só de vez em quando – comentei.

– Onde está sua criada para me ajudar? – ela quis saber.

Expliquei que a criada tinha folga à noite.

– Folga à noite? Vocês permitem que os criados saiam no sábado à noite? Nunca ouvi falar nisso. Na Alemanha, nossos criados estão por perto sempre que precisamos deles.

Eu finalmente consegui acomodá-la e fui ver Hanni. Ela estava sentada diante da penteadeira enquanto a criada, Irmgardt, escovava seus longos cabelos dourados. Ela realmente parecia uma princesa de conto de fadas.

– Hanni, vou ter que tomar conta de você direito – expliquei. – Você pode partir muitos corações em Londres.

– O que eu vou partir? – perguntou ela com aquele adorável sorriso inocente.

– Corações. Muitos ingleses vão se apaixonar por você.

– Espero que sim – disse ela. – Eu vou ser dama sexy e bonitona. Você pode me dar dicas.

– Não sei. – Dei uma risada nervosa. – Tenho que ficar de olho em você. E não sei quase nada sobre ser bonitona e sexy.

– Mas você não é firguem até agora, né? – perguntou ela.

– Firguem?

– Você já é mulher. Não firguem.

– Ah – falei. – Entendi. Bom, sim, eu ainda sou virgem, infelizmente.

– Isso não é bom – disse ela, acenando um dedo para mim. – Jovem como eu. Dezoito anos. Homens gostam de firguem. Mas velha como você não é bom. Homens pensam que tem algo errado.

– Eu não sou tão velha – retruquei. – Vou fazer 22 só em agosto.

Mas ela não parecia convencida.

– Temos que fazer alguma coisa por você. E rápido.

– Você parece minha amiga Belinda.

– Belinda? Já gostei. Vou conhecer Belinda em breve?

Eu não podia dizer "Você já conheceu, ela estava pendurando as roupas da baronesa".

– Com certeza – falei. – Somos muito amigas. Mas ela já é uma mulher com mais experiência. Se você quiser saber qualquer coisa, pergunte a ela.

– Talvez ela encontre um cara bonitão e sexy para mim.

– Vossa Alteza, acho que as pessoas esperam que se guarde para o casamento – falei. – Elas esperam que você faça um bom par com um príncipe.

– Mas príncipes são tão chatos, você não acha? – perguntou ela.

Isso não era um bom sinal. A ideia era que ela se apaixonasse perdidamente pelo príncipe de Gales.

– Temos príncipes muito interessantes na Inglaterra – argumentei. – Você vai conhecê-los em breve.

Acordei no meio da noite e fiquei deitada imaginando o que tinha me despertado. Então ouvi de novo: o rangido de uma tábua do assoalho. Uma das minhas hóspedes estava usando o banheiro, presumi, mas me levantei para o caso de elas não conseguirem encontrar o interruptor de luz. Eu tinha acabado de abrir um pouquinho a porta quando meu coração parou: uma figura escura estava subindo a escada, vindo do térreo. Antes que meu coração voltasse a bater, reconheci Irmgardt, a criada de Hanni. Ela não me viu, mas continuou na ponta dos pés e subiu o próximo lance de escada até os aposentos dos criados.

O que ela estava fazendo lá embaixo?, pensei. Era óbvio que não tinha sido para buscar alguma coisa para a patroa, senão teria levado até o quarto dela. Não notei nada nas mãos dela, mas as palavras de Fig sobre trancar a prataria da família vieram à minha mente. Com certeza uma criada da realeza teria sido bem investigada antes de ter permissão para acompanhar uma princesa. Talvez ela só estivesse procurando alguma coisa simples como um copo d'água. Fechei a porta e voltei a dormir.

Na manhã seguinte, passei as instruções de Hanni ao meu avô e à Sra. Huggins. Diminuir a comida e desligar a água quente. Eles ficaram relutantes em fazer isso.

– Como assim? Elas vão pensar que não sei cozinhar direito – argumentou a Sra. Huggins. – Tenho orgulho da minha comida, tenho sim.

– E não quero aquele dragão velho vindo atrás de mim porque não tem água quente – disse vovô. – Ela já apontou a bengala para mim algumas vezes.

– Diga a ela que o sistema de caldeira da casa é antigo e temperamental e que não temos como saber se haverá água quente ou não. Diga que estamos acostumados com banhos frios na Inglaterra. Meu irmão, o duque, sempre toma banho frio.

– Espero que você saiba o que está fazendo, minha querida. – Vovô balançou a cabeça. – Não seria bom se ela reclamasse com a rainha que não está sendo bem tratada.

– Ah, acho que ela não faria isso – argumentei, mas não tinha certeza.

Na verdade, eu tinha a sensação de que essa era uma causa perdida. A baronesa Rottenmeister me pareceu uma daquelas criaturas nobres que não se esquivam do dever, por mais horrível que seja. Assim como os meus ancestrais. Ai, meu Deus. Espero que ela não tenha sangue Rannoch!

Domingo, 12 de junho

Querido diário,

Chove torrencialmente. Não tenho ideia de como entreter a princesa e a acompanhante dela. Hanni parece simpática e deve ser fácil. A baronesa vai ser outra história.

Na manhã de domingo, a baronesa, Irmgardt e Hanni tinham que ir à missa. Eu as mandei de táxi. A baronesa ficou horrorizada por eu não ir também.

– Na Inglaterra somos todos da I. da I. – comentei. – Igreja da Inglaterra – acrescentei quando ela demonstrou que não tinha entendido. – O chefe da igreja é o rei, meu primo. Não temos que ir todos os domingos se não quisermos.

– Você é parente de chefe da igreja? Uma nação de pagãos – disse ela e se benzeu.

Quando elas voltaram, a Sra. Huggins estava prestes a preparar bacon, ovos e rins para o café da manhã, mas insisti que fizesse mingau.

– Isso é o café da manhã? – perguntou a baronesa.

– Café da manhã escocês. É isso que comemos no Castelo de Rannoch. Ela cutucou a comida com a colher.

– E o que tem de acompanhamento?

– Nada. Só o mingau. Na Escócia, comemos com um pouquinho de sal. Ela suspirou e puxou o xale para proteger melhor o corpo. Por sorte e para variar, o clima estava cooperando. A breve fase de sol tinha sido substituída pelo clima normal do verão inglês. Chovia canivetes e estava bem frio. Até eu olhei desejosa para a lareira e quase voltei atrás na questão do fogo. Mas eu sabia o que estava em jogo e bravamente fui pegar um cardigã de lã. Não houve sinal de Belinda durante toda a manhã. Desconfiei que a festa tinha ido até de madrugada, e cedo para ela significava acordar por volta das onze.

A Sra. Huggins insistiu em fazer um assado para o almoço de domingo.

– Não quero que as estrangeiras pensem que não fazemos as coisas direito na Inglaterra – disse ela. – Sempre temos carne assada no domingo.

Mas consegui convencê-la a economizar nas batatas e esbanjar nas verduras para acompanhar. E de sobremesa servir alguma coisa leve. Ela sugeriu coalhada. Perfeito.

A baronesa comeu a carne rapidamente.

– Boa *Fleisch* – disse ela. – *Fleisch* é saudável.

Mas percebi que ela não atacou as verduras com o mesmo entusiasmo e nem gostou da coalhada.

– Calhada? – perguntou ela. – O que significar calhada?

Nunca foi minha sobremesa preferida. Sempre a associei a comida de doentes, mas consegui dar a impressão de que estava comendo com gosto. Depois do almoço, ficou úmido demais para dar uma caminhada, então nos sentamos na cavernosa sala de estar enquanto o vento assobiava pela chaminé. A baronesa cochilou em uma poltrona. Hanni e eu jogamos cartas.

– Ninguém vem aqui? Você não recebe visitas? – perguntou a baronesa, se remexendo sonolenta. – Vida na Inglaterra é muito chata.

– Acho que a chuva está parando. – Hanni olhou pela janela. – Vamos dar um passeio. Você me mostra Londres.

Deixamos a baronesa adormecida na poltrona.

– Vamos caminhar pelo lindo parque – sugeriu Hanni. – Lugar muito romântico, não?

Caminhamos pelo Hyde Park, onde gotas caíam dos castanheiros-da-índia e a Rotten Row estava encharcada. O parque estava quase deserto até chegarmos ao Speakers' Corner. Ali, um grupinho estava reunido ao redor de um homem em pé sobre uma caixa de madeira.

– Os trabalhadores vão se rebelar e tomar o que é deles por direito! – gritava ele, enquanto outros jovens fervorosos carregavam cartazes que diziam: *Seja comunista. Torne o mundo melhor. Abaixo a monarquia. Igualdade para todos. Viva os trabalhadores.*

Hanni olhou interessada para eles.

– Eles podem dizer isso e não ser presos? – perguntou ela.

– Esse lugar é chamado de Speakers' Corner, o recanto do orador. Você pode falar o que quiser, por mais bobo que seja.

– Você acha os comunistas bobos? – perguntou ela.

– Você não acha?

– Acho que seria bom se todas as pessoas tivessem dinheiro, casa e comida.

– E você acha que os comunistas conseguiriam dar isso a todos? Olhe só a confusão na Rússia.

– Não sei – disse ela, depois deu um gritinho agudo quando deixou a luva cair no chão molhado.

No mesmo instante, um dos rapazes baixou o cartaz e correu para pegá-la.

– Pronto, senhorita – disse ele, devolvendo-a com uma reverência encantadora.

– Muito obrigada. – Hanni corou lindamente. – Seu amigo fala muito bem – disse ela.

Ele ficou radiante.

– Você gostaria de ir a uma das nossas reuniões? Elas acontecem no St. Mary's Hall, no East End. Você seria muito bem-vinda.

– Viu? Os comunistas são simpáticos, não acha? – sussurrou Hanni enquanto ele recuperava o cartaz. – Ele era bonito.

Tive que concordar que ele era bonito, apesar de usar um casaco de tweed puído e um pulôver tricotado à mão. O interessante é que ele falava como um cavalheiro.

Naquele momento houve uma troada de botas e um grupo de jovens usando camisas pretas com o emblema de um raio marchou até os comunistas.

– Voltem para a Rússia, de onde nunca deviam ter saído – gritou um deles. – Inglaterra para os ingleses.

– Somos tão ingleses quanto você, camarada, e temos o direito de falar aqui! – gritou o homem que estava no palanque.

– Vocês são um bando de intelectuais maricas. Não servem para porcaria nenhuma – zombou um dos camisas-negras e saltou para empurrá-lo da caixa.

De repente, uma briga começou ao nosso redor. Hanni gritou. O jovem com quem ela havia falado tentou abrir caminho em meio à confusão para chegar até ela, mas levou um soco de um enorme brutamontes dos camisas-negras. De repente, um braço forte me agarrou pela cintura e eu me vi sendo puxada para fora da briga. Levantei os olhos para protestar e vi Darcy O'Mara.

– Por aqui, antes que as coisas fiquem feias – murmurou ele enquanto nos conduzia para longe, bem na hora em que o som dos apitos da polícia começou a ressoar.

– Esses vândalos não podem impedir a liberdade de expressão na Grã-Bretanha. Vamos mostrar como se comportar! – gritava alguém enquanto a polícia entrava para apartar a briga.

Olhei para Darcy.

– Obrigada. Você chegou no momento certo.

– Ah, você não sabia que eu sou seu anjo da guarda? – perguntou ele com aquele sorriso travesso. – O que diabos estava fazendo em um comício comunista? Você está pensando em trocar o Castelo de Rannoch por uma cabana de camponesa?

– Só estávamos lá por acaso – respondi. – Saímos para dar um passeio nessa tarde de domingo e Hanni quis saber quem estava gritando.

O olhar de Darcy se voltou para Hanni.

– Sua amiga? – perguntou ele. – Acho que não nos conhecemos.

– Vossa Alteza, apresento o Honorável Darcy O'Mara, filho e herdeiro do lorde Kilhenny da Irlanda. Darcy, esta é Sua Alteza Princesa Hannelore da Baviera – falei. – Ela está hospedada comigo na Rannoch House.

– É mesmo? Por Jorge. – Vi que os olhos dele se iluminaram. – É um prazer conhecê-la, Vossa Alteza. – Ele fez uma reverência muito apropriada, depois levou a mão estendida dela aos lábios. – Eu me ofereceria para acompanhá-las de volta à Belgrave Square, mas infelizmente já estou atrasado para um compromisso. Espero vê-las de novo em breve, agora que estou de volta a Londres. Vossa Alteza. Milady.

Então ele se misturou à multidão, que se tornara considerável.

– Uau, caramba, ui ui ui, ulalá. Que tipo bonitão – disse Hanni. – Não me diga que ele é seu gato!

– Meu gato?

– É, seu querido. Seu docinho. A palavra não está certa?

– Na Inglaterra, somos menos criativos com o idioma – retruquei.

– Então o que vocês dizem.

– Namorado? Acompanhante?

– Ele é isso?

– Claramente não é mais – respondi com um suspiro.

Nove

Rannoch House
Segunda-feira, 13 de junho de 1932

MANHÃ DE SEGUNDA-FEIRA – com frio e tempestade de novo. Novamente mingau para o café. A Sra. Huggins não era muito boa em fazer mingau, que parecia uma cola para papel de parede. Comi o meu fazendo cara de prazer. Achei que a baronesa começava a dar sinais de cansaço.

– Quando é que rei e rainha vão convidar para palácio? – perguntou ela, esperançosa.

– Não sei – respondi. – Depende da agenda deles.

– É muito irregular princesa não ser recebida no palácio por rei – disse ela, depois acrescentou: – Comida no palácio é boa?

– Eles também estão tentando comer pouco – respondi, sabendo que era verdade.

– E onde está sua criada?

– Ainda não voltou da visita à mãe.

– Os serviçais da Inglaterra não têm noção de dever. Você tem que demitir ela rápido e procurar uma boa garota alemã de confiança – disse a baronesa, apontando com a bengala para mim.

Naquele momento, o correio chegou com duas cartas. Uma era de fato do palácio, nos convidando para jantar na terça à noite. A outra tinha sido encaminhada da minha caixa postal e era da Sra. Bantry-Bynge, uma das minhas clientes regulares no ramo de limpeza. De vez em quando, a Sra.

Bantry-Bynge abandonava o coronel Bantry-Bynge e escapulia para a cidade. Supostamente ia à costureira, mas na verdade ia se encontrar com um homem nojento e pavoroso chamado Boy. Eu já tinha sido chamada para preparar seus aposentos em várias ocasiões. Era um trabalho fácil e ela pagava bem. Estava comprando o meu silêncio, segundo Belinda.

A Sra. Bantry-Bynge precisava dos meus serviços na quarta-feira. Ela ia passar a noite na cidade para jantar com amigos.

– Ah, que droga – resmunguei.

Não é uma palavra que uma dama diga em voz alta, mas todo mundo sabe que ela é proferida em tempos de crise quando ninguém está ouvindo. Como é que eu ia encontrar uma desculpa para deixar Hanni e a baronesa durante várias horas? Talvez alguém no jantar no palácio pudesse ser persuadido a convidar Hanni para dar uma volta em um Rolls Royce ou talvez eu pudesse convencer Belinda, onde quer que ela estivesse, a me ajudar.

Eu havia acabado de mostrar o convite para jantar no palácio às minhas hóspedes quando ouvi uma batida na porta da frente. Belinda entrou parecendo encantadora com uma capa de chuva prateada.

– Meus queridos, está chovendo a cântaros lá fora – disse ela enquanto meu avô-mordomo a ajudava a tirar a capa. – Está horrível, por isso achei melhor vir até aqui e animá-los com boas notícias.

– Que gentileza – falei –, mas você ainda não conheceu as minhas hóspedes.

Eu a levei até a sala matinal e fiz as apresentações.

– Srta. Belinda Warburton-Stoke – falei. – Uma grande amiga minha da escola.

– Como vão? – Belinda fez uma reverência graciosa.

– Que estranho. – A baronesa encarou Belinda. – Você se parecer muito com alguém.

– Eu tenho parentes em toda parte – disse Belinda, despreocupada. – Estão gostando de Londres?

– Até agora só chover, e ficamos sentadas sozinhas nesta casa – respondeu a baronesa.

– Puxa vida. Você vai sair com elas hoje, não é, Georgie?

– Vou, pensei em ir à National Gallery, já que está chovendo, ou à galeria dos visitantes na Câmara dos Lordes.

– Georgie, que programação mais deprimente! Leve-as às compras. Vão na Harrods ou na Bond Street.

– Ah, *ja*. Vamos fazer compras. – O rosto de Hanni se iluminou. – Disso eu gosto.

– Está bem – falei devagar, pensando se o protocolo real me obrigaria a comprar coisas para a princesa. – Vamos fazer compras.

Belinda abriu a bolsa.

– Georgie, eu vim aqui porque o convite chegou hoje de manhã.

– Convite?

– Para a festa de Gussie, querida. Aqui.

Ela o entregou a mim. Era impressionantemente grande.

Augustus Gormsley e Edward Fotheringay convidam para uma noite de alegria, caos e possível devassidão em St. James's Mansions, no dia 15 de junho, quarta-feira, às 20h30.

Isso era exaustivo. Eu queria ir de verdade, mas não poderia levar uma princesa para uma noite de possível devassidão nem poderia sair e deixá-la em casa.

– Acho que não posso ir – comentei. – Quer dizer, não posso deixar Sua Alteza.

– Leve a princesa – disse Belinda, animada. – Dê a ela um gostinho da alta sociedade de Londres. Eu soube que talvez um príncipe ou dois apareçam.

– Eu realmente não acho… – comecei, mas Hanni olhou por cima do meu ombro e deu um gritinho de alegria.

– Rapazes e dança – exclamou ela. – Sim, disso eu vou gostar.

– Bom, então está tudo resolvido. Quarta às oito – disse Belinda. – Eu venho buscar vocês. Preciso correr, querida. Estou trabalhando em uma nova criação.

Eu a acompanhei até o vestíbulo.

– Você correu um risco terrível – sibilei para ela. – A bruxa velha quase reconheceu você.

– Que bobagem, querida. Ninguém reconhece os serviçais. Eles são invisíveis.

– Você ficou muito engraçada fingindo que era minha criada.

– E também trabalhei muito bem, posso garantir. E me desculpe por ontem. Eu tinha a intenção de vir, mas a verdade é que só voltei para a minha própria cama às cinco... ele era divino, querida... e daí dormi até cinco da tarde, bem na hora de acordar para outra festa. Minha vida como serviçal caiu no esquecimento.

– Tudo bem. A princesa trouxe uma criada que foi obrigada a cuidar das duas. E Binky me mandou um dinheirinho para contratar uma nova criada para mim, e a agência deve estar procurando garotas apropriadas.

– Escolha uma que não seja tagarela – disse Belinda. – Não há nada pior do que acordar de manhã com gente falando pelos cotovelos, querendo bater papo na hora do chá. E nunca se sabe para quem ela vai abrir o bico sobre certas pessoas que passaram a noite com você. A gente tem uma reputação a zelar, sabe?

– Isso não se aplica a mim – respondi. – Minha criada iria morrer de tédio.

– As coisas vão mudar, você vai ver. Você só está aqui há alguns meses. Depois que entrar para o nosso grupo, vai ser uma festa atrás da outra. E essa festinha de Gussie Gormsley vai ser ótima. Todo mundo vai estar lá, posso garantir.

– Tem certeza que é aconselhável levar a princesa a uma festa desregrada?

– Mas é claro! – Belinda deu um sorrisinho. – Que jeito melhor de apresentá-la à vida fora do convento? Então, até lá – disse e me deu um beijo no rosto –, tchauzinho.

E ela se foi, descendo apressada os degraus e saindo na chuva.

A baronesa Rottenmeister insistiu em ir conosco até a Harrods. Fiquei muito relutante, pois a Harrods foi o cenário de uma das humilhações da minha vida. Eu trabalhei no balcão de cosméticos pelo total de três horas antes de ser despedida. Mas hoje estava indo como eu mesma, acompanhada de uma princesa e uma baronesa. Não previ nenhum problema.

Hanni parecia uma criança em uma loja de brinquedos assim que entrou lá. Ela saltitava de um balcão para outro soltando gritinhos de alegria.

– Olhe! Anéis. Colares. E que bolsas lindas! Ah, olhe, batons!

Tive que admitir que seu vocabulário era bastante impressionante nessa área e fiquei pensando como ela poderia ter se deparado com palavras como "cosméticos" em um convento. Talvez nos comerciais que passavam nos intervalos dos filmes policiais americanos. Talvez as parceiras dos gângsteres falassem sobre maquiagem. Saímos dos acessórios e fomos para a seção de vestuário.

– Ah, que festido lindo. Preciso experimentar. – Hanni estava quase abraçando o vestido, e uma vendedora se aproximou com olhos reluzentes. – Eu não tenho festido sexy para usar em festa. Só festidos alemães sem graça. – Ela olhou para a etiqueta. – São só 25 libras.

– Esse é o preço do cinto, madame – disse a vendedora, aparecendo por milagre atrás dela. – O vestido custa trezentos guinéus.

– Trezentos. É muito? – me perguntou Hanni, inocente.

– É muito – respondi.

– Vou provar mesmo assim. – Ela deu um sorriso radiante para a vendedora enquanto eu tentava pensar em um jeito de dizer que eu não tinha dinheiro sem causar um constrangimento geral. Talvez a baronesa tivesse trazido o talão de cheques.

– A jovem veio do exterior? – me perguntou a vendedora.

– Ela é a princesa Hannelore da Baviera – respondi e percebi que o comportamento da mulher mudou em um instante.

– Vossa Alteza. Que honra! Vou trazer outros vestidos para a senhorita experimentar.

Passamos uma meia hora feliz, com Hanni parecendo mais encantadora a cada vestido, e eu me sentindo mais perturbada pensando em quem deveria pagar por eles.

– Acredito que Vossa Alteza já viu todos os nossos vestidos de noite – disse a vendedora.

Hanni esticou os braços de um jeito abrangente.

– Vou levar todos! – disse ela.

– Não, não vai. – A tensão explodiu e escapou de mim em um tom mais alto do que eu pretendia.

– Claro que não – disse a vendedora, sorrindo radiante para Hanni. – Não se pode esperar que Vossa Alteza passe pelo inconveniente de carregar os vestidos. Faremos a entrega na sua casa hoje à tarde.

– A baronesa tem dinheiro do seu pai para pagar por esses vestidos? – perguntei.

– Não tenho. – A baronesa quase cuspiu as palavras.

– Então sinto muito, mas você não pode ficar com eles – expliquei.

– Vamos telefonar para o meu pai. – Hanni estava fazendo beicinho. – Ele vai querer que eu tenha roupas da moda para encontrar com rei e rainha, não roupas alemãs sem graça.

– Os vestidos alemães não são sem graça – disse a baronesa, agora com o rosto vermelho como um tomate. – Você deveria se orgulhar de usar vestido alemão. Venha, Hannelore. Vamos embora agora.

Dei um sorriso constrangido para a vendedora enquanto Hanni era levada para fora. Tínhamos quase chegado à entrada da loja quando senti um toque no braço. Era um homem de sobretudo, e ele estava carrancudo.

– Com licença, mas a madame pretende pagar agora pela compra da princesa ou devemos enviar uma nota de cobrança?

– Compra? – Certamente os vestidos ainda deveriam estar pendurados no provador.

– A bolsa, madame. – Ele apontou para o braço de Hanni, que agora estava enfiado na alça de uma adorável bolsa branca. – Cinquenta guinéus.

– Vossa Alteza. – Segurei Hanni antes que ela saísse para a rua. – Acho que você esqueceu de devolver a bolsa que estava olhando.

Hanni olhou surpresa para o braço.

– Ah, sim. Esqueci.

E ela a devolveu ao segurança com um sorriso simpático. Passei o caminho todo até em casa observando Hanni amuada no táxi. Ela havia mesmo se esquecido da bolsa ou pretendia furtá-la da loja?

– Preciso casar rápido com homem rico – declarou Hanni. – Você também, Georgie. Vai ter homens ricos em festa?

– Acho que sim.

– Ótimo. Então nós vamos escolher um para cada uma. – Ela fez uma pausa, pensativa. – Você acha que homem gracioso que nos salvou ontem vai estar lá?

– Acho que não – respondi, esperando que não. Eu tinha visto os olhos de Darcy brilharem quando ele viu Hanni. – E homens não são descritos como graciosos. Eles são charmosos.

– Ele era gracioso – disse Hanni, melancólica.

Tive que concordar com ela. Provavelmente o homem mais gracioso que eu ia conhecer na vida.

Dez

Naquela noite, a Sra. Huggins serviu sapo no buraco – uma torta de linguiça típica – e arroz-doce. Era comida de criança na sua forma mais simples, e a baronesa encarou o prato horrorizada quando foi colocado na frente dela.

– Sapo no buraco? – perguntou ela, imitando o sotaque de vovô. – Sapo? Vamos comer um sapo? Tem sapo nessa torta?

– Só tem sapo no nome – expliquei, embora estivesse muito tentada a deixá-la pensar que ia comer um sapo assado. – A culinária inglesa tem muitos nomes estranhos.

– Eu gostei de sapo no buraco – disse Hanni. – Gosto é bom.

E era mesmo. Assim como muitas comidas simples, o sapo no buraco é delicioso se for bem feito, e eu sempre adorei linguiça.

– Se não é sapo, o que é? – perguntou a baronesa ao meu avô.

– É linguiça, docinho. Linguiças inglesas – disse meu avô, sorrindo para Hanni. Os dois tinham criado um vínculo imediato.

– Mas isso é comida de camponês! – argumentou a baronesa.

– Eu gosto – murmurou Hanni de novo.

A baronesa foi cedo para a cama, bufando e resmungando "não tem água para o banho, não tem calefação e temos que comer sapos!" enquanto subia a escada.

Eu ainda estava pensando como ia escapar para cumprir minha tarefa com a Sra. Bantry-Bynge na manhã de quarta-feira. Então, ao longo da noite uma ideia brilhante me ocorreu. A agência não tinha me falado nada sobre a nova criada. Eu podia alegar que ia entrevistar candidatas ao cargo. Mas esse esquema foi frustrado por um telefonema enquanto tomávamos o café da manhã na terça-feira. Era justamente a agência de criadas: eles haviam encontrado uma pessoa muito adequada para o cargo e queriam saber se eu teria tempo para entrevistá-la.

– Infelizmente preciso deixar vocês sozinhas hoje de manhã – expliquei quando voltei para a sala de desjejum. (Era peixe defumado desta vez. A baronesa reclamou das espinhas.) – Tenho que entrevistar uma nova criada.

– O que aconteceu com a outra? – perguntou a baronesa. – Para onde ela foi? Achei que ela era boa.

– Boa, mas não confiável – retruquei. – Ela saiu no sábado à noite e ainda não apareceu. Por isso, segui seu conselho e decidi que era melhor demiti-la.

Ela assentiu.

– *Gut.* É preciso ser firme o tempo todo com serviçais.

– Então, se me derem licença, preciso entrevistar a substituta. Talvez vocês queiram dar um passeio na National Gallery. Tem quadros muito bonitos lá.

– Está chovendo demais – disse a baronesa. – E a princesa precisa descansar antes do nosso jantar no palácio. Ela precisa estar na melhor forma.

– Mas eu estou ótima – reclamou Hanni. – Quero sair para ver Londres. Encontrar pessoas. Me divertir pra valer.

– A princesa vai descansar – disse a baronesa. – Ela vai escrever cartas para casa.

– Está bem. – Hanni suspirou.

Saí para ir à agência com a sensação de que estava prestes a fazer uma prova difícil. Contratar serviçais não era uma coisa que eu fazia todos os dias – na verdade, nunca fiz.

– Acredito que finalmente encontramos uma criada adequada para milady. – A mulher na recepção era bem intimidadora com seu terninho cinza imaculado e jabô branco. Um cruzamento entre uma enfermeira-chefe de hospital e uma diretora de escola e com um ar de requinte que eu jamais conseguiria alcançar. Ela parecia bem satisfeita consigo mesma. – Esta é Mildred Poliver.

Uma mulher na casa dos quarenta anos se levantou e fez uma reverência.

– Estou encantada em conhecê-la, Vossa Senhoria. Seria uma honra servi-la.

– Tenho certeza que milady gostaria de fazer algumas perguntas à Srta. Poliver – disse a diretora.

– Ah, sim. Claro. – Tentei parecer eficiente e tranquila, como se estivesse acostumada a entrevistar serviçais. – Hum... a senhorita tem experiência?

– Sou criada pessoal de damas há 29 anos – disse ela forçando o sotaque refinado que as pessoas nascidas nas classes mais baixas parecem achar que é da classe alta. – Meu último emprego foi com o brigadeiro Sir Humphry Alderton. Milady por acaso conhece os Humphry Aldertons?

– Pessoalmente, não.

– Uma família adorável. Muito refinada.

– E por que você saiu de lá?

– Eles iam voltar para a Índia, e eu não quis ir junto. Eu não tolero o calor, entende?

– Entendo.

– A Sra. Humphry Alderton me deu uma bela carta de referência. Está aqui, caso milady queira ver.

Dei uma olhada na carta. *Mildred é uma preciosidade. Não sei o que vou fazer sem ela...*

– Parece suficiente – falei.

– A Srta. Poliver espera um salário compatível com a experiência dela – disse a diretora.

– Quanto você ganhava no último emprego?

– Setenta e cinco libras por ano, mais moradia e alimentação. Solicito folga nas tardes de quinta e nas noites de domingo.

– Parece razoável – comentei.

Tinha certeza de que as criadas no castelo não recebiam nem metade de 75 libras por ano. Deviam receber umas vinte. Eu também estava calculando que Binky tinha me dado cem libras para pagar a criada e as despesas com comida das hóspedes alemãs, e em pouco tempo ficaria caro alimentar a baronesa. Mas eu não precisava ficar com Mildred Poliver depois que as hóspedes fossem embora. Poderia encontrar uma desculpa para me livrar dela. Minha natureza honesta venceu, claro.

– Devo ressaltar que o emprego talvez seja apenas temporário.

– Temporário?

– Não sei exatamente quanto tempo vou ficar em Londres, e já tenho uma criada pessoal no Castelo de Rannoch.

– Na verdade, um cargo temporário seria conveniente para mim – disse Mildred. – Eu gostava muito de viver no campo e não sei se vou gostar da agitação de Londres.

Apertamos as mãos, e Mildred se ofereceu para começar naquela tarde.

– Seria muito oportuno – falei. – Vamos jantar no palácio hoje à noite.

– No palácio? Que chique.

As duas mulheres trocaram olhares impressionados.

– Ah, sim, claro, Vossa Senhoria é parente da família real, faz sentido – disse Mildred.

Dava para ver as engrenagens da mente dela funcionando. Ela ia adorar se gabar de ter uma conexão com a realeza. Talvez até estivesse torcendo para que um parente meu da realeza aparecesse para tomar chá de vez em quando. Na verdade, eu tinha antipatizado com ela imediatamente, mas não consegui pensar em um jeito de rejeitá-la. É só temporário, argumentei comigo mesma. Um Rannoch sabe lidar com contratempos.

Mildred saiu para pegar suas coisas e eu fui para casa. Com a ajuda da Sra. Huggins, preparei um quarto para ela ao lado do de Irmgardt, embaixo do beiral. Era muito frio e úmido lá em cima, e pela primeira vez entendi por que Irmgardt parecia sempre tão descontente. Será que Mildred ia ficar satisfeita com essa acomodação? Talvez ela estivesse acostumada a adversidades. Por outro lado, talvez ela só aguentasse alguns dias, o que seria ótimo para mim. Ela chegou pouco tempo depois, carregando uma mala muito pequena, e ficou deslumbrada com a natureza impressionante do vestíbulo da Rannoch House. Ficou bem mais quieta quando subimos os três lances de escada até o quarto.

– É bem espartano – foi tudo que ela conseguiu dizer.

– Claro que podemos torná-lo mais confortável – falei rapidamente.

Eu não conseguia entender por que estava tentando agradá-la. Ela era muito intimidadora.

– E devo salientar que meu nome é Mildred – disse ela. – Nunca sou chamada de Millie. Nunca.

– Claro que não.

Eu estava me desculpando de novo, como se desejasse que nos tratássemos carinhosamente por Millie e Georgie em algum dia.

Eu a levei para conhecer a casa. Ela aprovou o meu quarto, mas não as roupas penduradas nas cadeiras.

– Dá para perceber que Vossa Senhoria está sem uma criada competente há algum tempo – comentou ela. – E o estado das suas roupas, milady? Sua última criada não sabia usar um ferro?

– Não muito bem – respondi depressa. – Bem, o quarto ao lado do meu está ocupado pela minha hóspede, a princesa Hannelore da Baviera.

– Tem uma princesa aqui. Que elegante.

Subi de novo na estima dela.

– Ela tem a própria criada, chamada Irmgardt. Se ela estiver por aqui, posso apresentar você, embora ela só saiba falar alemão.

Abri a porta do quarto de Hanni. Não havia nenhum sinal de Irmgardt. Estava claro que Hanni andara escrevendo cartas. Na mesa de cabeceira havia um papel no qual alguém tinha escrito em letras grandes: *C.P.???* O envelope estava ao lado. Tinha um carimbo postal de Londres. Quer dizer que Hanni conhecia outra pessoa em Londres, afinal de contas.

Onze

Palácio de Buckingham
Terça-feira, 14 de junho de 1932

Querido diário,
Palácio hoje à noite. Ai, meu Deus, espero que Hanni não faça sua imitação de gângster! Tomara que tudo corra bem. Talvez a rainha fique tão encantada com Hanni que a convide para ficar no palácio no mesmo instante...

Foi estranho ter uma criada para me vestir para jantar no palácio. Eu estava tão acostumada a me virar sozinha que fiquei com vergonha de estar parada ali, como um manequim de costureira, enquanto Mildred me arrumava, passando pó nos meus ombros, colocando meu vestido, enfiando meus pés nos sapatos de festa e, em seguida, penteando meu cabelo. Ela se desesperou com o último.

– Posso sugerir um bom corte e um permanente, milady? Cachos estão na moda agora.

– Vou pensar – respondi, desajeitada.

– E quais joias Vossa Senhoria separou para hoje à noite?

Eu ainda não tinha pensado nas joias.

– Não sei. Tenho umas pérolas bonitas.

– Pérolas? – Parecia que eu tinha dito uma grosseria. – Pérolas não são usadas à noite, a menos, claro, que sejam pérolas excepcionais, grandes e de excelente procedência. Seu colar é grande e de excelente procedência? Tem outras pedras preciosas nele?

Tive que admitir que não.

– Posso sugerir rubis, pela cor do vestido? – perguntou ela.

– Eu não tenho rubis. Tenho outras pedras vermelho-escuras.

– Pedras vermelho-escuras? – Ela pareceu aflita de verdade.

No fim, entreguei minha caixa de joias e deixei que ela escolhesse.

– As coisas boas estão no cofre do castelo – expliquei, tentando me redimir. – Minha família tem medo de roubos em Londres.

Enquanto descia para encontrar minhas hóspedes, me odiei por deixá-la me aborrecer. Afinal de contas, ela era a criada, e eu, a patroa. Por que devia me importar se ela achava que minhas joias eram patéticas e meus vestidos estavam amarrotados?

Hanni estava deslumbrante na versão noturna de um vestido tirolês, a baronesa estava apavorante de preto com um colar de pedras de azeviche de várias voltas no pescoço e uma mistura horrível de penas pretas saindo do coque na parte de trás da cabeça. Enquanto íamos para o palácio no táxi, dei a Hanni alguns avisos de última hora.

– Por favor, não fale de gângsteres nem chame Sua Majestade de boneca – pedi.

– Ok – respondeu ela, toda alegrinha. – Vou falar como uma pessoa de Londres agora. Sua mordomo me ajudou.

Isso não parecia nada encorajador, mas, antes que eu pudesse dar outras instruções, entramos pelo portão do palácio e paramos no pátio. Lacaios de libré se apressaram em abrir a porta do táxi para descermos. Fomos conduzidas a um saguão bem iluminado.

– Suas Majestades estão esperando lá em cima – nos disseram.

– Mamão com açúcar! Vamos lá – disse Hanni em alto e bom som e começou a subir a ampla escada de mármore decorada com ouro e estátuas.

– Talvez não seja bom você tentar falar como uma pessoa de Londres – sussurrei.

– Mamão com açúcar não é adequado?

– Não para o palácio. Pelo menos não para *este* palácio. No Palácio de Hammersmith seria aceito.

– Qual palácio? – perguntou ela.

– Esquece. Só ouça como eu falo e tente usar as mesmas palavras.

Fomos anunciadas na porta da galeria e entramos em uma sala já cheia de pessoas, a maioria das quais eu não conhecia. O rei e a rainha estavam de pé na extremidade oposta, com uma aparência majestosa notável, embora a noite fosse ser informal, sem tiaras ou faixas. A rainha estendeu a mão com uma luva branca e nos cumprimentou de maneira calorosa.

– Hannelore, minha querida, queríamos muito conhecê-la. Está gostando de Londres?

Prendi a respiração, esperando que Hanni fosse responder em linguagem de gângster ou com gírias de Essex. Em vez disso, até ela parecia um pouco perplexa.

– Estou gostando muito – respondeu ela. – E também quero conhecer adorável rainha inglesa e ver adorável palácio.

– Deixemos para mostrá-lo em outra ocasião – disse a rainha.

– Disso vou gostar.

Hanni deu um sorriso radiante para eles. Até agora, tudo bem.

– Espero que nossos filhos venham jantar conosco – disse a rainha. – Eu gostaria muito que você os conhecesse.

Como se tivesse ouvido a deixa, o príncipe de Gales se aproximou e deu um beijo na bochecha da mãe. Ele estava muito elegante de smoking e gravata preta. (Gravata branca e fraque eram reservados para ocasiões formais.)

– Estou feliz por você ter conseguido vir, David – disse a rainha.

– Acabei de chegar, mas não posso ficar muito tempo – retrucou ele. – Vou jantar com amigos.

– Ah, David, que cansativo. Eu pedi especialmente para você vir conhecer nossa convidada da Alemanha. A princesa Hannelore.

O príncipe acenou com a cabeça e falou algumas palavras em alemão com Hanni, que respondeu com um rubor encantador.

– Eu esperava que meu segundo filho, o duque de York, e sua esposa pudessem se juntar a nós – disse a rainha –, mas parece que uma das filhas do casal não está bem, e eles acharam mais sensato ficar em casa.

– Ele não sai de casa porque a filha está fungando – disse David com um grunhido sarcástico. – Ele adora ficar em casa esses dias. Quase nunca sai. O papai dedicado, entendem?

– Pelo menos ele me deu netos – disse a rainha em voz baixa quando o príncipe virou o rosto. – Preciso lembrá-lo que ainda não temos um herdeiro.

– Não comece com isso de novo, pelo amor de Deus – murmurou o príncipe, depois ergueu a voz. – Na verdade, acho que essa é a minha deixa. Princesa, Georgie, até logo.

Ele acenou com a cabeça brevemente para nós e desapareceu na multidão enquanto a rainha me lançava um olhar desesperado.

Eu permaneci ao lado dela, enquanto Hanni era conduzida pelo salão para ser apresentada aos convidados por um general idoso que parecia bem impressionado com ela.

– Como é que vamos conseguir juntá-los? – me perguntou a rainha. – Você precisa levá-la às festas da alta sociedade que David frequenta.

– Eu não sou convidada para festas da alta sociedade, madame – expliquei. Eu não sabia se o caos e a devassidão da noite seguinte deviam ser mencionados. – Sem contar que, se o príncipe de Gales for a uma festa, é provável que ele vá acompanhado da dama americana.

– Mulher – corrigiu a rainha. – Com certeza não é uma dama. Mas acho que você está certa. Ela fincou as garras nele e não vai soltá-lo. Vamos ter que pensar em alguma coisa, Georgiana. Você tem uma cabeça boa. Invente um plano.

– A moça da Baviera é bem charmosa – murmurou o rei para a esposa enquanto se aproximava dela. – O garoto pareceu interessado?

– Não posso dizer que sim – respondeu ela, seca.

– Esse garoto vai acabar comigo – disse o rei enquanto se afastava de novo.

Enquanto o casal real cumprimentava outros convidados, a baronesa reapareceu, radiante, com Hanni a reboque.

– Encontrei boa amiga aqui – disse ela. – Venha. Você precisa conhecer.

Fomos levadas pelo meio da multidão.

– Minha boa amiga condessa viúva Sophia – disse a baronesa Rottenmeister com orgulho – e seu sobrinho, príncipe Siegfried.

Murmurei alguma coisa e rezei pelo gongo do jantar ou, pelo menos, por um grande terremoto, enquanto esperava a desgraça se abater sobre mim. A qualquer momento ela ia dar um guincho: "Mas ela estava limpando a minha casa!"

Aparentemente, Belinda tinha razão em afirmar que os serviçais são invisíveis, pois ela me cumprimentou de maneira muito simpática. Siegfried conversou em alemão com Hannelore, que insistiu em responder naquele seu inglês ruim. Uma ponta de esperança brotou no meu coração. Talvez esses dois pudessem se dar bem, e eu ficaria liberada. Sabendo da preferência dele por rapazes, achei que não seria um casamento muito agradável para Hanni, mas ela não parecia ter muito escrúpulo. Não ia se importar de ter um amante ou dois.

O gongo soou e fomos conduzidos até a sala de jantar. Eu estava sentada ao lado de Siegfried e tive que ouvir o relato de como ele atirou no maior javali do mundo na Boêmia.

– Era do tamanho de um ônibus e tinha presas deste tamanho – exclamou ele, quase derrubando um copo.

Enquanto eu assentia e murmurava de vez em quando, ouvi a voz alta e clara de Hanni.

– *Ja*, estou gostando da comida inglesa. Pinto malhado, linguiças e sapo no buraco. São perfeitos.

Eu não estava perto o suficiente para poder chutá-la.

– Que fascinante – disse uma viscondessa idosa enquanto olhava para Hanni através de seu lornhão.

– Talvez no inverno você possa visitar a Romênia e possamos sair para matar javalis – estava me falando Siegfried.

– A princesa Hannelore gosta de atirar – retruquei, puxando-a para a conversa. – Não é, Hanni?

– É, bang, bang. Atirar é divertido à beça.

E eles se desligaram do resto e passaram a discutir armas. Siegfried ficou meio perplexo quando Hanni falou de metralhadoras e estojos de violino, e eu tive que explicar que ela estava falando sobre um tiroteio em um filme de gângster. Eles pareciam estar se dando muitíssimo bem. Infelizmente, a rainha não estava tão feliz. Quando nós, damas, nos retiramos e os homens serviram vinho do Porto e acenderam charutos, ela me puxou de lado.

– Siegfried parece estar dando muita atenção a ela – disse a rainha. – Não podemos deixar que isso aconteça. Você precisa demonstrar mais entusiasmo por ele, Georgiana. Os homens gostam de ser lisonjeados. E, quanto a Hannelore, estou contando com você para achar um jeito de uni-la ao meu filho.

Ela havia acabado de se afastar para falar com outro convidado quando a baronesa veio correndo até mim, ainda radiante.

– Notícias marafilhosas – disse ela. – Minha amiga gentil, a condessa fiúfa Sophia, me convidou para ficar em casa dela. Ela tem um ótimo chef alemão, aquecimento central e muita água quente. Vou levar Hannelore e ficar lá.

Ai, céus. Acho que a rainha não iria aprovar que Hanni ficasse sob o mesmo teto que Siegfried. Minha vida parecia estar sempre entre a cruz e a espada.

Doze

Por sorte, Hanni se recusou categoricamente a se mudar para a casa da condessa viúva.

— Mas eu gosto de ficar com Georgie — disse ela. — A rainha me quer com Georgie.

— Mas Vossa Alteza precisa de uma acompanhante — disse a baronesa. — O que seu pai diria?

— Georgie vai ser minha acompanhante. E Irmgardt vai ficar para cuidar de mim.

A baronesa ia dizer alguma coisa, mas me encarou e voltou a fechar a boca. Dava para perceber que estava dividida entre seu dever para com a princesa e a boa comida e o calor que a aguardavam na casa da condessa viúva. Por fim, ela assentiu.

— Muito bem. Mas você não pode sair de Londres sem mim, e eu insisto em acompanhar você em todos os compromissos oficiais. É isso que seu pai espera.

E assim ficou combinado. A baronesa Rottenmeister ia se mudar na manhã seguinte. Fui para a cama me sentindo otimista pela primeira vez em semanas. Acordei com um solavanco, um grito e alguém se arrastando pelo meu quarto. Eu me sentei, apavorada.

— Quem está aí? — perguntei.

— Desculpe, milady — disse uma voz perto da janela. Uma cortina foi aberta revelando Mildred. — Estava trazendo seu chá matinal, mas ainda não estou acostumada com a arrumação dos móveis e tropecei na penteadeira. Não vai acontecer de novo, prometo.

Ela foi até a cama e colocou uma bandeja na mesinha de cabeceira. A bandeja continha uma xícara de chá com um biscoito ao lado.

– Quando devo preparar o banho de Vossa Senhoria? – perguntou ela.

Eu estava começando a perceber que esse negócio de ter uma criada tinha suas vantagens. Em casa, no Castelo de Rannoch, nunca nos permitimos a luxos como chá na cama. Eu estava pensando em ficar deitada, lendo o *Times* e tomando chá, quando me lembrei que tinha uma manhã agitada pela frente: eu tinha que ajudar a baronesa a ir à Park Lane e precisava limpar a casa da Sra. Bantry-Bynge. Como diabos eu ia conseguir isso?

– E quais são os compromissos sociais de Vossa Senhoria para hoje? – indagou Mildred. – Que roupa posso preparar?

Eu não podia dizer que ia varrer assoalhos e usar um uniforme de arrumadeira.

– Ah, nada de especial. Uma saia e uma blusa. Eu mesma posso escolher depois de tomar banho.

– Claro que não, milady. Estou aqui para prestar um serviço e vou fazer isso.

Suspirei quando ela pegou uma saia de linho e uma blusa de seda. As duas tinham sido milagrosamente lavadas e passadas. De algum jeito, em algum lugar, eu ia ter que trocar as roupas que Mildred queria que eu vestisse pelo uniforme.

– Pode preparar meu banho agora, Mildred – falei. – Tenho que fazer uma visita matinal. – E aí me lembrei da notícia mais feliz do dia. – E a baronesa vai nos deixar, então talvez você possa ajudar Irmgardt a fazer as malas dela.

Tomei banho, me vesti e coloquei o uniforme de arrumadeira em uma sacola, depois desci e encontrei minhas hóspedes já tomando o café da manhã. Para a despedida da baronesa, a Sra. Huggins tinha feito bacon e rins, e a baronesa devorava tudo como se tivesse passado fome durante meses.

– Enfim! Boa *Fleisch* – disse, estalando os beiços.

Eu esperava que a *Fleisch* não estivesse tão boa a ponto de ela ter mudado de ideia sobre se hospedar com a condessa viúva.

– Infelizmente, preciso me ausentar por um período agora de manhã – expliquei. – Acredito que Hannelore vá querer ir até a Park Lane para se assegurar que você vai ficar instalada com conforto.

– Aonde você vai? – perguntou Hanni.

– Ah, vou só visitar uma amiga.

– Vou com você – disse Hanni com firmeza. – É chato ficar com coroas. Ai, ai.

– A amiga que vou visitar também é muito idosa – retruquei. – Acamada, na verdade, e não está muito bem. Eu a visito por obrigação uma vez por mês.

– Posso ir e deixar ela feliz – disse Hanni. – Mulheres velhas de cama gostam de ver rostos jovens sorridentes.

– Essa não. Ela só gosta de ver pessoas que conhece. Senão fica confusa. E ela tem um tipo de coceira, mas acho que não é contagioso.

Ouvi a baronesa engasgar.

– A princesa Hannelore vai comigo – disse ela.

– Boa ideia. – Soltei um suspiro de alívio. – Depois vou até a Park Lane e trago Hanni para casa a tempo de descansar antes da festa.

– Acho que é meu dever ir a essa festa com Sua Alteza – disse a baronesa.

O dia estava se transformando em uma complicação atrás da outra.

– Infelizmente, você teria uma noite muito desagradável – expliquei. – A festa só vai ter jovens e jazz.

– Muito inadequado – murmurou a baronesa. – Acho que o pai dela não aprovaria.

– Meu pai quer que eu conheça outros jovens – disse Hanni.

– Jovens de boa família – acrescentei. – E eu prometo ficar de olho na princesa o tempo todo.

A baronesa bufou, mas acho que ficou aliviada por escapar de uma noite de jazz, sem falar na devassidão. Ofereci os serviços da minha criada para ajudá-la a fazer as malas e do meu mordomo para chamar um táxi e carregar a bagagem. Desci então até os aposentos dos criados para vestir o uniforme de arrumadeira e escapar pela entrada de serviço sem ser vista.

– Quer dizer que seu plano funcionou, não é? – perguntou meu avô. – Aquele chucrute velho vai embora?

– Sim, graças a Deus. Eu falei que você ia chamar um táxi e carregar a bagagem para ela.

– Ela vai levar aquela criada, aquela gárgula? – A Sra. Huggins enfiou a cabeça pela abertura da porta da cozinha.

– Não, Irmgardt é criada da princesa. Ela vai ficar aqui, claro – respondi.

A Sra. Huggins suspirou.

– Me dá arrepios, aquela ali. Fica entrando e saindo como uma sombra, olhando para a gente com aquela cara azeda dela.

– Ela não pode mudar o rosto, Sra. Huggins, e ela não fala inglês, o que deve dificultar as coisas para ela.

– Eu tentei ensinar umas palavras em inglês, mas ela não parecia com muita vontade de aprender. Tapada demais, se quer saber. E bastante grosseira.

– A opinião das alemãs sobre nós não deve ser muito mais simpática do que a nossa sobre elas – disse o vovô. – Mas ela nem faz as refeições aqui embaixo conosco. Coloca a comida em uma bandeja e leva para o quarto. Ela e a sua Srta. Pomposa…

– Você está falando de Mildred?

– Muito metida, isso sim. Se empinar mais o nariz, vai cair para trás – disse a Sra. Huggins.

Eu tive que rir.

– É mesmo, ela é bem irritante, não é? Mas não vai ser por muito tempo, eu juro. É difícil para mim também, posso garantir. Pelo menos vamos nos livrar da baronesa… Sinto muito, mas tenho que ir.

Desci para o vestíbulo do andar de baixo, coloquei o uniforme de arrumadeira e me esgueirei para fora pela entrada de serviço quando ninguém estava olhando. Eu tinha que terminar minha tarefa na casa da Sra. Bantry-Bynge o mais cedo possível. A Sra. B-B só ia chegar à tarde, mas na outra vez eu tinha encontrado o amigo dela. Amigável demais para o meu gosto, e eu não estava com a menor vontade de ter que me livrar dele de novo. Imaginava que homens como ele não deviam gostar de acordar cedo, por isso eu esperava terminar o trabalho sem ser molestada. Peguei o ônibus para o Regent's Park e terminei tudo antes do meio-dia sem nenhum encontro constrangedor com homens de blazer, depois fui para casa tirar o uniforme de arrumadeira antes de ir à Park Lane buscar Hanni.

Quando cheguei em casa, fui saudada pelo meu avô.

– A princesa ainda não voltou, não é? – perguntei.

Ele estava com uma expressão esquisita no rosto.

– Não – respondeu ele. – Mas recebemos um telefonema para ela enquanto você estava fora. Parece que a joia que ela viu hoje de manhã na Garrard está pronta para ser entregue. Eles destacaram que exigem pagamento em espécie na entrega por um item desse valor. Parece que são esmeraldas. – Ele viu que eu estremeci. – Aquela jovem precisa ser vigiada – disse ele.

– Você não tem ideia. – Suspirei. – Ontem ela tentou furtar uma bolsa da Harrods. Agora, suponho que vou ter que explicar à Garrard que houve um engano. Só espero que Hanni não tenha mandado gravar a joia.

– Isso é o que acontece quando se deixa meninas trancadas em conventos – disse vovô. – Elas perdem o controle quando saem. Se eu fosse você, avisaria à rainha o que está acontecendo e mandaria Sua Alteza de volta para a Alemanha. Nada de bom sai daquele país!

– Beethoven. Mendelssohn. Handel – observei – e vinho Moselle. E eu achava que você tivesse gostado da princesa.

– Ela parecia uma coisinha simpática – concordou ele. – Mas precisa ser vigiada. Ela não pensa como nós dois.

Passei por uma conversa embaraçosa na Garrard, durante a qual tive que insinuar que a família da princesa tinha uns acessos de loucura, depois fui até a Park Lane buscar Hanni e levá-la para casa.

– Mas Siegfried a acompanhou até a sua casa logo depois do almoço – exclamou a baronesa. – Não entendi.

– Ela deve ter saído para dar uma volta – comentei. – Está um dia lindo.

– Aquela garota precisa de uma boa surra – disse a baronesa. – Eu não devia perder ela de vista. Talvez seja melhor eu voltar para a sua casa, no fim das contas. Estou negligenciando meu dever.

– Vou procurá-la agora mesmo e mantê-la sob vigilância – retruquei. – Tenho certeza que não há motivo para se preocupar.

Claro que eu não tinha certeza nenhuma. Não mencionei o episódio da Garrard. Meu avô estava certo. Quanto mais cedo ela fosse mandada de volta para a Alemanha, melhor.

Eu não tinha ideia de onde procurá-la e tive visões dela saqueando a Harrods ou comprando a Bond Street inteira naquele exato momento. Andei sem rumo por um tempo, depois voltei para casa e descobri que Hanni já havia retornado e estava descansando. Tinha adormecido e parecia muito angelical. Minha opinião em relação a ela melhorou. Afinal, era uma moça muito jovem que pela primeira vez estava na cidade grande. Ela só não conhecia as regras ainda.

Treze

Belinda foi nos buscar às oito. Estava usando a roupa que eu tinha desfilado para a Sra. Simpson: calça de seda preta com uma blusa branca frente única. Deslumbrante nela, um desastre completo em mim, claro. Eu me senti desleixada no vestido de tafetá feito pela esposa do nosso guarda-caça. Hanni usou a mesma roupa rosa-clara que tinha usado no jantar na primeira noite. Ela parecia uma princesa de contos de fadas. Eu não me surpreenderia se anões surgissem atrás dela.

Dava para ouvir a festa no auge quando nosso táxi parou em frente a St. James's Mansions. O tum-tum profundo de uma batida de jazz e o lamento dos saxofones flutuavam até o ar refinado da Arlington Street, fazendo dois velhos cavalheiros, a caminho de seu clube, acenarem as bengalas e resmungarem que o que a juventude de hoje precisava era de uma missão nas colônias ou de uma boa guerra na África. O apartamento ficava em um dos grandes blocos modernos que davam para o Green Park. Subimos de elevador até o sexto andar e, quando as portas se abriram, fomos atingidas pela potência total do som. Não era uma gravação tocando no gramofone. Tinha uma banda de jazz completa lá dentro!

A porta da frente estava destrancada, e Belinda não esperou ser convidada. Entrou direto e fez um sinal para que a seguíssemos. Ficamos paradas no vestíbulo quadrado de mármore, impressionadas com o volume da música. Uma passagem em arco dava na sala de estar principal. As luzes estavam fracas, e uma névoa enfumaçada preenchia o ar, mas consegui ver as paredes brancas, os móveis cromados baixos e quadros muito modernos. Pelo menos eu acho que eram quadros. Para mim, parecia que alguém tinha jogado tinta em uma tela e depois pulado por cima. O tapete tinha sido enrolado em um canto, e o piso de parquete estava repleto de casais girando. A banda de jazz, animada, ocupava a maior parte do nicho da sala de jantar. Havia um bar no corredor, com uma procissão constante de jovens usando roupas de festa muito elegantes passando de um lado para outro com copos de coquetel.

As únicas festas a que eu tinha ido na minha curta e tediosa vida tinham sido os bailes de debutante durante a minha temporada, e todos aconteceram em salões bem iluminados e bem frequentados – nos quais a bebida mais forte era ponche com um toque de champanhe. Além disso, havia as festas de Natal no Castelo de Rannoch, com danças escocesas e gaitas de fole, e os convites ocasionais para ir a Balmoral para a versão régia dessas comemorações. Mas nada assim. Esse era o tipo de festa pecaminosa e chique com o qual eu sonhava. E agora que eu estava aqui, me senti dominada pelo constrangimento.

Belinda mergulhou no meio de tudo, indo até o bar.

– O que vocês estão fazendo hoje, queridos? – perguntou ela. – Será que eu consigo um *sidecar*? Ah, meu anjo, um duplo, por gentileza.

Ela olhou para Hanni e para mim, ainda paradas perto da porta de entrada.

– Venham. O que vocês vão beber?

– Vou tomar um Moonshine – disse Hanni. – É isso que Edward G. Robinson bebe.

– Hanni, estamos na Inglaterra. A bebida é legalizada aqui. Não precisamos beber nada ilícito – expliquei.

Naquele instante, a música parou, e Gussie Gormsley saiu da sala de visitas secando o rosto com um lenço de seda vermelha.

– Meu Deus, está parecendo um banho turco lá dentro – disse ele. – Uma bebida, meu rapaz, e rápido. – Então ele nos viu e pareceu genuinamente satisfeito. – Olá, Georgie, olá, Belinda. As senhoritas vieram! Que maravilha. Estava torcendo para que viessem. – Os olhos dele foram até Hanni. – E quem é essa criatura encantadora?

– Esta é a princesa Hannelore da Baviera – respondi. – Ela está hospedada comigo. Espero que não se importe por eu tê-la trazido.

– De jeito nenhum. Encantado. Bem-vinda, Vossa Alteza.

– Pode me chamar de Hanni – disse ela, estendendo graciosamente a mão.

– Hanni, este é um dos nossos anfitriões, Augustus Gormsley – expliquei.

– Pode me chamar de Gussie, como todo mundo. E garanto que nossa noite será bem régia. Metade das cabeças coroadas da Europa deve chegar antes do fim da noite. Mas onde estão os meus modos? As senhoritas precisam de uma bebida antes de eu apresentá-las.

Ele foi até o bar e nos entregou uma coisa rosa com uma cereja dentro.

– Isto é de derreter os ossos – disse ele.

– Mas eu não quero que meus ossos derretam – disse Hanni, provocando uma risada geral.

– Tenho certeza que seus ossos ficarão bem – respondeu Gussie, analisando-a. – Entrem para conhecer pessoas.

– O som está muito alto – disse Belinda. – Estou surpresa que a polícia ainda não tenha aparecido.

– Já veio e já foi, minha amiga – respondeu Gussie com um sorriso. – E nós ficamos com um capacete para provar. Mandamos o pobre rapaz embora com dez libras para ele ficar feliz pelo menos.

Ele deu um braço a Hanni e o outro a mim e nos conduziu até a sala de visitas.

– Veja o que eu acabei de encontrar no corredor – gritou ele para Lunghi Fotheringay.

As apresentações foram feitas. Lunghi foi direto até Hanni e a conduziu até a varanda para ver a vista.

– Ele não perde tempo, não é? – disse Gussie, parecendo meio decepcionado. – Agora vamos ver. Quem você conhece?

– Tenho certeza que não conheço ninguém – respondi. – Eu não frequento a alta sociedade.

– Que bobagem – disse Gussie. – Tenho certeza que você conhece o velho Tubby, não conhece? Tubby Tewkesbury? Todo mundo conhece o velho Tubby.

Um sujeito grande de rosto vermelho se virou ao ouvir seu nome. Seu rosto se iluminou quando ele me viu.

– Ora, ora, Georgie. Eu não esperava encontrá-la em uma festa como esta. Na verdade, eu não a vejo desde que você foi apresentada à sociedade. Está passando um tempo em Londres?

– Estou morando aqui agora. Tentando encontrar meu rumo no mundo.

– Que maravilha! Ótima notícia. Se bem que é melhor não se misturar com o nosso grupo. Eles vão levá-la para o mau caminho, sabia?

– Ah, mas pense no quanto ela vai se divertir – disse Gussie. – Vamos, beba.

A banda voltou a tocar, e Tubby me arrastou para a pista de dança. Seus giros eram ainda mais arriscados do que os outros ao redor, e tive sorte de sair da pista sem um olho roxo ou um dedo do pé quebrado.

– Acho que vou pegar outra bebida – disse ele enquanto o suor escorria pelo rosto. – Quer o mesmo, minha querida? – E ele pegou meu copo para encher de novo antes que eu pudesse responder.

Fiquei sozinha, olhando ao redor, tentando reconhecer rostos no escuro, e acabei olhando diretamente para um que eu conhecia muito bem.

– Mãe! – exclamei. – O que você está fazendo aqui?

– Me divertindo, querida, assim como você – disse ela. Estava reclinada em uma das poltronas baixas de couro, segurando uma piteira de um jeito displicente em uma das mãos e um copo de coquetel na outra. – O querido Noel insistiu em me trazer.

– Noel?

– Noel Coward, querida. Você deve ter ouvido falar do Noel. Todo mundo conhece o Noel. Ele escreve as peças mais divinas e também atua. Tão talentoso. E simplesmente me adora.

– Então era esse homem que estava fazendo você pensar em se livrar do Max, mãe?

Ela riu.

– Ah, não, não, não. Ele não me adora dessa forma, posso garantir, querida. Mas está tentando me convencer a voltar aos palcos. Quer escrever uma peça especialmente para *moi*. Não é comovente?

– Não me diga que está pensando em voltar aos palcos.

Ela pareceu tímida.

– Noel está me implorando. E tenho que admitir que pode ser divertido.

– Você devia aceitar a oferta dele – falei. – Você sabe que não pode continuar contando com os homens para sustentá-la pelo resto da vida, não sabe?

Ela riu, soltando aquele som maravilhoso e melodioso que fazia cabeças se virarem em salões.

– Você é tão fofa. Se eu estivesse desesperada, até onde sei ainda estou oficialmente casada com um milionário texano chato como a morte, e poderia ir morar em um rancho pelo resto da vida. E se não fosse com ele, garanto que vários outros estão fazendo fila para o cargo. Mas, como você pode bem ver, não estou desesperada. Eu tenho um pouquinho de dinheiro escondido para tempos de vacas magras, além daquela bela vivenda perto de Cannes que Marc-Antoine me deu.

– Marc-Antoine?

– O piloto francês que morreu naquele acidente trágico em Monte Carlo. Eu realmente acredito que poderia ter sido feliz com ele pelo resto da vida. – Uma expressão de profundo lamento tomou o rosto dela, mas o sorriso voltou em seguida. – Bem, talvez não. Toda aquela fumaça de escapamento. Péssimo para a pele.

– Você está mesmo pensando em voltar aos palcos?

– Estou muito tentada – disse ela. – Mas eu já posso ouvir os sussurros: "Ela começou como duquesa e foi só ladeira abaixo desde então."

– Como se você se preocupasse com o que as pessoas dizem – argumentei. – Deve ter havido muita fofoca durante a sua vida.

Ela riu de novo.

– Tem razão. Para o inferno com o que as pessoas dizem. E, por falar nisso, você perdeu a grande entrada da noite.

– A grande entrada que não foi a sua?

– O príncipe de Gales, querida, com aquela mulher americana pavorosa pendurada no braço.

– Ele a trouxe aqui com o Sr. Simpson a reboque?

– Trouxe.

– A rainha vai ficar furiosa – comentei. – Onde eles estão?

Minha mãe estava exultante.

– A mulher-aranha olhou para mim e anunciou que a festa não estava à altura dela. Ainda disse "Você não me falou que a ralé estaria aqui, David" e saiu.

– Que petulância!

– Foi o que eu pensei, considerando que fui uma duquesa legítima e ela não passou da categoria de dona de casa americana. Mas eles foram embora e eu fiquei, o que considero uma vitória, querida. – Ela se sentou, subitamente alerta. – Ah, aí está Noel, querida. Noel, você me trouxe outra bebida, meu docinho?

A figura suave e elegante que reconheci das páginas de inúmeras revistas veio deslizando na nossa direção com um copo em cada mão e uma piteira de ébano equilibrada entre os dedos.

– Seu desejo é uma ordem, como você bem sabe – disse ele. – Um brinde a nós, querida, as duas pessoas mais bonitas e talentosas no salão.

– Posso apresentar minha filha, Georgiana? – Minha mãe apontou para mim.

– Não seja ridícula, você não tem idade para ter uma filha que não usa fraldas.

– Mas como você é bajulador – disse ela. – Você sabe que eu te adoro.

– Não tanto quanto eu te adoro.

Olhei em volta para escapar dessa orgia de adoração e bati em retirada cuidadosamente em direção ao vestíbulo. Hanni estava cercada por um grupo de jovens.

– Eu gosto de festas inglesas – disse ela quando me aproximei.

Noel Coward reapareceu, depois de se afastar da minha mãe. Ele olhou para nós duas, nos avaliando.

– Que aparições deliciosamente virginais – disse ele. – Tão maduras e implorando para serem defloradas agora mesmo. Eu quase sinto que devia aceitar o desafio se isso não fosse deixar certa pessoa alucinada de ciúmes.

Por um instante achei que ele estivesse se referindo à minha mãe, mas vi que ele olhava para o outro lado do vestíbulo, onde um homem estava encostado na parede, encarando-o. Reagi com surpresa ao reconhecer a pessoa. Era o filho mais novo do rei, o príncipe Jorge, atualmente oficial da Guarda. Ele me notou no mesmo instante e se aproximou.

– Georgiana. Que surpresa agradável. – Ele segurou meu cotovelo com firmeza e me afastou dali. – Pelo amor de Deus, não diga aos meus pais que você me viu aqui, está bem? A briga seria feia. Você sabe como é o meu pai.

– Minha boca é um túmulo, senhor – respondi.

– Esplêndido – disse ele. – Vou pegar um drinque para você.

Eu o acompanhei até o bar. Noel Coward agora estava ao piano. Estava cantando, com aquela peculiar voz cadenciada e entediada: "*It's a silly little ditty, and it really isn't pretty, but one really can't be witty all the time...*"

– Eu vou pegar outra bebida também. – Hanni apareceu ao nosso lado no bar. – Eu gosto de coquetel. – Ela pronunciou com sotaque americano.

– São deliciosos, né? – concordei.

Eles pareciam descer com uma facilidade incrível.

– E tantos caras sexy – disse ela. – O moreno. Ele disse que se chama Edward, mas todo mundo chama ele Lunghi.

– É um apelido, porque ele acabou de voltar da Índia.

– Índia?

– É, parece que *lunghi* é o nome da roupa que eles usam lá.

– Ah. Ele é cara sexy, você não acha?

– É, acho que sim. – Olhei ao redor procurando por ele e congelei. Lunghi agora estava empoleirado no braço da poltrona da minha mãe, e ela o contemplava. Enquanto eu observava, ele tirou a cereja do próprio copo e colocou na boca da minha mãe. Eu estava me perguntando como distrair Hanni dessa cena vergonhosa, mas ela já tinha dado um gritinho animado.

– E lá está o homem do parque.

Catorze

Meu coração deu um salto. Eu tinha certeza de que ela estava falando de Darcy, mas quem estava parado na porta era o jovem do comício comunista. Naquela noite, porém, estava sem as roupas puídas e, assim como todos, com um smoking. Parecia bem civilizado. Hanni foi direto até ele.

– Ei, amorzinho. Que maravilha ver você aqui.

– Roberts acabou de chegar – ouvi Gussie dizer a Lunghi. – Foi você que convidou?

– Tive que convidar, meu amigo. Ele é bem inofensivo, não é? E é bem treinado. Não vai fazer xixi no tapete.

– É, mas o que eu quis dizer é que… Roberts e o príncipe na mesma festa. Mostra o quanto nossa mente é aberta, não é?

– Quem é esse Roberts? – perguntei a Gussie. – Hanni e eu o vimos em um comício comunista no Hyde Park.

– Não me surpreende nem um pouco. Nosso Sidney é muito fervoroso. Boas causas, direitos para as massas e essas coisas. Ele veio das massas, claro, então dá para entender.

– Rapaz inteligente – acrescentou Lunghi, parando ao nosso lado. – Um sujeito bacana do jeito dele.

– Um sujeito muito inteligente – confirmou Gussie. – Estudou conosco em Cambridge com uma bolsa de estudos. Brilhante. Me ajudou a passar em grego.

– Parece que Hanni gostou dele – comentei ao ver os dois dançando juntos.

– Acho que o rei da Baviera não ia gostar se a filha fosse morar em uma casa geminada em Slough – murmurou Gussie para mim.

Eu ri.

– Você é um esnobe horrível.

A música de Noel Coward acabou com uma explosão de risos e aplausos. Gussie deu uma longa tragada no cigarro.

– Nasci assim, minha querida. O esnobismo está no sangue assim como a caça, você bem sabe.

A banda começou outra música, e a pista se encheu de casais de novo. Tubby Tewkesbury passou cambaleando por nós com um copo vazio na mão.

– Morrendo de sede. Preciso de mais – murmurou ele.

– Esse, sim, seria um bom par para alguma garota pobre – disse Gussie. – A família Tewkesbury nada em dinheiro. Sem contar que ele vai herdar Farringdons. Você devia agarrá-lo.

Olhei para a nuca suada de Tubby.

– Acho que eu não conseguiria me casar com alguém só para herdar alguma coisa.

– Muitas garotas fazem isso – disse ele. – Muitos rapazes também. Dinheiro é uma boa moeda de troca, não é, meu caro Tubby?

– O quê? – Tubby voltou os olhos embaçados para nós e tentou achar o foco.

– Eu disse que ter dinheiro vem a calhar às vezes.

– Ah, sim. – Tubby deu sorriso radiante. – Se eu não tivesse nem um tostão, nunca ia ser convidado para festas como esta. Nenhuma garota ia dançar comigo. Mesmo assim já é difícil… quer dar uns pulinhos de novo, Georgie? Acho que essa próxima é um foxtrote. Eu consigo dançar essa.

– Está bem.

Ele me deu um sorriso patético de gratidão. Era um rapaz bonzinho. Muitos deles eram. Então, por que eu não podia ser pragmática e virar marquesa de Tewkesbury, instalada naquela casa antiga adorável?

No meio da dança, percebi que alguém estava parado na porta, me observando. Olhei ao redor e Darcy estava apoiado no batente, displicente, fumando um cigarro preto enquanto se divertia me analisando. Continuei dançando, bastante consciente da grande mão suada de Tubby nas minhas costas, deixando uma marca no tafetá, e dos sacolejos assustadores quase no ritmo da música. Eu me obriguei a continuar conversando alegremente e agradeci com delicadeza quando a dança acabou.

– Mas isso é o que eu chamo de caridade – murmurou Darcy, chegando por trás de mim.

– Ele é um sujeito legal – retruquei. – E rico, e a casa da família é adorável. O par ideal para alguém como eu.

Darcy ainda parecia estar se divertindo.

– Não é possível que você esteja mesmo considerando isso.

– Não sei. Podia ser pior. Ele tem umas qualidades que compensam.

– Além do dinheiro e da casa?

– Ele é fiel como um cão. Dá para confiar em alguém como Tubby. Ele não some do nada, como certas pessoas. – Lancei um olhar significativo para ele.

– Ah, bem, me desculpe por isso, mas precisei resolver um assunto de repente e tive que sair da cidade por um tempo. – Darcy pareceu desconfortável.

– Uma coisa com um cabelão escuro e belas pernas. Eu vi você com ela no Savoy.

– Bem, na verdade... – começou ele, mas Hanni se jogou em cima dele, interrompendo-o.

– É o homem gentil que salvou minha vida no parque – disse ela. – Fiquei falando para Georgie que queria encontrar você de novo. Agora meu desejo se realizou. Estou tão feliz!

Ela olhava para ele com uma admiração tão descarada que pensei que nenhum homem conseguiria resistir. Darcy com certeza não conseguiria.

– Eu vim para a festa esperando encontrá-la de novo, Vossa Alteza – disse ele. – O que está bebendo?

– Coquetéis. Eu adoro coquetéis – disse ela. – Aqueles com cerejas. Você pode pegar outro para mim. Meu copo está vazio.

E lá foram eles juntos. Lunghi Fotheringay agora tinha se apoderado da coqueteleira. Por mais que eu estivesse interessada em observar como Hanni ia conseguir flertar com os dois jovens ao mesmo tempo, eu não ia ficar no vestíbulo de braços cruzados. Voltei para a pista de dança. Não havia sinal de Belinda em lugar nenhum, nem da minha mãe, nem de Noel Coward, nem do príncipe Jorge. A banda tocava uma música animada e sincopada, e os casais dançavam como loucos. Encontrei Tubby pulando de um lado para outro, sacolejando como uma gelatina, depois notei Hanni e Darcy indo para a pista e começando a dançar juntos. Depois de alguns instantes, a batida mudou para um ritmo mais lento e Hanni se jogou em cima dele. Darcy não me pareceu contrariado.

De repente, me senti terrivelmente sozinha e deslocada. O que eu estava fazendo ali? Eu não pertencia à alta sociedade e com certeza não queria ficar para ver Hanni seduzindo Darcy ou vice-versa. Os cerca de quatro coquetéis que eu tinha bebido estavam começando a fazer efeito. Quando andei em direção à porta, a sala toda girou de um jeito alarmante. *Isso é terrível*, pensei. Não posso ficar bêbada. Tentei andar de maneira controlada enquanto lutava para abrir caminho pela multidão e sair para a varanda. Lá, eu me encostei na amurada, inspirando bem o ar fresco. Lá embaixo, o Green Park se estendia na escuridão e o barulho do tráfego ao longo da Piccadilly parecia abafado e distante. Levei um tempo para perceber que não estava sozinha lá fora. Sidney Roberts, o comunista fervoroso, estava ao meu lado, apreciando a noite.

– Está muito abafado lá dentro, não é? – perguntou ele. – E muito barulhento também. Não gosto nem um pouco disso, mas o velho Lunghi insistiu que eu viesse, e ele foi tão bom comigo em Cambridge que eu pensei: *por que não?* – Dava para ver que ele também tinha bebido muito e já estava na fase sentimental. – Ser comunista é uma causa digna, sabia? – continuou, mais para si mesmo do que para mim. – Quer dizer, não é certo que pessoas como Gussie e Lunghi possam torrar alguns milhares de libras em uma festa enquanto as massas estão desempregadas e morrendo de fome. E é preciso fazer alguma coisa para tornar o mundo um lugar justo. Mas os comunistas são chatos demais. Não fazem festas. Não dão risadas. Quase não bebem. E só de vez em quando desejam bons vinhos e belas mulheres.

– No fundo, você é um de nós – comentei, rindo. – Um verdadeiro comunista ficaria feliz com meia jarra de cerveja nas noites de sábado.

– Ah, querida, você acha mesmo? – Ele pareceu preocupado. – Eu não tenho tanta certeza. Até na Rússia tem gente que come caviar. Só precisamos de uma forma de governo que não venha das classes dominantes. Representação do povo e para o povo.

– Não é isso que eles têm nos Estados Unidos? Não dá para dizer que está funcionando bem por lá.

Ele pareceu preocupado de novo.

– Além disso, os britânicos nunca aceitariam nada muito extremo – argumentei. – E a maioria das pessoas gosta das coisas do jeito que são. Os lavradores da nossa propriedade adoram fazer parte da família Rannoch. Eles gostam de nos servir.

– Alguém já perguntou a eles de fato? – quis saber ele, antes de esvaziar o resto do copo.

– Eles podem ir embora quando quiserem – respondi com veemência. – Eles poderiam trabalhar em uma fábrica em Glasgow.

– Se houvesse emprego para eles.

– O que está acontecendo aqui? – Gussie apareceu com uma bebida em cada mão. – Não estou interrompendo um flerte, estou?

– Não, é uma discussão sobre comunismo – respondi.

– Sério demais. É proibido falar sério hoje à noite. A alegria e o caos são a regra. O que você precisa é de outra bebida, meu amigo.

– Ah, não, obrigado. Não bebo muito – disse Sidney Roberts. – Já bebi o suficiente.

– Que bobagem. Não é possível beber o suficiente – disse Gussie. – Vamos lá. Pegue. Um brinde.

– Eu realmente não posso, mas obrigado de qualquer maneira – retrucou Sidney enquanto Gussie tentava obrigá-lo a beber.

– Se ele não quer, vou fazer um favor e beber por ele. – Tubby veio para a varanda. O rosto dele agora estava vermelho como um tomate e ele suava muito. Uma visão nada bonita, na verdade. Ele pegou o copo mais próximo da mão de Gussie e o tomou em um gole só. – Ah, era disso que eu precisava – disse ele. – O melhor remédio para não ter ressaca é continuar bebendo.

– Acho que você já bebeu demais, meu amigo – disse Gussie. – Você está parecendo um gambá.

– Que nada. Meu estômago é de aço. Nunca encontrei uma bebida da qual não gostasse – disse Tubby com uma risadinha bem arrastada. Logo em seguida, ele cambaleou, se desequilibrou e tropeçou para trás.

– Cuidado! – gritou Sidney quando ouvimos um som de estilhaços e parte da amurada desabou.

Como se fosse em câmera lenta, Tubby caiu da varanda de costas – os braços e as pernas abertos como uma estrela do mar, a boca e os olhos arregalados de surpresa – e desapareceu na noite.

Quinze

Por um segundo, nós três ficamos ali, congelados com o horror do que tinha acabado de acontecer.

– Precisamos chamar uma ambulância – falei, tentando fazer minhas pernas me obedecerem e voltarem para o salão.

– Não adianta chamar uma ambulância – disse Sidney. – Estamos no sexto andar. O pobre rapaz está morto.

Gussie parecia prestes a vomitar a qualquer instante.

– Como isso aconteceu? – indagou ele. – Como pode ter acontecido?

– Ele estava muito bêbado – comentei – e caiu contra a amurada com tudo.

– Ai, meu Deus – disse Gussie. – Pobre Tubby. Não deixem ninguém saber o que aconteceu.

– Eles vão ter que saber. Você vai ter que chamar a polícia – argumentei.

– Você viu. Foi um acidente – disse Gussie. – Um acidente horrível.

– Claro que foi. Você não tem culpa.

– A festa é minha – disse Gussie de um jeito sombrio. – Eu não devia ter deixado as pessoas virem bêbadas para a varanda.

Peguei o braço dele e o levei para dentro.

– O que aconteceu? – Darcy agarrou meu braço enquanto eu passava cambaleando por ele. – Você está bem? Bebeu demais?

– Aquele cara com quem eu estava dançando – sussurrei. – Ele acabou de cair da varanda. Gussie foi telefonar para a polícia.

– Nossa Senhora! Então é melhor tirarmos Sua Alteza e você daqui enquanto há tempo – disse Darcy.

– Mas preciso ficar e responder às perguntas – expliquei. – Eu o vi cair.

– Você estava sozinha com ele lá fora?

– Não, Gussie estava lá, e um sujeito chamado Sidney Roberts. Foi horrível. Ele tinha bebido demais. Cambaleou para trás contra a amurada, ela desmoronou e ele caiu.

– Você está branca que nem uma vela. – Darcy pegou o meu braço. – Precisa de um conhaque forte.

– Ah, não, chega de álcool, obrigada. Eu já bebi demais.

– Mais um motivo para sair daqui. Você não quer que isso chegue ao palácio, quer?

– Não, mas não seria estranho se fugíssemos?

– Claro que não. Você não o empurrou, não é?

– Lógico que não, mas eu sei a minha obrigação...

– Então fique se achar que deve, mas alguém tem que tirar a princesa daqui. Posso levá-la para casa se você quiser.

– Ah, não – falei. – Eu tenho que acompanhar Hanni. Não confio que você vai se comportar. Eu vi como olhou para ela.

– Eu só estava sendo simpático. – Darcy esboçou um sorriso. – Vamos lá, vamos encontrá-la antes que a polícia chegue.

Nós nos separamos e saímos procurando pelo apartamento. Ela não estava na sala de visitas principal. Abri a porta da cozinha. Era tão moderna quanto o resto do apartamento, com armários pintados de branco e uma geladeira grande e impressionante. Várias pessoas estavam sentadas à mesa da cozinha e levantaram o olhar quando entrei. Hanni era uma delas. Eu me aproximei e peguei o braço dela.

– Hanni, temos que ir para casa agora. Venha rápido comigo.

– Eu não quero ir. Eu gosto aqui. Esses caras legais vão me deixar experimentar o que eles estão fazendo – disse Hanni.

Encarei a mesa. Parecia que alguém tinha derramado uma carreira de farinha.

– Tire ela daqui – sibilou Darcy, pegando Hanni pelo braço.

– Mas eu quer ficar. Estou me divertindo a valer – reclamou ela, falando alto. Estava claro que a bebida também a afetara.

– Você não ia se divertir na prisão, posso garantir – disse Darcy enquanto a arrastava porta afora.

– O que você quer dizer? – sussurrei. – Por que Hanni seria presa?

– Minha querida, como você é inocente! – comentou Darcy. – Eles estavam cheirando cocaína lá dentro. Duvido que seja o tipo de festa que a rainha tinha em mente para ela. E vocês não podem se dar ao luxo de ver o próprio nome estampado na primeira página dos jornais de amanhã.

– Por que nosso nome nos jornais? – quis saber Hanni.

Eu ia falar alguma coisa, mas percebi o olhar de advertência de Darcy.

– Se a polícia invadisse a festa – respondeu ele rapidamente.

Ele guiou uma Hanni trôpega até o elevador.

Ela agora estava chorando.

– Eu não quero ir casa. Quero ficar e beber coquetéis – choramingava ela.

– E Belinda? – Eu ainda não a via.

– Belinda sabe cuidar de si mesma, eu garanto – disse Darcy.

Ele nos enfiou no elevador e rapidamente encontrou um táxi para nós.

– Você não vem? – perguntou Hanni com uma decepção evidente quando Darcy deu nosso endereço ao motorista.

– Não, acho melhor seguir meu próprio caminho – disse ele. – Tenho umas coisas para fazer. Mas tenho certeza que vamos nos encontrar de novo em breve, princesa. – Ele pegou a mão dela e beijou, mas os olhos dele encontraram os meus enquanto os lábios estavam pousados na mão dela. – Vejo vocês em breve – falou. – Se cuidem, está bem?

– Foi divertido – disse Hanni enquanto o táxi partia. – Por que tivemos que sair? Eu ia gostar ver uma batida policial. Como Al Capone. A polícia vai trazer metralhadoras?

– Não – respondi. – Na Inglaterra, a polícia não anda armada.

– Que burrice – disse ela. – Como eles pegam bandidos?

– Eles apitam e os vigaristas se entregam – respondi, pensando que parecia mesmo muito bobo.

– Mas o Sr. O'Mara disse que vai nos ver de novo em breve. É uma boa notícia, não é?

– É, acho que sim – respondi mecanicamente.

Fiquei olhando pela janela, observando as luzes da Piccadilly passarem por nós. O choque da morte de Tubby e os sentimentos confusos em relação a Darcy, combinados com o efeito dos coquetéis, estavam apenas começando a me atingir. Senti que eu podia chorar a qualquer momento. Corri para o meu quarto assim que chegamos em casa.

– A festa foi boa, milady? – Mildred surgira das sombras.

Dei um pulo.

– Mildred, eu não esperava que você estivesse acordada tão tarde. Não precisava esperar por mim.

– Eu sempre espero acordada para ajudar minhas senhoras a se despirem – disse ela, meio afetada.

Fiquei em pé ali e a deixei me despir como uma garotinha. Ela estava escovando meu cabelo quando ouvimos vozes alteradas no quarto ao lado. Mildred ergueu uma sobrancelha, mas não disse nada.

– Precisa de algo mais, milady? – perguntou ela, colocando a escova de cabelo de volta na penteadeira.

– Obrigada, Mildred. Foi gentil da sua parte ter ficado acordada até essa hora – falei.

Quando ela abriu a porta para sair, Irmgardt saiu do quarto da princesa ao lado e passou pisando forte com a cara fechada. Imaginei que a princesa tinha revelado um pouco mais do que deveria sobre os acontecimentos da festa. De repente, fui dominada pelo cansaço. Eu me deitei, me encolhi na cama e tentei dormir.

NA MANHÃ SEGUINTE, O *TIMES* TINHA UM pequeno parágrafo relatando a trágica morte do filho de lorde Tewkesbury, que tinha caído de uma varanda depois de beber demais em uma festa em Mayfair. Por sorte, o relato não dizia de quem era a festa nem quem eram os convidados. Eu ainda estava lendo o *Times* na cama quando meu avô apareceu na porta.

– Tem um sujeito esquisito lá embaixo querendo falar com você – disse ele.

– Que tipo de sujeito esquisito?

– Diz que é policial.

– Ai, meu Deus.

Saltei da cama e tentei vestir o roupão. Parecia que tinha um tambor tocando dentro da minha cabeça. Meu Senhor, então isso que é uma ressaca de verdade.

– Você fez alguma coisa que não devia? – perguntou o vovô.

– Não. Imagino que seja sobre a festa de ontem à noite. Um pobre sujeito caiu da varanda. Eu vi acontecer.

– Isso não deve ter sido muito bom para você. Ele estava bêbado?

– Totalmente. Diga ao policial que vou descer em um instante.

Ao sair, esbarrei em Mildred.

– Milady, eu devia ter sido instruída a vir buscá-la. É muito inadequado o mordomo entrar no seu quarto. Vou ajudá-la a se vestir antes de receber visita.

– Não é uma visita, Mildred. É um policial. E estou coberta, não estou?

– Um policial? – Ela parecia prestes a desmaiar.

– Nada que eu tenha feito. – Eu me esquivei dela e desci.

Meu avô tinha levado o policial para a sala matinal e lhe oferecido uma xícara de chá. Ele se levantou quando entrei, e fiquei consternada ao ver que era ninguém menos que o inspetor Harry Sugg. Eu já o tinha conhecido, e a lembrança não era agradável.

– Ah, lady Georgiana. Nos encontramos de novo – disse ele. – E de novo em circunstâncias trágicas.

– Bom dia, inspetor. – Estendi a mão e recebi um aperto de mão fraco antes de me sentar em frente a ele em uma cadeira reta dourada. – Por favor, me perdoe o traje. Eu não estava esperando uma visita tão cedo.

– Já passa das nove. – Ele se reposicionou no sofá e cruzou as pernas. – O resto do mundo já saiu de casa e está trabalhando há horas.

Passou pela minha cabeça a ideia de que ele se daria muito bem com Sidney Roberts. Eles podiam trocar figurinhas sobre ideias comunistas.

– Por outro lado, o resto do mundo não fica acordado até altas horas por causa de uma festa – acrescentou.

Ah. Então ele sabia que eu tinha ido à festa na noite anterior. Sendo assim, não tinha por que negar.

– Imagino que o senhor esteja aqui para tomar meu depoimento sobre o terrível acidente.

– É exatamente por isso que estou aqui. Parece que a senhorita fugiu antes que a polícia chegasse ontem à noite. Por que fez isso?

Ele ainda não tinha aprendido que tinha que se dirigir à filha de um duque como "Vossa Senhoria" ou "milady" e não "senhorita", mas supunha que no caso dele era deliberado. Preferi ignorar.

– Achei que isso seria óbvio. Eu fiquei muito angustiada com o que tinha visto. Amigos gentis me colocaram em um táxi.

– E o que a senhorita viu?

– O Sr. Tewkesbury – (Eu não conseguia me lembrar do primeiro nome dele. Só o conhecia como Tubby. E, no meu estado matinal nebuloso, não conseguia me lembrar se ele era Honorável Sr. ou Visconde qualquer coisa) – caiu da varanda. Eu estava lá fora. Vi tudo.

– Pode me descrever a cena?

Repassei tudo, relatando palavra por palavra o que tinha acontecido. Quando terminei, ele acenou com a cabeça.

– Bem, isso corresponde exatamente ao que o Sr. Roberts nos disse. O outro sujeito, Gormsley, devia estar bêbado demais naquele momento. Ele nem conseguia se lembrar de quem estava na varanda.

Querido Gussie, pensei com afeto. Tentou impedir que eu fosse envolvida.

– Todos beberam muito – concordei. – O pobre Tubby estava completamente embriagado. Foi por isso que ele caiu.

– E as amuradas da varanda desmoronaram mesmo?

– Sim. Eu ouvi os estilhaços. Ele era um sujeito grande, entende?

– Mesmo assim, imagino que as amuradas sejam construídas para resistir a pessoas grandes apoiadas nelas, e o prédio é novo.

Levantei o olhar.

– O que o senhor está insinuando?

– Nada, por enquanto. Pelo que a senhorita e o Sr. Roberts me disseram, podemos chamar de acidente horrível e fechar o caso?

– Com certeza – respondi. – Um acidente horrível, foi exatamente isso que aconteceu.

– E a senhorita pode jurar que ninguém deu um empurrão nele?

– Empurrão? Claro que não. Por que alguém daria um empurrão nele?

– Pelo que eu soube, ele era um jovem muito rico. As pessoas fazem de tudo por dinheiro.

– A única pessoa perto dele era Gussie Gormsley, e ele também é um jovem muito rico.

– Podia ser um caso de ciúme, por causa de uma mulher?

– Ninguém teria ciúme de Tubby – argumentei. – Além do mais, eu vi tudo. Ninguém tocou nele. Ele tomou um gole, se desequilibrou e caiu.

O inspetor se levantou de novo.

– Bem, parece que isso é tudo, então. Obrigada pelo seu tempo, senhorita. Obviamente haverá um inquérito, já que a morte não foi natural. A senhorita pode ser chamada para prestar depoimento. Vamos avisar quando isso acontecer.

– Claro, inspetor – falei. – Fico feliz em ajudar.

Eu me lembrei de tocar a campainha para chamar meu avô.

– O inspetor está indo embora – falei.

Na porta, Harry Sugg parou e olhou para mim.

– Não é estranho a senhorita ter se envolvido em duas mortes tão próximas?

– Eu não estou envolvida em nenhuma das duas, inspetor – argumentei. – Sou só uma testemunha. Uma espectadora inocente no lugar errado na hora errada.

– Se a senhorita está dizendo. – Ele pegou o chapéu que vovô lhe estendia, inclinou-o para mim e colocou-o na cabeça. – Obrigado pelo seu tempo.

E foi embora. Tive a impressão de que o inspetor Sugg teria adorado se eu realmente estivesse envolvida.

– Que sujeito miserável – disse o vovô. – Ele queria seu depoimento sobre a festa?

– É. Ele queria ter certeza de que Tubby não tinha sido empurrado.

– Você viu tudo, não viu?

– Vi. Foi só um acidente horrível. Tubby estava muito bêbado e era muito grande.

Senti as lágrimas brotando de novo. Eu mal conhecia Tubby, mas ele era um sujeito inofensivo e não merecia um destino tão horrível.

– Tão bobos, esses jovens, não é mesmo? Bebem demais, dirigem muito rápido. Acham que vão viver para sempre. Imagino que você queira seu café da manhã agora.

– Ai, meu Deus. Não estou com nenhuma vontade de comer – falei. – Um pouco de café puro, por favor, e talvez uma torrada pura.

– A Sra. Huggins vai ficar decepcionada. Ela queria fazer uma comida de verdade, agora que a baronesa foi embora. E a mocinha? Já acordou?

– Ainda não vi Hanni. Chegamos muito tarde. Acho que ela vai querer dormir até mais tarde.

Vovô olhou para a escada e se aproximou de mim.

– Acho bom você ficar de olho nela – disse ele. – Ela pode se mostrar mais problemática do que parece.

– O que você quer dizer com isso?

– Ah, não me entenda mal. Ela é uma coisinha simpática. É impossível não gostar dela, mas tem alguma coisa errada ali.

– O que você quer dizer?

– É só uma sensação. Analisei muitas pessoas na minha época de policial de ronda. Fiz muitas prisões, e acho que ela é desonesta. Tentou furtar uma bolsa da Harrods. Encomendou joias da Garrard. Pessoas comuns não fazem essas coisas.

– Bem, ela é uma princesa, vovô. E acabou de sair do convento. Ela provavelmente não sabe usar dinheiro e acha que as coisas que ela quer aparecem na frente dela por milagre.

O vovô franziu a testa.

– Não me importa se ela é princesa ou filha de peixeiro, ela devia saber o que é certo e o que é errado. E vou lhe dizer outra coisa. Acho que a peguei usando o telefone ontem. Peguei a extensão do andar de baixo e tenho certeza que ouvi um clique, como se o receptor do andar de cima tivesse sido colocado no gancho.

– Talvez ela estivesse ligando para a baronesa.

– Se fosse isso, por que não pediu sua permissão antes? E por que desligou quando achou que alguém estava ouvindo? Ela sabe que não falamos alemão.

– Eu não me importo que ela use o telefone.

– Seu irmão vai se importar se ela ligar para a Alemanha – observou vovô.

– Ai, meu Deus, é mesmo. Fig vai ficar furiosa.

Ele se aproximou de mim.

– Se eu fosse você, diria à rainha que você deu um passo maior do que as pernas e mandaria a princesa embora. O pessoal do palácio pode decidir o que fazer com ela. Se você não fizer isso, tenho a sensação de que ela vai te passar a perna.

Naquele momento, a campainha tocou de novo.

– Caramba, estamos populares hoje, não é mesmo? – Vovô ajeitou o fraque e foi em direção à porta. – E acho bom você se esconder. Parada no vestíbulo usando um roupão… o que as pessoas vão pensar?

Corri para a porta mais próxima, mas parei quando reconheci a voz.

– Eu sei que está muito cedo, mas preciso falar com Sua Senhoria antes que a polícia apareça. Pode dizer a ela que é o Gussie? Gussie Gormsley.

Eu ressurgi.

– Olá, Gussie. Infelizmente, você está atrasado. A polícia chegou antes.

– Ah, que chateação – disse ele. – Eu não queria acordá-la e não imaginei que eles fossem aparecer de madrugada. Que falta de decoro desses camaradas. Eles também foram muito insolentes ontem à noite. Deram a entender que alguém podia ter dado um empurrão no pobre Tubby ou ter adulterado as amuradas. "Olhem aqui", falei para eles, "Tubby não tinha nenhum inimigo. Todo mundo gostava do velho Tubby." Tentei deixar você de fora, sabe?

– Foi o que eu entendi. Obrigada por tentar.

– Teria funcionado, mas aquele idiota do Roberts, com aquela moralidade da classe baixa, deixou escapar que você estava na varanda conosco. Então, claro, eles quiseram saber por que você tinha fugido.

– Na verdade, eu queria ficar, mas Darcy achou que eu devia levar a princesa embora para que não houvesse um incidente internacional.

– Ah, sim. Bem pensado. Darcy O'Mara, você quer dizer?

– É.

– Ele estava na festa ontem à noite?

– Estava sim.

– Não vi. Acho que ele não foi convidado.

– Ele deve ter entrado de penetra. Ele costuma fazer isso – expliquei.

– Ele é seu amigo?

– De certo modo.

Ele franziu a testa.

– Um cara estranho. Irlandês, não é? Estudou em uma escola católica e em Oxford, mas não vamos usar isso contra ele. Ele joga rúgbi bem. O pai é um nobre irlandês, não é?

– Isso mesmo.

– Acho que eu não confio muito nos irlandeses... – disse Gussie. – É melhor eu ir, então.

– Obrigada por vir – falei. – E por tentar me proteger. Foi muito gentil da sua parte.

– Por nada. Que coisa horrível, não é? Posso dizer que me senti meio mal também. Pobre Tubby. Ainda não consigo acreditar. – Ele começou a ir em direção à porta, mas se virou. – Olhe, eu soube que algumas pessoas na minha festa estavam indo um pouco além da bebida, se é que você me entende. Você viu esse pessoal na cozinha, não viu? Se a polícia interrogá-la de novo, gostaria que você convenientemente se esquecesse disso. Eu odiaria ter o nome da família ligado a drogas nos jornais.

– Entendo – falei. – E, sinceramente, eu não tinha a menor ideia do que estava acontecendo. Achei que eles tivessem derramado farinha na mesa.

Gussie riu.

– Essa é boa. Eu gosto de você, Georgie. Você é uma ótima garota. Espero que possamos nos encontrar de novo em breve. Em circunstâncias mais felizes, quero dizer.

– Também espero.

– A princesa vai ficar muito tempo com você? – perguntou ele de um jeito sonhador.

Então era isso. Não era comigo que ele queria se encontrar de novo em breve. Era com Hanni.

#
Dezesseis

Assim que Gussie foi embora, Hanni desceu a escada, parecendo revigorada, radiante e adorável. Nenhum sinal de ressaca, apesar de ela com certeza ter bebido tantos coquetéis quanto eu.

– Olá, Georgie. Estou muito atrasada para o café da manhã? Estou morrendo de fome. Podemos tomar um café da manhã inglês de verdade, agora que a pentelha não está mais aqui?

– Hanni, essa palavra é muito deselegante. Se quiser falar algo do tipo, você pode dizer "mala sem alça".

– Mala sem alça é melhor que pentelha?

– Com certeza. Vou dizer à Sra. Huggins que você quer tomar o café da manhã.

Entramos na sala do café da manhã, e eu mordisquei um pedaço de torrada com manteiga enquanto Hanni atacava um prato enorme de bacon, ovos, salsichas, rins e tudo mais.

– Quando podemos ir a outra festa? – perguntou Hanni entre as garfadas. – Foi tão divertido. Eu gosto da música e da dança, e os coquetéis foram o máximo. – Ela deu um suspiro feliz. – E os brotos também. Quando podemos ver Darcy de novo? Acho que ele está caidinho por mim. Ele ficou muito tempo ao meu lado ontem à noite. Ele queria saber tudo sobre mim: minha casa e o convento e meus sonhos para o futuro. Ele estava interessado de verdade.

– Acho que você não devia levar Darcy muito a sério – comentei.

– Mas ele seria bom partido para mim. Católico. Boa família irlandesa. Meu pai ia ficar feliz.

– Não, seu pai não ia ficar feliz – falei, tentando manter a feição neutra. – Para começar, a família de Darcy não tem um tostão, e ele não é do tipo que se contenta com uma mulher só. Na semana seguinte ele já vai estar cansado de você.

Mas, enquanto eu falava, não consegui deixar de considerar: será que Darcy via a princesa como uma boa aposta para o futuro dele? Será que ele se imaginava como príncipe da Baviera com uma bela renda vitalícia? Era óbvio que ele era oportunista. E agora talvez não quisesse deixar escapar uma presa como Hanni. *A rainha vai ficar furiosa*, pensei, e uma vozinha na minha cabeça sussurrou que eu também não ia ficar muito feliz com a situação.

– Para onde vamos hoje? – perguntou Hanni. – Fazer mais compras? Eu gosto das lojas de Londres. Ou almoçar no Savoy? Sua amiga Belinda disse que você conheceu Gussie e Lunghi em um almoço no Savoy. Eu ia gostar de um lugar com comida boa e cheio de brotos.

Comecei a pensar que o vovô estava certo. A princesa estava se transformando rapidamente em um fardo maior do que eu podia suportar. A miúda mesada de Binky com certeza não ia cobrir passeios como almoços no Savoy, e eu não podia me arriscar a deixar Hanni solta em outras lojas.

– Você combinou de almoçar com a baronesa Rottenmeister na casa da Park Lane – lembrei a ela. – E hoje de manhã eu acho que devíamos absorver um pouco da cultura britânica – falei. – Eu deveria estar educando você. Vou levá-la ao Museu Britânico.

– Museu? Mas os museus são cheios de coisas velhas. Temos coisas velhas e quebradas na Alemanha. Eu gosto de coisas modernas.

– Você pode ser uma futura rainha – argumentei. – Precisa conhecer a história. Museu Britânico será, e não se fala mais nisso.

– Está bem – disse Hanni com um suspiro.

Subi para tomar banho e me vestir. Mildred insistiu que eu usasse roupas decentes e um colar de pérolas.

– É só um museu, Mildred – falei.

– Não importa, milady. A senhorita representa sua família e sua classe toda vez que põe os pés para fora de casa. Minhas senhoras anteriores nunca saíam sem parecer aristocratas. O público comum espera isso.

Suspirei e deixei que ela tentasse fazer o penteado ondulado que estava na moda em mim.

– E tenho certeza que a senhorita não esqueceu, milady, mas eu pedi folga nas tardes de quinta-feira.

– Ah, claro – falei com alívio. – Divirta-se.

– Farei isso, milady. Costumo ir à matinê de algum espetáculo.

Saí do quarto me sentindo uma mulher de quarenta anos deselegante em um terninho e pérolas e bati à porta de Hanni.

– Você está pronta? – perguntei, abrindo a porta.

Irmgardt me olhou com sua habitual expressão mal-humorada. Ela pendurava o vestido de festa da princesa.

– A princesa está pronta para sair? – perguntei. – Princesa? Lá embaixo? – E fiz um gesto.

Ela assentiu.

– *Ja.*

Pobre Hanni, pensei. Aposto que não foi ela que tinha escolhido essa criada. Irmgardt obviamente era uma antiga funcionária da família que foi enviada para ficar de olho em Hanni no palácio. E tinha dado um belo de um sermão na sua protegida na noite anterior. Fiquei pensando se teria algum efeito.

Quando me virei para sair, olhei de relance para a mesa de cabeceira. Havia algumas cartas em cima, incluindo a estranha folha de papel com *C.P.* escrito. Mas agora alguém tinha rabiscado uma agressiva cruz vermelha por cima das iniciais.

Fiquei olhando para o papel. A agressividade da cruz vermelha não combinava com a personalidade de Hanni. E eu não conhecia ninguém com as iniciais C.P. De qualquer maneira, a correspondência particular dela não era da minha conta. Fechei a porta ao sair e desci.

Hanni gostou de passear pela Oxford Street no alto de um ônibus de dois andares. Era um lindo dia de verão, sentíamos uma brisa quente no rosto, e a multidão lá embaixo parecia feliz e festiva.

– Selfridges – exclamou Hanni. – O que é isso?

– Outra loja de departamentos, como a Harrods.

– Podemos ir lá?

– Um dia, talvez – respondi e decidi que devia escrever para a rainha para saber por quanto tempo eu ia ter que ficar com a princesa. Já era hora de outra pessoa assumir a responsabilidade.

Fiquei feliz quando chegamos à área mais tranquila de Bloomsbury e conduzi Hanni pelos degraus do Museu Britânico. Logo ficou claro que ela não estava interessada nas múmias egípcias nem nas estátuas romanas e vagava mecanicamente com uma expressão de tédio. Fiquei tentada a desistir e levá-la a um lugar mais divertido, como o zoológico ou um passeio de barco no lago Serpentine.

Chegamos às joias romanas.

– Olhe, Hanni – falei. – Acho que isso aqui é mais do seu interesse. Que esmeraldas fabulosas!

Ergui o olhar da caixa de vidro e ela havia desaparecido.

Que atrevida!, pensei. Ela me enganou. Eu precisava encontrá-la antes que fosse tarde demais. Corri de uma galeria para outra, mas o museu era um lugar enorme e confuso. Havia grupos de crianças dos quais desviar nas escadas, tantos lugares onde ela podia se esconder, e percebi que minhas chances de encontrá-la eram mínimas.

– Então ela fugiu – falei para mim mesma.

Ela tem dezoito anos e era de dia. Por que eu deveria ficar preocupada? O pior que ela vai fazer é ir às compras na Oxford Street. *É, e tentar furtar de novo e acabar sendo presa*, pensei. Se isso acontecesse, o que a rainha diria?

Droga, Hanni, murmurei, enquanto descia a escadaria principal e percebi que ela estava vindo na minha direção.

– Eu estava procurando você – disse ela. – Achei que você foi embora sem mim.

– Não, nós só nos perdemos uma da outra – respondi, me sentindo culpada pelos pensamentos pouco generosos. – Mas está tudo bem. Já nos encontramos.

– Você está certa. Está tudo bem – disse ela. – Está tudo muito bem! – Ela brilhava de empolgação. – Aconteceu uma coisa muito boa. Encontrei o cara da festa de ontem à noite. Isso não é ótimo?

– Qual cara? – perguntei.

– Você sabe, aquele sério que conhecemos no parque. Sidney. Ele estava aqui para procurar um livro velho. Ele me disse que trabalha em uma livraria, sabia? Não é interessante?

Eu achava que Hanni não era do tipo que frequenta livrarias – nem o tipo que se interessaria por Sidney. Meu primeiro pensamento foi que alguém que trabalhava em uma livraria não poderia alimentar nem abrigar Hanni. Mas logo cheguei à conclusão de que uma livraria era bem mais salutar do que festas e coquetéis, sem contar a cocaína. E ele não era Darcy.

– É interessante, sim – comentei. – Onde fica essa livraria?

– Ele disse que fica na parte antiga da cidade. É uma livraria muito, muito antiga. Sidney disse que o famoso escritor Charles Dickens ia sempre lá. Ele me convidou para ir lá também. Disse que tem muita história. Podemos ir, *ja?*

– Não vejo motivo para não irmos. Seria bem educativo.

– Ótimo! Então vamos amanhã. – Hanni assentiu com firmeza. – Hoje não adianta porque Sidney vai estar aqui, estudando livros velhos e chatos o dia todo.

– E a baronesa está esperando você para almoçar – acrescentei.

Ela revirou os olhos.

– Mala – disse ela. Em seguida, a expressão dela se suavizou. – Sidney é um bom rapaz, você não acha?

– Um pouco sério demais para você, infelizmente – admiti.

– Ele é comunista – disse ela. – Eu nunca tinha conhecido um comunista. Eu achava que eles eram todos selvagens e violentos como na Rússia, mas ele parece gentil.

– Tenho certeza de que ele é uma boa pessoa, e muito idealista. Ele gosta do ideal de uma sociedade comunista, mas isso nunca funcionaria na realidade.

– Por que não? – Ela virou os inocentes olhos azuis para mim.

– Porque pessoas são pessoas. Elas não estão dispostas a dividir tudo de maneira igual. Elas sempre tentam pegar tudo que podem. E precisam ser lideradas por aqueles que nasceram para governar.

– Não concordo com isso – disse ela. – Por que meu pai deveria ser rei? Só porque ele nasceu para ser rei?

– Acho que facilita quando alguém é criado para governar.

– Sidney vem das classes mais baixas, mas seria um bom líder – disse ela.

Pensei em como ela era facilmente influenciada por um par de austeros olhos cinza. Se ela conhecesse um belo fascista amanhã, seria a favor de qualquer coisa em que ele acreditasse.

Hanni conversou animada durante todo o caminho até Park Lane. Eu me peguei meio torcendo e meio temendo que o príncipe Siegfried estivesse no almoço e que Hanni se apaixonasse por ele. Pelo menos ele era adequado. Depois racionalizei que ela estava agindo como qualquer garota de dezoito anos recém-saída de uma instituição feminina. Ela queria a confirmação de que os rapazes a achavam bonita – e neste momento não importava se eram jovens adequados ou não.

Siegfried não estava no almoço. A refeição pareceu durar uma eternidade, com pratos pesados um atrás do outro – a cozinheira alemã da condessa viúva servia tudo com bolinhos e creme. A baronesa estalava os lábios e devorava tudo que lhe era oferecido. Mantive a cabeça baixa, tentei falar o mínimo possível e rezei a cada instante para que a condessa viúva não percebesse de repente que tinha me visto varrendo o chão.

Fiquei feliz quando acabou.

– Agora podemos visitar brotos? – perguntou Hanni. – Vamos dizer oi para Darcy ou para Gussie e Lunghi?

– Acho que esses últimos dificilmente vão ser apropriados – falei sem pensar.

– Por quê? – Hanni virou os inocentes olhos azuis para mim.

– Porque, hum… – Eu me lembrei que não tinha contado a ela a verdade sobre o que acontecera na noite anterior. – Um dos convidados ficou doente e morreu. – Eu esperava que essa meia verdade fosse suficiente. – Eles estão muito tristes – acrescentei. – Não vão querer receber visitas.

– Darcy, então? Ele pode me levar para jantar hoje à noite.

– Hanni, você precisa aprender que uma jovem nunca deve tomar a iniciativa. Não cabe a você dar o primeiro passo. Você tem que esperar que um jovem a convide para sair.

– Por quê? Que bobagem – disse ela. – Se eu quero sair com um jovem, por que não posso convidar?

Ela tinha certa razão. Se eu não tivesse sido tão reticente com Darcy, talvez ele não tivesse caído nos braços de quem quer que fosse a garota dos longos cabelos escuros e não ficaria flertando com Hanni na noite anterior. Mas eu permaneci firme e decidi distrair Hanni com uma ida ao teatro. Escolhi uma comédia musical leve de Sigmund Romberg chamada *O príncipe estudante*. O que acabou se revelando um erro, pois a peça falava de um príncipe que se apaixonava por uma garota simples. No fim, ele renuncia a ela em nome do dever. Hanni chorou durante todo o caminho para casa.

– Tão triste – murmurava ela o tempo todo. – Eu nunca desistiria do meu amado em nome do dever. Nunca.

Dezessete

Rannoch House
Sexta-feira, 17 de junho de 1932

Querido diário,
Dia turbulento. Nuvens brancas, céu azul. Teria sido um bom dia para cavalgar na área do castelo. Em vez disso, tenho que levar Hanni para se encontrar com um homem em uma livraria. Esse negócio de ser acompanhante cansa.

Quando ela desceu na sexta de manhã, tive visões de uma repetição da peça da noite anterior. Hanni estava muito empolgada por poder ver Sidney de novo.

– Eu não me importo se ele é só um plebeu – dizia ela o tempo todo.

Hanni comeu com moderação no café da manhã e não parou quieta até a hora de sair de casa. Eu ainda não estava muito familiarizada com a geografia de Londres e desci para perguntar ao vovô como fazer para chegar a Wapping.

– Wapping, querida? – perguntou ele. – O que você vai fazer lá?

– Vou a uma livraria.

– Uma livraria em Wapping? – indagou ele.

– Isso mesmo. É uma especializada em livros antigos e raros. Onde é?

– Não é uma região muito boa. Fica rio abaixo. Em Docklands. Eu jamais ia imaginar que o pessoal de lá gosta de ler. Onde fica esse lugar?

– Fica na Wapping High Street, perto de um pub chamado Prospect of Whitby.

Vovô ainda estava com a testa franzida.

– Eu me lembro que os comunistas fazem reuniões em um salão por lá. Você precisa ter cuidado, meu amor. Espero que não esteja pensando em levar a princesa para um lugar como esse.

– É ela que quer ir. Ela conheceu um jovem... ele é comunista e trabalha nessa livraria.

Vovô soltou um muxoxo e balançou a cabeça.

– Essa moça precisa é ser vigiada.

– Ele é bastante civilizado para um comunista, vovô. Estudou em Cambridge e parece muito simpático e sério. E vamos lá de dia.

O vovô suspirou.

– É, é dia de semana. As pessoas estão trabalhando. Ninguém vai ficar se metendo em brigas em plena sexta-feira de manhã. Quando eles fazem essas reuniões, costuma ter um belo quebra-pau depois entre eles e os camisas-negras.

– Tenho certeza que vamos estar bastante seguras e, conhecendo Hanni, ela vai ficar entediada bem rápido em uma livraria.

– Mas não se vista de um jeito muito chique – alertou meu avô –, e cuidado com os batedores de carteira e qualquer um que faça sugestões impróprias.

Repassei o conselho a Hanni e saímos de casa com saias simples de algodão e blusas brancas – duas moças fazendo um passeio pela cidade. Pegamos o metrô até a estação Tower Hill. Mostrei a Torre de Londres para Hanni, mas ela não demonstrou muito interesse pela história da cidade e me arrastou para a frente como um cachorro impaciente na coleira. Foi uma caminhada longa e complicada para chegar à Wapping High Street. As ruas eram sinuosas, cheias de esquinas e becos sem saída entre os armazéns altos de tijolos e as docas. Aromas exóticos de especiarias, café e chá competiam com o odor menos agradável dos ralos e o cheiro úmido do rio. Carrinhos de mão passavam chacoalhando, cheios de mercadorias empilhadas. Por fim, chegamos à High Street. A livraria ficava em um pequeno beco afastado da rua movimentada. O chão ainda era de paralelepípedos, como o cenário de uma pintura antiga. Para completar o quadro, tinha um mendigo sentado na esquina, tilintando algumas moedas em uma lata. O cartaz dizia: *Perna perdida na Grande Guerra. Dê uma moeda.* Eu me senti horrível e vasculhei a bolsa em busca de uns trocadinhos, depois acabei dando um xelim inteiro.

– Deus a abençoe, senhorita – disse ele.

Só havia três lojas no beco. Uma delas era de um sapateiro ("Deixamos botas, sapatos e guarda-chuvas novinhos em folha!"), outra, à esquerda na metade do beco, era um salão de chá russo com dois homens tristes e desleixados sentados perto da janela e conversando com gestos dramáticos. A livraria ficava no fim do beco sem saída. Livraria Haslett's, fundada em 1855. Especializada em livros raros e literatura socialista. Uma combinação interessante, pois eu desconfiava que poucos trabalhadores comunistas colecionavam primeiras edições. Agora que tínhamos chegado à porta, Hanni ficou atrás, tímida, e me deixou entrar primeiro.

Um sino tocou quando a porta se fechou depois de entrarmos. O peculiar cheiro bolorento, empoeirado e mofado de livros velhos permeava o ar. Partículas de poeira flutuavam em um único raio de sol. O fundo da loja se dissolvia na escuridão, com prateleiras de mogno que chegavam até o teto alto abarrotadas de livros. Era como voltar no tempo. Eu quase esperava que um velho cavalheiro vitoriano com suíças e fraque viesse nos cumprimentar. Em vez disso, a loja parecia deserta.

– Onde estão todos? – perguntou Hanni enquanto ficávamos ali paradas, analisando o silêncio. – Sidney disse que ia estar aqui.

– Talvez ele esteja em algum lugar nos fundos ajudando um cliente – sugeri, olhando para o interior escuro atrás dela.

– Vamos procurá-lo.

Hanni foi na frente. A loja parecia uma toca de coelho, com caminhos tortuosos entre as prateleiras. Passamos por pequenos corredores laterais escuros e por caixas de panfletos sobre sindicatos e direitos dos trabalhadores. Havia um cartaz russo na parede com trabalhadores felizes e corajosos construindo um futuro brilhante. Ao lado havia uma estante de primeiras edições de livros infantis. Uma combinação encantadora. Por fim, chegamos a uma escada estreita à direita que levava ao andar superior.

– Talvez eles estejam lá em cima – sugeriu Hanni.

Ela começou a subir pela escadinha escura. Eu estava prestes a segui-la quando ouvi o sino da porta da frente tocar.

– Minha querida jovem, posso ajudá-la? – chamou uma voz. O seu dono não era diferente da minha visão do cavalheiro vitoriano: bigode branco, olhos azuis desbotados, colete estampado. Infelizmente, nada de fraque.

– Me desculpe – continuou ele, arrastando os pés na minha direção. – Eu saí por um instante. Tinha que entregar um livro em mãos. Mas meu assistente devia estar aqui para atendê-la. Sou o Sr. Solomon, o dono da livraria. Como posso ajudá-la?

Hanni já tinha desaparecido escada acima. Eu me virei para o senhor.

– Na verdade, estávamos procurando seu assistente, se o senhor estiver falando do Sr. Roberts. Ele prometeu nos mostrar a loja hoje.

– Sr. Roberts. Um ótimo rapaz. Uma verdadeira alma nobre – disse ele. – Sim, ele deve estar aqui em algum lugar. Ele deve ter encontrado um livro que o interessa e está sentado em algum lugar, alheio ao resto do mundo. Vamos procurá-lo?

– Minha acompanhante já subiu – falei.

– Ah, sim, pode ser que ele esteja lá. Ele está escrevendo um livro sobre a história do movimento trabalhista e temos uma seção russa lá em cima que ele deve estar consultando. A senhorita primeiro.

Ele fez um sinal para eu subir as escadas na frente dele. Os degraus eram íngremes e estreitos e faziam duas curvas antes de sairmos no andar de cima. Esse andar era ainda mais escuro e mais mofado, com um teto mais baixo e prateleiras tão próximas que era preciso praticamente se espremer para passar entre elas. Havia luzes fracas aqui e ali.

– Hanni? – chamei. – Onde você está?

Não houve nenhuma resposta.

– Hanni? Sr. Roberts?

Por fim, uma voz baixa disse:

– Aqui. Estou aqui.

Segui a voz até um corredor lateral. Hanni não olhou nem se virou quando nos aproximamos. Mas ficou parada como uma estátua, olhando para a mão com uma expressão de completa surpresa. A mão segurava uma faca comprida e fina, e a lâmina estava revestida de alguma coisa escura e pegajosa. Meu olhar foi para trás dela, para o objeto branco no chão. Sidney Roberts estava deitado de costas, com os olhos abertos e a boca congelada em um grito silencioso de surpresa e dor. Uma mancha escura se espalhava lentamente pela frente branca da camisa dele.

Dezoito

– Meu Deus, o que foi que você fez? – O senhor idoso passou por nós e foi até o corpo. – Sidney, meu rapaz.

Hanni olhou assustada para mim.

– Eu encontrei isso no chão – disse ela, estendendo a faca para mim. – Virei e meu pé chutou alguma coisa. Eu me inclinei para pegar e... e vi o que era. Depois vi Sidney deitado ali. Não fui eu que fiz isso.

– Claro que não – falei.

– Então quem foi? – quis saber o Sr. Solomon.

Ele se ajoelhou ao lado de Sidney e sentiu o pulso.

– Ele está... morto? – perguntou Hanni.

Solomon fez que sim com a cabeça.

– Não sinto os batimentos. Mas ele ainda está quente. E o sangue ainda está se espalhando. Só pode ter acontecido há pouco tempo.

– Então o assassino ainda pode estar na loja. – Olhei ao redor, preocupada. – Existe outra saída?

– Não, só a porta da frente.

– Então temos que descer agora mesmo e chamar a polícia – falei. – Ele pode estar escondido em qualquer lugar. Venha, Hanni.

Ela ainda encarava a faca na mão.

– Aqui – disse ela e me entregou.

– Eu não quero isso! – Minha voz aumentou em repulsa quando senti o frio pegajoso da faca tocar em mim. – Coloque de volta no chão, onde você encontrou. A polícia vai querer saber onde estava.

– Não sei bem onde estava. – Ela parecia prestes a chorar. – Aqui, eu acho.

Eu a coloquei de volta no chão e o Sr. Solomon nos seguiu escada abaixo.

– Infelizmente eu não tenho telefone – disse ele. – Estava pensando em mandar instalar um, mas meus clientes preferem enviar cartas.

– E onde fica o telefone mais próximo? – indaguei.

– O contador em frente ao salão de chá tem um. Eu vou lá. É melhor as senhoritas esperarem do lado de fora.

– Mas e se o assassino tentar fugir? – perguntou Hanni com a voz trêmula. – Não vamos conseguir impedi-lo.

– Claro que não. As senhoritas podem ir comigo ao contador se acharem mais seguro. Ou, melhor ainda, podem esperar no salão de chá. – O Sr. Solomon parecia tão confuso e perturbado quanto eu.

– Boa ideia – falei. – Vamos esperar no salão de chá. Parece que Hanni precisa de uma xícara de chá.

Eu sentia que também precisava de uma xícara. Não parava de tremer.

Deixamos a porta se fechar atrás de nós e seguimos o Sr. Solomon pelo caminho de paralelepípedos.

– Aqui estão seis pence – falei para Hanni. – Peça uma xícara de chá. Vou ver se consigo encontrar um policial antes que o assassino consiga escapar.

– Não me deixe sozinha. – Hanni segurou o meu braço. – Estou com medo. Tem manchas de sangue no meu vestido, e olhe só as minhas mãos. – E começou a chorar.

Coloquei os braços com cuidado em volta dela, porque eu também estava suja de sangue.

– Tudo bem. Eu sei que é horrível, mas não precisa chorar. A polícia vai chegar logo e vamos ficar seguras.

– Por que alguém ia querer matar Sidney? – perguntou ela, secando as lágrimas. – Ele era bom, não era?

– Ele era muito bom, sim. Você vai se sentir melhor depois de uma xícara de chá e vai estar em segurança lá dentro – falei. – E eu não vou longe, prometo. Veja só. Você pode ficar de olho no Sr. Solomon pela janela.

Depois que ela se foi, corri de volta para a Wapping High Street. Eu estava virando a esquina quando esbarrei em alguém.

– Espere aí, onde é o incêndio? – perguntou a pessoa, me segurando pelos ombros.

Tentei me desvencilhar até perceber que era Darcy.

– O que você está fazendo aqui? – gaguejei, quase achando que estava tendo uma alucinação.

– Cuidando de você. Liguei para sua casa e seu mordomo me disse aonde você tinha ido. Ele não estava muito feliz com a situação, então eu disse que ia atrás de você para ter certeza de que estava tudo bem.

– Não estamos nada bem. – Percebi que a minha voz estava falhando. – Acabamos de encontrar um homem assassinado. O dono da livraria está chamando a polícia. Preciso encontrar um policial.

As mãos dele apertaram os meus ombros.

– Você disse assassinado? Onde está a princesa? Você não deixou Hanni sozinha, deixou?

– Eu a deixei no salão de chá. Ela estava em choque.

– O que diabos vocês estavam fazendo em um lugar desses, afinal?

– Hanni queria visitar um rapaz que conheceu na festa de Gussie.

– Nunca pensei que um lugar desses seria adequado para um amigo de Gussie – disse Darcy.

– O nome dele era Sidney Roberts. Não sei se é bem um amigo de Gussie. Os dois estudaram juntos em Cambridge. Também encontramos com ele no comício comunista no parque, quando você apareceu para nos salvar.

– Você disse que o nome dele *era*…? Isso significa que ele… – Darcy me olhou de um jeito inquisitivo.

– Isso. Ele é o homem que está morto no segundo andar da livraria. Alguém o esfaqueou.

– Santa Mãe de Deus – murmurou Darcy e quase se benzeu. – E você e a princesa o encontraram?

– Hanni o encontrou. Ela tropeçou na faca caída no chão.

– Parece que você também precisa de uma xícara de chá – disse Darcy. – Está branca como uma folha de papel.

Fiz que sim com a cabeça.

– Foi horrível, Darcy. Todo aquele sangue, e eu toquei na faca, e… – Engoli um soluço.

Os braços dele me envolveram.

– Está tudo bem – murmurou ele, acariciando meu cabelo como se eu fosse uma criança. – Você está segura agora.

Fechei os olhos, sentindo o calor e a proximidade dele, o queixo no meu cabelo, a aspereza do paletó no meu rosto. Eu queria que ele nunca me soltasse.

– Venha. Vamos arranjar um chá para você.

Ele pegou o meu braço e me levou até o salão de chá. Os olhos de Hanni se iluminaram quando ela o viu.

– Darcy! Como foi que você nos encontrou aqui? Você sempre aparece no momento certo para nos salvar.

– Esse sou eu. Darcy O'Mara, anjo da guarda disfarçado.

De longe veio o som de um apito e um policial surgiu correndo pelo beco. O Sr. Solomon apareceu do escritório no outro lado junto com vários curiosos. Quando o policial ouviu que o assassino ainda podia estar na livraria, não pareceu muito empolgado para entrar. Ele ficou na porta do salão de chá com o Sr. Solomon enquanto Darcy pedia meu chá. Não tivemos que esperar muito. Dava para ouvir a sirene incessante de um automóvel da polícia ecoando por entre os prédios altos. O barulho fez várias janelas se abrirem e atraiu mais pessoas para o local.

O beco era largo só o suficiente para o automóvel da polícia passar. O carro parou de repente. Dois oficiais à paisana e dois policiais uniformizados saltaram, abrindo caminho no meio da multidão. Fui para a porta do salão de chá.

– Para trás! Vão cuidar das suas vidas – gritou um dos oficiais. Ele viu o policial montando guarda na porta da livraria. – O que temos aqui, afinal?

– Disseram que um homem foi assassinado e que o assassino ainda pode estar no local – respondeu o policial. – Eu não quis entrar sozinho, senhor, por isso fiquei vigiando a porta para garantir que ele não ia sair.

– Você fez o certo – disse o oficial à paisana.

Apesar do dia quente, ele estava usando a tradicional capa de chuva marrom-clara e um chapéu fedora puxado sobre a testa. O rosto e o bigode eram castanho-claros para combinar com a capa de chuva. Ele tinha bochechas caídas que lhe davam uma expressão de buldogue triste. O pior é que eu o reconheci. Era ninguém menos que o inspetor Harry Sugg, da Scotland Yard. Ele me viu no mesmo instante e reagiu de maneira parecida.

– De novo? Não me diga que a senhorita tem alguma coisa a ver com isso.

– Foi a princesa Hannelore que encontrou o corpo. – Apontei para Hanni dentro do salão de chá.

– Por que no meu turno? – reclamou ele, com a voz meio choramingando. – Eu não costumo vir para esta parte da cidade. Estava aqui perto por acaso, por isso me mandaram. A senhorita agora tem o hobby de encontrar cadáveres?

– Eu não gosto da experiência, inspetor – argumentei. – Na verdade, parece que eu vou passar mal a qualquer momento. Alguém vai me trazer uma xícara de chá.

– Tudo bem – concordou Sugg. – Beba seu chá, mas não vá a lugar nenhum. Tenho perguntas para fazer à senhorita e à princesa.

Hanni levantou o olhar para ele, com os olhos arregalados, ainda sentada à mesa.

– Não as deixe ir a lugar nenhum, Collins – vociferou Sugg. – Fique aqui fora e vigie as duas. Foreman, James, venham comigo.

Eles saíram empurrando todo mundo e foram para a livraria. Pouco depois, voltaram.

– Nenhum sinal de ninguém lá dentro – disse Sugg enquanto entrava no salão de chá. – Quem de vocês é o dono da livraria?

– Eu. – O Sr. Solomon se aproximou.

– Não parecia ter outras saídas além da porta da frente.

– Correto – disse o Sr. Solomon.

– Foi o senhor que ligou para a polícia?

– Eu mesmo.

– E o senhor sabe a identidade da vítima?

– Claro que sei. Ele é meu assistente. O nome dele é Sidney Roberts. Um jovem bom e respeitável. Não entendo como alguém entrou na minha livraria para matá-lo ou por que faria isso.

O inspetor Sugg se virou para mim e Hanni.

– Então foi essa jovem que encontrou o corpo? O seu nome completo é…

– Esta é Sua Alteza Real Princesa Maria Theresa Hannelore da Baviera – respondi, usando meu tom mais régio possível. – Ela é convidada do rei e da rainha. Estou acompanhando a princesa em Londres.

– Eu gostaria de saber o que uma princesa está fazendo em um lugar desses.

– Conhecemos um jovem… no Museu Britânico. – Eu ia dizer "em uma festa", mas achei mais sensato não lembrar à polícia do outro cadáver. – Ele falou para a princesa sobre a livraria em que trabalhava e a convidou para ver alguns livros antigos raros.

Harry Sugg olhou fixamente para mim como se tentasse avaliar se isso era plausível ou não.

– Sua Alteza fala inglês? – perguntou ele.

– Um pouco – respondi antes dela.

– Então me diga, Vossa Alteza, como foi que a senhorita encontrou o corpo.

Hanni olhou para mim para se tranquilizar.

– Lady Georgiana e eu fomos visitar Sidney. – Percebi que ela havia captado o que eu havia dito e agora falava como se encontrar as palavras certas em inglês fosse muito difícil para ela. – Nós entramos livraria. Ninguém lá. Nós olhamos. Eu encontrei escada. Subi escada antes de Georgie. Estava muito escuro em cima. Chutei algo com a pé. Comprido e prata. Peguei e era grudento. Vi que era faca horrível. Então vi corpo deitado lá. – Ela levou a mão à boca para reprimir um soluço.

– E o que a senhorita fez?

– Lady Georgiana e Sr. Solomon chegaram pouco depois de mim. Sr. Solomon vê que Sidney é morto e nós chamamos polícia.

– Há quanto tempo o senhor acha que ele estava morto? – perguntou o inspetor Sugg ao Sr. Solomon.

– Não muito – respondeu o Sr. Solomon. – Ele ainda estava quente. A mancha de sangue ainda se espalhava. Foi por isso que achamos que o assassino ainda podia estar nas instalações.

– Quem mais tinha estado na livraria recentemente?

– Ninguém. Só eu e o Sr. Roberts. Foi uma manhã muito calma. Deixei o Sr. Roberts encarregado da livraria e atravessei a rua para entregar em mãos um livro que tinha acabado de chegar. Quando voltei, essas duas jovens estavam na loja.

– O senhor saiu por muito tempo?

– Só por um instante.

– E passou por alguém no beco?

– O beco estava deserto.

– Interessante. – O inspetor voltou sua atenção de novo para mim e Hanni. – As senhoritas passaram por alguém no beco?

– Ninguém – respondi. – Espere. Sim, tinha um mendigo sentado na entrada do beco, e tinha dois homens sentados perto da janela no salão de chá. Eles não saíram de lá.

– O mendigo, Foreman. Vá ver se ele ainda está lá e quem ele viu – vociferou Sugg. – E, James, interrogue os sujeitos no salão de chá.

A multidão continuava aumentando. Darcy me deu uma xícara de chá e eu bebi, agradecida.

– Se não se importa de eu dar uma sugestão, inspetor – disse Darcy –, não seria sensato eu acompanhar essas duas jovens até a casa delas antes que a imprensa apareça? Afinal, esta senhorita é uma princesa estrangeira. Não queremos causar um incidente internacional, não é mesmo?

Ouvi o sussurro correr pela multidão. Princesa estrangeira. Alguns foram buscar os amigos. Claro que aquilo ia ser muito mais interessante do que um simples assassinato nos fundos de um beco.

– E quem é o senhor? – quis saber Sugg, aparentemente nem um pouco preocupado com a possibilidade de provocar um incidente internacional.

– Meu nome é O'Mara – disse Darcy com certo ar de superioridade. – Sou amigo das jovens.

– E suponho que o senhor também seja um príncipe ou um duque?

– De jeito nenhum. Meu pai é lorde Kilhenny, nobre irlandês, se é o que o senhor quer saber, mas não vejo qual a relevância disso.

– Então o senhor estava aqui com as jovens quando elas descobriram o corpo?

– Não, não estava. Acabei de chegar.

– E o que levou o senhor a estar por acaso na mesma parte infame da cidade? Pura coincidência?

– De jeito nenhum – repetiu Darcy. – Liguei para lady Georgiana e o mordomo dela me disse onde ela estava. Ele pareceu preocupado, por isso fiz a única coisa decente e vim ficar de olho nas duas.

– E qual foi o motivo exato para ele parecer preocupado? – Sugg ainda estava atacando como um buldogue, sacudindo o osso sem largar.

– Não é óbvio, inspetor? O senhor ia querer suas filhas inocentes vagando por esta parte de Londres? Essas jovens foram criadas em reclusão. Elas têm pouca experiência com o lado mais decadente da vida na cidade grande.

Sugg o encarou, com uma sobrancelha erguida e um meio sorriso presunçoso nos lábios, depois disse:

– Então o senhor chegou à cena exatamente quando?

– Pouco antes do senhor. Quando virei a esquina e entrei no beco, encontrei lady Georgiana correndo para encontrar um guarda. Ela estava muito angustiada. Eu a trouxe para tomar uma xícara de chá. E agora, se o senhor não se importar, eu gostaria de levá-la para casa. E a princesa, claro.

Eu estava consciente da multidão que aumentava, se fechando ao nosso redor, encarando com uma curiosidade atrevida. Os primeiros jornalistas chegariam dali a pouco.

– O senhor sabe onde eu moro, inspetor – argumentei. – Sua Alteza está hospedada na minha casa. Se tiver mais perguntas, teremos o maior prazer em respondê-las.

Harry Sugg olhou para mim, depois para Hanni e Darcy e de novo para mim. Acho que ele estava tentando decidir se ia ser feito de idiota ao permitir que fôssemos para casa.

– Se os rostos dessas senhoritas aparecerem na primeira página dos jornais ligados a um assassinato no East End, o rei e a rainha não vão ficar satisfeitos. O senhor entende isso, não entende? – disse Darcy. – Além do mais, está claro que as duas estão em choque.

– Não gosto disso – disse Harry Sugg. – Não gosto disso nem um pouco, vou lhe dizer. Eu conheço os jovens e sei o que vocês fazem para se divertir. Roubar capacetes de policiais, por exemplo. Também sei o que acontece nas suas festas. Não pensem que não sei das suas buscas por emoção. Ah, eu sei muito bem. – Os olhos dele se fixaram no meu rosto enquanto falava, e ele deu um passo para mais perto de mim até eu ficar bem consciente daquele bigode castanho-claro dançando para cima e para baixo na frente do meu rosto. – Dois corpos em uma semana. Não dá para ser só coincidência, não acha?

– A outra morte foi um acidente horrível – argumentei. – Eu estava na varanda quando aconteceu. Não tinha ninguém por perto. Ele caiu. Foi um acidente horrível.

– Se está dizendo, milady. Só acho estranho, mais nada. Na polícia somos ensinados a não acreditar em coincidências. Se alguma coisa parece suspeita, costuma ser. E, se houver alguma conexão, pode acreditar que eu vou farejar até encontrar.

– Posso lhe assegurar que não há nenhuma conexão entre nós e o homem assassinado, inspetor – retruquei com frieza. – Agora, se o senhor não se importa, eu gostaria que você fizesse o favor de nos levar para casa, Darcy.

Ninguém nos parou quando saímos do salão de chá e abrimos caminho pela multidão até a Wapping High Street.

Dezenove

Ninguém falou muito enquanto estávamos sentados no metrô de volta ao Hyde Park Corner. Eu tinha pensado em pegar um táxi, mas não encontramos nenhum naquela parte da cidade e, no fim das contas, pareceu mais simples pegar o metrô. Até Hanni estava estranhamente apática e nem tentou flertar com Darcy sequer uma vez. Darcy nos escoltou da estação até a Rannoch House.

– Vocês vão ficar bem? – perguntou ele.

Fiz que sim com a cabeça.

– Obrigada por ir atrás de nós. Se você não estivesse lá, acho que teríamos sido levadas para a prisão numa viatura.

– Que bobagem. Eu diria que você sabe se defender muito bem.

– Muito obrigada. É muito gentil da sua parte se preocupar conosco.

Estendi a mão. Descobri que, em momentos de muita pressão, regresso à minha criação e fico excessivamente formal.

Uma expressão de divertimento passou pelo rosto de Darcy.

– Chegou a hora de dispensar os plebeus, certo?

– Sinto muito, mas, nessas circunstâncias...

Darcy pegou a minha mão e apertou.

– Eu entendo. Entre e tome uma bebida forte. Você vai se sentir melhor. Ainda mais ao pensar que o conhaque que está bebendo é de Binky.

Ao ouvir isso, consegui esboçar um sorriso. Quando fui afastar a minha mão, os dedos dele se fecharam ao redor dos meus.

– Georgie – disse Darcy.

Ele ia acrescentar mais alguma coisa, mas Hanni se colocou entre nós.

– Eu também agradeço por você ter nos salvado – disse ela, então jogou os braços no pescoço dele e deu um belo beijo no rosto de Darcy.

Fiquei tão chocada que não consegui me mexer. Darcy se desvencilhou dela, me dando um sorriso meio envergonhado, e seguiu seu caminho. Arrastei Hanni escada acima.

– O que vai acontecer agora? – perguntou ela. – Acho que aquele homem não acreditou que encontramos o pobre Sidney morto.

– Não é possível estarem achando que uma de nós o matou. Que motivo poderíamos ter? – perguntei, mas, enquanto falava, eu mesma percebi que havia motivos que a polícia poderia desencavar.

Eu não tinha me esquecido da cocaína na festa de Gussie. E eu havia encontrado Hanni sentada à mesa na cozinha com os usuários de cocaína. E se Sidney estivesse envolvido com aquilo de algum jeito? E se ele vendesse cocaína ou estivesse devendo dinheiro ao traficante? Eu tinha lido que essas pessoas eram cruéis. Talvez não fosse por acaso que ele trabalhava no East End de Londres, tão perto do rio. Talvez a respeitável livraria fosse só uma fachada para atividades menos respeitáveis. Talvez esse inquérito virasse uma bela complicação. Eu me senti enjoada quando entramos em casa.

Meu avô nos aguardava, ansioso. Mandei Hanni para o quarto dela para se deitar antes do almoço e desci até a cozinha, onde ele estava polindo a prataria, e contei exatamente o que tinha acontecido. Ele ouviu com a testa franzida de preocupação.

– Isso é desagradável mesmo. Muito desagradável. Alguém é assassinado em uma festa, então depois de uns dias, coincidentemente, a princesa se encontra com alguém que tinha conhecido na mesma festa no Museu Britânico. Ele a convida para ir a uma livraria em uma parte sombria de Londres e vocês o encontram morto? Parece coincidência demais para mim.

– Foi o que o policial encarregado disse. Mas *foi* uma coincidência, vovô. Isso que é terrível. Eu sei que a primeira morte foi um acidente. E por que diabos uma de nós iria querer matar o pobre Sidney Roberts? Nós duas falamos com ele na festa e ele pareceu um sujeito inofensivo e sério. Muito simpático, na verdade. Hanni com certeza achou isso. Ela pareceu bem impressionada com ele. Mas só nos encontramos com ele nessas duas ocasiões. Não sabíamos realmente nada sobre ele.

– Se eu fosse você, minha querida, levaria essa história para o palácio agora mesmo. Avise Sua Majestade sobre o que aconteceu e ela que decida o que fazer com a princesa. – Ele deixou de lado o bule de chá de prata que estava polindo. – Eu disse que ela precisava ser vigiada, não foi? Nunca me senti muito tranquilo com ela.

– Mas, vovô, Hanni não teve nada a ver com isso. Ela queria se encontrar com Sidney de novo porque ela é meio maníaca por garotos, por causa dos anos no convento. E ele era muito bonito. Acho que ela ficou intrigada por ele ser comunista. Mas é só isso.

– Não estou dizendo que ela esfaqueou o pobre rapaz nem nada assim. Foi só um palpite que eu tive em relação a ela. Eu conheço esse tipo. Aonde ela vai, a confusão vai atrás. Seria bom você se livrar dela, minha querida.

– Ai, céus. No fundo, eu concordo com você. Vou ligar para o palácio agora mesmo.

– Almoce primeiro. – O vovô pousou o braço ao redor dos meus ombros. – Parece que você viu um fantasma. Imagino que tenha sido um choque terrível.

– Foi, sim. Foi muito horrível. E depois a polícia e tudo o mais…

Eu não queria chorar, mas de repente senti as lágrimas escorrendo pelo rosto.

– Calma, calma. Não chore, meu amor – disse vovô e me envolveu em um grande abraço de urso.

Fiquei ali com a cabeça no ombro dele, sentindo a firmeza reconfortante dos braços ao meu redor e percebendo, ao mesmo tempo, quão estranho isso era. Acho que foi a primeira vez na vida que um parente me abraçou e me consolou. Quando eu era pequena, a babá me abraçava quando eu caía, mas meus pais nunca fizeram isso. *Então é isso que as pessoas comuns fazem*, pensei. Elas se preocupam umas com as outras. Elas consolam umas às outras. Naquele momento, resolvi que eu seria uma mãe comum para os meus filhos e que ia abraçá-los sempre.

– Estou muito feliz por você estar aqui – falei.

– Eu também, meu amor – murmurou ele, acariciando meu cabelo como se eu fosse uma criança. – Eu também. – Então ele me soltou. – É melhor você ficar de olho em Sua Alteza antes que ela arrume mais problemas.

– Ai, meu Deus, é verdade.

Eu me virei para a escada.

– Sua cozinheira fez uma das famosas tortas de porco dela – gritou vovô atrás de mim. – Hettie é famosa pelas tortas de porco.

Encontrei Hanni descendo a escada quando saí pela porta dos serviçais.

– O almoço está pronto? Estou morrendo de fome.

Na verdade, ela parecia ter acabado de acordar depois de uma boa noite de sono. Tinha trocado o vestido ensanguentado e parecia revigorada e inocente. Fiquei olhando para ela por um instante, considerando o que meu avô tinha dito. Será que ela era mesmo uma daquelas pessoas que parecem atrair problemas ou a última semana tinha sido azarada para nós duas?

– Está quase pronto – respondi. – Vejo que trocou de roupa.

– Acho que aquele vestido vai ter que ir para o lixo – disse ela. – Irmgardt está tentando resolver, mas acho que não vai conseguir tirar o sangue da saia.

– Vou subir para me lavar e me trocar – falei. – Desço daqui a pouco.

Eu me lembrei, aliviada, que Mildred tinha tirado a tarde de folga. Quando comecei a desabotoar o vestido, percebi que eu também estava com vestígios de sangue nas mãos. Fiquei parada ali, olhando para elas, lutando contra a repulsa. Até pouco tempo antes, eu nunca tinha visto um cadáver. Agora, nos últimos dias, eu tinha visto dois. Senti um desejo arrebatador de correr até a estação e pegar o próximo trem para a Escócia. O Castelo de Rannoch podia ser o lugar mais chato do mundo, podia ter Binky e Fig, mas era o meu lar. Eu conhecia as regras de lá. Eu me sentia segura. Mas tinha a pequena questão da princesa. Claro que a rainha não podia esperar que ela fosse continuar hospedada comigo depois disso.

Esfreguei as unhas com fúria e lavei as mãos de tal jeito que daria orgulho à minha conterrânea escocesa lady Macbeth. Em seguida, troquei de roupa e desci para almoçar. Fiel às previsões de vovô, a Sra. Huggins tinha feito uma deliciosa torta de porco. Hanni a devorou com gosto.

– Comida inglesa que eu gosto – disse ela.

Eu tinha que admitir que parecia deliciosa, servida fria com beterrabas, cebolas em conserva e alface. Mas, por alguma razão, eu não conseguia mastigar nem engolir. Cutuquei e empurrei a torta pelo prato, mas só consegui comer algumas garfadas. A sobremesa era rocambole de geleia com creme, e Hanni soltou gritinhos de prazer e mergulhou no prato. Era um prato que eu adorava, mas, depois de uma ou duas colheradas, não consegui mais comer. Eu ficava vendo o corpo caído no chão com o sangue ensopando a camisa e sentia nas mãos a viscosidade fria daquela faca ensanguentada.

– Você não comeu quase nada – reclamou vovô quando apareceu para tirar os pratos. – Isso não é bom.

– Desculpe. Ainda estou um pouco abalada – falei.

– Vou lhe trazer um conhaque – disse ele com delicadeza.

Fiz que sim com a cabeça.

– É, pode ser uma boa ideia.

– Eu também gosto de conhaque – disse Hanni, toda animada. – Eu também estou em choque.

Não parecia. Ela dava a impressão de ter se recuperado com uma resiliência notável, ainda mais considerando que era um sujeito de quem ela gostava. Por um segundo, pensei como me sentiria se fosse Darcy deitado lá. Era doloroso demais só de imaginar.

Vovô voltou com os conhaques e o café e se retirou. Hanni e eu ficamos conversando sobre qualquer coisa, menos os acontecimentos da manhã, quando vovô apareceu de novo.

– Você tem visita, milady.

Temi que fosse um policial e me levantei.

– Vou para a sala de estar.

– Não precisam se levantar, queridas, sou só eu – disse Belinda, entrando com seu brilho habitual e espalhando rastros de Chanel ao se aproximar. – Eu tinha que vir me desculpar. Minha consciência estava me incomodando.

– Pedir desculpas por quê? – perguntei.

– Ora, por largar vocês naquela festa chata – disse ela. – A verdade é que eu só fui porque estava de olho em um sujeito, mas, quando vi que ele estava de olho em outra pessoa... bem, decidi correr atrás do prejuízo e ir ao Crockford's para fazer umas apostas produtivas. O que foi muito frutífero, porque não só ganhei algumas centenas de libras, como também conheci um francês divino e uma coisa levou a outra, e, sendo muito direta, acabei de sair do quarto de hotel dele. Espero que vocês tenham conseguido voltar para casa sem problemas.

Eu quase ri da ironia da última afirmação.

– Belinda, como é que você faz isso?

– Como eu faço o quê? Como atraio o interesse dos homens o tempo todo? Acho que é charme. Puro charme.

– Não, eu não estou falando disso. Quero saber como você consegue deslizar pela vida evitando todas as ciladas?

– Do que você está falando?

Ela tirou o chapeuzinho de palha e as luvas e se empoleirou em uma cadeira ao nosso lado.

– Posso lhe trazer um café, senhorita? – perguntou vovô de um jeito bem formal.

– Que gentil. – Eles trocaram um sorriso.

– Você saiu da festa antes da morte do pobre homem? – perguntou Hanni.

Ela obviamente tinha captado os detalhes da nossa conversa, provando que não havia nada muito errado com o inglês dela.

– Eu queria procurar você, mas Darcy nos levou embora – falei.

– Morte? Quem morreu? – perguntou Belinda de um jeito impetuoso.

– Tubby Tewkesbury. Ele caiu da varanda.

– Que terrível! Pobre Tubby. É por isso que tem um rapaz com uma câmera parado na praça aí em frente?

– Ai, meu Deus! – exclamei. – Não me diga que a imprensa já chegou.

– Já? Eles não costumam demorar tanto para farejar uma história, você sabe disso.

Hanni entrou na conversa:

– Ela está falando do outro homem que morreu. Hoje. Não faz nem duas horas.

Belinda me olhou incrédula.

– Outro homem? Onde? Quando?

– Fomos visitar um sujeito que conhecemos na festa e… – Contei a história toda. – Foi tudo muito horrível, na verdade – concluí. – Não consegui comer nada no almoço.

– Claro que não, querida – disse ela. – Isso é brutal. Preciso dizer que você está parecendo um ímã de cadáveres nesta primavera, não é?

– Não brinque com isso, Belinda, por favor. Eu não me importei com o primeiro porque ele era um homem horrível, mas os de agora eram dois rapazes simpáticos e decentes, e não mereciam esse destino.

Belinda assentiu.

– Eu ia convidar vocês duas para um espetáculo hoje à noite, mas, nessas circunstâncias...

– Eu gostaria de ver um espetáculo – disse Hanni, muito animada. – Eu gosto dos espetáculos de Londres. Eu gosto do canto e das pernas dançantes.

– Use a cabeça, Hanni! – vociferei. – Se já tem um repórter em frente à minha casa, isso significa que eles já sabem de hoje de manhã. Pense em como seria ruim se vissem você se divertindo no teatro.

Hanni fez beicinho, mas não disse nada.

– Vou para o campo amanhã – disse Belinda –, senão eu viria fazer companhia para vocês e afastar a imprensa. Acredito que você vai sofrer outro bombardeio, como na última vez. Não vai ser muito agradável, infelizmente.

– Nem um pouco agradável – concordei. – Parece uma boa ideia ir para o campo. Talvez eu sugira isso a Sua Majestade quando ligar para ela hoje à tarde.

– Cá entre nós, agora que eu conheci Louis, preferia não ter aceitado o convite, mas não posso voltar atrás na minha palavra, posso?

– Não mesmo. – Olhei para ela com carinho, percebendo como ela era correta e muito britânica, apesar do estilo de vida agitado e livre.

– Então tenho que ir. – Ela se levantou. – *Ciao*, queridas. Animem-se. Pelo menos era alguém que vocês mal conheciam.

– Não esqueça seus panos de bunda – disse Hanni atrás dela.

Belinda olhou para trás, muito surpresa.

– Meus o quê?

– Seus panos de bunda. Suas coisas. Não é assim que se diz?

Belinda pegou o chapéu que estava na cadeira.

– Você realmente devia levá-la para o campo antes que o vocabulário dela seja destruído para sempre – disse ela ao sair.

Vinte

Depois que Belinda foi embora, sugeri que Hanni fosse visitar a baronesa, explicasse a ela o que tinha acontecido e pedisse conselhos para saber como proceder e o que dizer ao pai. Hanni fez uma careta.

– Ela vai ficar com raiva porque eu fui para parte ruim da cidade. Ela vai ficar com raiva porque eu encontrei rapaz.

– Não posso fazer nada. Isso precisa ser feito. Você é uma princesa, Hanni. Você esteve afastada da vida real em um convento, mas precisa entender que as coisas têm que ser feitas da maneira correta. Existe um protocolo a seguir. Seu pai pode querer que você volte para casa imediatamente.

– Então não vou contar nada para baronesa. Eu não quero voltar para casa.

– Não seja boba! – vociferei. – Você não quer que ela leia nos jornais, quer? Vai ser uma confusão terrível e você ficará em sérios apuros.

– Tudo bem – concordou ela com um suspiro dramático. – Vou ver a coroa mala.

Assim que ela saiu, liguei para o palácio. Fiz um resumo dos acontecimentos para o secretário particular de Sua Majestade. Ele me informou que Sua Majestade não estava em casa, mas passaria as informações assim que ela voltasse.

Tentei descansar, mas foi impossível. Quando parei atrás das cortinas de voile na sala de estar, vi vários homens plantados do outro lado da rua, encostados nas grades dos jardins, conversando e fumando. Um deles segurava uma câmera com um flash enorme. Ai, céus. Eu precisava agir imediatamente. Encontrei o número do telefone da baronesa, pedi para falar com a princesa e instruí Hanni a pegar um táxi para casa. Eu ia me certificar de que um de nós ficasse de olho nela e a colocasse direto para dentro de casa sem falar com ninguém.

– O homem tentou falar comigo quando eu saí – disse ela. – Falei que era só uma criada.

Apesar de toda a sua ingenuidade e juventude, Hanni era sagaz quando necessário. Eu me perguntei se ela precisava mesmo ser protegida dos perigos da cidade grande. Depois me lembrei dos incidentes na Harrods e na Garrard's. E dos comentários do meu avô. Ele era um velho sábio e tinha anos de experiência fazendo a ronda na cidade.

Hanni chegou em casa pouco tempo depois e fez exatamente o que eu disse, subindo apressada os degraus depois de saltar do táxi e seguindo porta adentro sem parar.

– Você tem dinheiro para táxi? – perguntou ela.

– Eu pago.

Meu avô encontrou algum dinheiro e saiu para pagar o taxista.

– Afinal, o que a baronesa Rottenmeister disse? – perguntei.

– Ela não estava lá. Tinha saído.

– Por que você não ficou lá até ela voltar?

Hanni fez uma careta.

– Eu não queria ver a baronesa.

– Você pelo menos deixou um bilhete para ela?

Hanni me encarou de um jeito desafiador.

– Ela vai ficar brava com a gente. Vai querer me levar para casa.

Uma enorme sensação de alívio tomou conta de mim. Pelo menos uma coisa boa sairia desse evento horrível. Hanni iria para casa. Eu me livraria dela. Poderia voltar para a minha própria vida chata.

– Eu não quero ir – disse ela com firmeza. – Gosto ficar aqui com você, Georgie. Eu gosto do seu mordomo e da Sra. 'uggins. Eu gosto porque não é formal e antiquado e cheio de regras. Toda minha vida foi cheia de regras, regras, regras.

Eu entendia o argumento dela. Eu me sentia mais ou menos assim em relação à minha criação.

– Não sei o que vamos fazer, Hanni – falei. – Parece que a imprensa nos descobriu, e eles vão nos perseguir até conseguirem um furo. Confie em mim, eu sei. Já passei por isso. Tive que me mudar para a casa da Belinda na última vez.

– Última vez?

– Afogaram um homem na nossa banheira – expliquei.

– Então você entende de cadáveres – disse ela, toda alegrinha.

– Mais do que eu gostaria.

– Então por que não mudamos para a casa da Belinda? – perguntou Hanni. – Eu gosto da Belinda. Ela é uma dama sexy, uma lindeza. Ela pode me ensinar o que fazer com rapazes. As freiras não ensinaram nada. Elas disseram que todas as coisas com homens são pecado. Até pensar neles é pecado.

– Pelo que eu vi, você já tem uma boa ideia do que fazer com rapazes – falei, me lembrando dela se jogando em cima de Darcy enquanto dançava uma música lenta. – E lembre-se de que você é uma princesa. Espera-se que continue virgem até se casar.

– Que abobrinha! – respondeu ela. Uma expressão interessante que eu nunca tinha ouvido. Eu nem sabia se era ofensiva ou não.

– De qualquer maneira, não vamos nos mudar para a casa da Belinda. Ela só tem um quarto. Eu tive que dormir no sofá, e foi bastante desconfortável.

– Estou com fome – reclamou Hanni. – Vamos tomar chá. Eu gosto de chá. É boa refeição. Quando eu voltar para casa, vou fazer pessoas tomar chá na Alemanha.

– Eu não sabia que a realeza ainda tinha poder para obrigar as pessoas a fazerem coisas na Alemanha – falei, achando graça do jeito como ela ergueu o queixo.

– Isso é verdade, mas *Herr* Hitler logo vai ser nosso novo líder, e ele gosta de mim. Ele diz que eu pareço garota ariana boa e saudável.

Parecia mesmo.

Ela deu um sorriso tímido.

– Então, se eu pedir a ele "Por favor, obrigue todo mundo na Alemanha a ter a hora do chá", ele vai responder: *Jawohl, mein Schatz!*

Eu ri.

– Está bem. Chame os criados e pergunte se podemos tomar chá um pouco mais cedo hoje – falei. – Diga a Spinks que vamos tomar o chá na sala matinal. É mais agradável lá.

Tínhamos acabado de nos sentar e eu estava no processo de servir o chá quando vovô apareceu de novo.

– Desculpe incomodar, milady – disse ele em um tom muito formal –, mas um homem da Scotland Yard está aqui. Ele quer falar com a senhorita e com Sua Alteza. Eu o levei para a sala de estar.

– Obrigado, Spinks – respondi, caso o homem da Scotland Yard pudesse ouvir. – É o inspetor Sugg de novo?

– Não, milady. É o superior dele, dessa vez. Este é o cartão dele.

Ele se aproximou e me deu o cartão.

– Inspetor-chefe Burnall – falei, depois baixei a voz. – Foi ele que tentou mandar Binky para a forca. E eu ainda não tenho certeza se ele é um cavalheiro ou não. Ainda não reconheci a gravata da ex-escola dele para saber onde ele se formou.

– Isso não quer dizer nada. O importante é saber se ele é confiável ou não.

– Ele não foi muito inteligente na última ocasião – falei –, mas prefiro qualquer coisa ao terrível Sugg. Ele adoraria me condenar por qualquer motivo. Suspeito que ele seja comunista.

Eu me levantei.

– Sinto muito, Hanni, mas temos que deixar o chá de lado, por enquanto. Tenho certeza de que é só uma formalidade. Não precisa se preocupar.

Com isso, assumi uma expressão alegre e entrei na sala de estar com um passo confiante. O inspetor-chefe Burnall estava ao lado da lareira, examinando as figuras de porcelana. Ele se virou quando entramos, com a mesma aparência que eu lembrava. Era um homem alto e ereto, usando um terno azul-marinho bem cortado, gravata de uma escola não identificável (ou talvez fosse uma gravata de regimento?), com cabelos escuros ficando grisalhos nas têmporas e um rosto distinto com um bigode reto, no estilo Clark Gable. Ele podia igualmente se passar por um ex-oficial da Guarda, um membro do parlamento ou um vendedor de uma loja de roupas para cavalheiros.

– Lady Georgiana. – Ele fez uma reverência discreta e correta. – Lamento incomodá-la de novo hoje.

– Não tem o menor problema, inspetor-chefe. Esta é Sua Alteza, a Princesa da Baviera. Alteza, apresento o inspetor-chefe Burnall da Scotland Yard.

Eu rezei para ela não dizer "Oi, broto" ou, pior ainda, "E aí?".

Ela não disse nada, mas retribuiu a reverência com um aceno gracioso da cabeça.

– Por favor, sente-se – falei, apontando para o sofá e as poltronas.

– Tenho certeza que a senhorita entende, lady Georgiana, que o incidente na livraria hoje de manhã foi bastante lastimável.

– É sempre trágico quando alguém morre – comentei. – Ainda mais alguém tão jovem e com um futuro tão promissor pela frente.

– Hum… é verdade. – Ele fez uma pausa, como se não soubesse como continuar. – O inspetor Sugg me passou as informações sobre o ocorrido e acredito que a senhorita, princesa, encontrou o corpo.

– Fui eu mesma – disse ela. – Eu subi a escada antes de lady Georgiana.

– A vítima estava deitada em um dos nichos laterais, onde a iluminação era muito ruim – continuou o inspetor-chefe Burnall. – Por isso eu me pergunto como a senhorita descobriu o corpo logo depois de subir a escada. A senhorita disse que se deparou com o corpo quase de imediato, não foi?

– Ela o descobriu porque a faca foi deixada no chão. A princesa a chutou, tentou entender o que era e a pegou. Depois olhou mais adiante e viu alguma coisa deitada ali, que se revelou ser o corpo.

– Prefiro que a princesa responda às perguntas feitas a ela – disse o inspetor.

– Eu estava logo atrás – falei.

– E viu o quê?

– Eu a encontrei segurando a faca, parecendo em completo choque.

– O que nos leva a uma questão interessante – disse Burnall, olhando sério para mim. – Por que o assassino deixou a faca no chão?

– Imagino que ele teve que sair às pressas – respondi. – Eu entendi que o Sr. Solomon só saiu da livraria por um minuto para entregar um livro do outro lado do beco. Se o assassino estava escondido na livraria, ele deve ter visto isso como uma oportunidade, correu escada acima para pegar o Sr. Roberts desprevenido e foi embora correndo antes que o Sr. Solomon voltasse. Claro que ele não podia ser visto correndo pela rua com uma faca ensanguentada.

– Outra questão interessante – disse Burnall. – O mendigo que estava sentado na esquina não viu ninguém fugindo pouco antes das senhoritas chegarem.

– Então o assassino deve ter fugido por outro caminho.

– Até onde sabemos, não há outro caminho – disse Burnall. – É um beco sem saída. Tem um sótão, com uma pequena janela através da qual uma pessoa atlética poderia se espremer e sair no telhado...

– Exato! – falei.

Burnall balançou a cabeça.

– Uma pessoa atlética e ousada poderia transpor a inclinação íngreme do telhado, mas teria que pular dois metros de distância para chegar a um telhado semelhante.

– Então escapar pelos telhados seria possível – argumentei.

– Seria possível, mas improvável. Pela quantidade de poeira no sótão, parece que a janela não é aberta há muito tempo.

– Bem, não vimos ninguém – falei. – E não vimos nem ouvimos nada quando entramos na livraria.

– Apesar disso, o Sr. Solomon afirmou que o assassinato só poderia ter ocorrido momentos antes.

– Certo – falei. – A mancha na camisa branca do cadáver ainda se espalhava e ele ainda estava quente.

– O que me leva à próxima pergunta interessante – disse Burnall. – O que exatamente as senhoritas estavam fazendo na livraria?

– Já tivemos essa conversa – respondi, me esforçando para controlar a irritação. Uma dama nunca demonstra as próprias emoções, como minha governanta entoou para mim diversas vezes, mas eu já tinha passado por tanta coisa hoje que elas estavam à flor da pele. – Sua Alteza encontrou um conhecido no Museu Britânico ontem. Ele a convidou para visitar o lugar onde ele trabalhava.

– Onde foi que Vossa Alteza o encontrou antes? – perguntou Burnall.

– No parque e depois em uma festa – respondeu Hanni.

– Há quanto tempo está na Inglaterra, Vossa Alteza?

Hanni torceu o narizinho delicado.

– Uma semana.

– Então, em uma semana Vossa Alteza viu muitos acontecimentos. Primeiro, esteve numa festa em que um homem caiu da varanda. Conheceu um jovem no parque, se encontrou com ele de novo no Museu Britânico e foi ao local de trabalho do rapaz só para encontrá-lo morrendo no chão. – Ele cruzou as pernas ao se inclinar para perto dela. – Não sei no seu país, mas aqui na Inglaterra as coisas costumam ser mais plácidas.

– O que significa plácida? – perguntou Hanni.

– Significa que a vida aqui segue em um ritmo tranquilo, com pouca violência e agitação. Não é verdade, Vossa Senhoria?

– Em geral, sim.

– Então, como a senhorita explica a coincidência desse surto atual de gangsterismo com a chegada de Sua Alteza?

Ai, céus. Eu queria que ele não tivesse dito isso. Até aquele momento, nunca tinha me ocorrido relacionar a paixão de Hanni pelos filmes americanos de gângsteres com as coisas estranhas que aconteceram conosco. Repassei na cabeça rapidamente os diversos eventos da semana. A queda da varanda – Hanni não estava por perto. E quanto a esfaquear alguém – bem, isso era simplesmente ridículo. Por um lado, ela não teria tido tempo. Subi a escada logo atrás dela. E, por outro, ela parecia absolutamente em choque. E, por um terceiro lado, por que ela ia querer esfaquear um jovem inofensivo que ela achava atraente?

– O senhor não está sugerindo que Sua Alteza é uma gângster disfarçada, não é, inspetor-chefe? – perguntei.

Ele soltou meio que uma risada, meio que uma tosse nervosa.

– Meu Deus, não. Mas a senhorita precisa admitir que parece uma coincidência incomum.

– Concordo, mas é só uma coincidência, posso garantir. O senhor não pode achar nem por um instante que uma de nós teve alguma coisa a ver com o assassinato do Sr. Roberts.

– Eu tenho que investigar os fatos, Vossa Senhoria – disse ele.

– Então sugiro que o senhor tire as impressões digitais da arma e vá atrás do criminoso que tenha impressões digitais correspondentes em vez de nos incomodar.

– Ah – disse ele. – Bem, esse é um fato interessante. Temos apenas dois conjuntos de impressões digitais na arma, e são de vocês duas.

– Isso não me surpreende nem um pouco – falei. – Se alguém consegue entrar sem ser visto e matar de maneira rápida e silenciosa, é obviamente um profissional e, dessa forma, teria usado luvas.

Burnall assentiu.

– Não é uma observação descabida, porque suspeitamos que tenha sido o trabalho de um assassino treinado. Um golpe rápido entre a terceira e a quarta costelas até chegar ao coração, e a arma foi tirada no mesmo instante para permitir que o sangue escorresse. O pobre sujeito nem deve ter visto o que o atingiu. A morte deve ter sido instantânea.

Hanni ofegou de pavor.

– Por favor, não – disse ela. – É horrível demais. Não consigo parar de pensar nisso. Pobre Sidney, deitado no chão com todo aquele sangue.

– O senhor precisa mesmo continuar com isso? – indaguei. – O senhor está angustiando a princesa, e eu também estou me sentindo meio perturbada.

– Só mais algumas perguntas, depois eu as deixo em paz – disse ele. – Estou interessado em saber exatamente por que as senhoritas decidiram visitar esse jovem na livraria.

– Foi Sua Alteza que quis fazer isso.

– Quer dizer que Sua Alteza se interessa por livros?

O sorriso dele era quase presunçoso. Fiquei me perguntando se os policiais são contratados pelas expressões irritantes ou se as desenvolvem como ossos do ofício.

– Acredito que Sua Alteza se interessou pelo jovem – falei, dando um sorriso tranquilizador para Hanni. – Era um sujeito bem-apessoado e muito simpático.

– Sendo assim, por que a senhorita não foi se encontrar com ele em um lugar mais adequado? Um salão de chá ou um almoço em uma parte mais respeitável da cidade.

– Se soubéssemos a localização exata da livraria, acho que não teríamos ido visitá-lo lá – expliquei. – Mas eu ainda não conheço os diferentes bairros da cidade.

– Faço essa pergunta – disse Burnall devagar – por causa da natureza da livraria. Ela pode vender livros antigos, mas também é um ponto de encontro não oficial de pessoas com fortes inclinações esquerdistas. As senhoritas devem ter visto os panfletos e os cartazes nas paredes.

– Vimos, sim – respondi.

– E esse Sr. Sidney Roberts. A senhorita diz que ele era um sujeito muito simpático, mas talvez fique surpresa ao saber que ele era um afiliado, com carteirinha e tudo, do Partido Comunista. Um membro ativo. Ele passou o último ano organizando sindicatos, greves e passeatas, além de escrever uma coluna regular para o *Daily Worker*.

– Sabíamos que ele era comunista – falei. – Nós o conhecemos no Speakers' Corner, no Hyde Park. Ele estava distribuindo panfletos comunistas.

– E a senhorita achou que era uma causa nobre? Estava disposta a entregar seu castelo e ir viver entre as massas?

– Claro que não – respondi, dando a ele meu melhor olhar de rainha Vitória. Eu não era bisneta dela à toa. – Como eu disse, foi a princesa Hannelore que quis encontrá-lo de novo e os motivos dela se baseavam mais na aparência do jovem do que nas crenças políticas.

– Teremos que abrir um inquérito, é claro – disse Burnall. – E isso gera um problema complicado. – Ele fez uma pausa, olhando para a princesa. – Vossa Alteza provavelmente não percebe a confusão em que nos enfiou. Não deve ter lhe ocorrido que, na Alemanha, os comunistas e os fascistas são rivais mortais. Os fascistas conquistaram o poder por enquanto, mas a situação ainda está longe de ser definitiva. Os comunistas estão trabalhando muito para criar uma revolta que lhes permita tomar o poder.

– Não estávamos planejando entrar para o Partido Comunista, inspetor-chefe – falei. – E, de qualquer maneira, sempre achei que uma das vantagens de morar na Inglaterra era o fato de ser um país livre, onde se pode expressar a própria opinião, por mais boba e extrema que seja, sem se preocupar com as autoridades. Não é mais assim?

– Claro que é – disse ele. – Mas não estamos preocupados com a Inglaterra. Estamos preocupados com a Alemanha. A senhorita deve saber que, no momento, há um equilíbrio delicado entre a direita fascista e os comunistas. Também há uma forte mobilização na Baviera para o pai de Sua Alteza voltar ao trono, tornando-o uma força contra os nazistas. Quando a notícia de que a princesa está em conluio com comunistas chegar à Alemanha, o regime alemão pode ver isso como um confronto, uma tentativa de minar o governo. Guerras mundiais começaram por menos do que isso.

Dei uma risada inquieta.

– O senhor está tentando dizer que a Alemanha pode declarar guerra porque a princesa foi a uma livraria comunista para se encontrar com um rapaz?

– Que foi encontrado morto. Ela pode estar envolvida no crime.

– É claro que ela não está envolvida no crime. Isso é ridículo! – retruquei.

– Georgie, esse homem acha que fui eu que matei Sidney? – perguntou Hanni com uma voz assustada. – Não sei esfaquear uma pessoa e eu gostava de Sidney. Eu queria ter uma chance de conversar com um jovem longe da corte, longe da baronesa, que sempre diz não. Em casa sempre tem alguém para me dizer o que devo fazer e o que devo dizer. Aqui eu achei que estava livre.

– Aí está a sua resposta, inspetor-chefe – falei. – Sua Alteza acabou de sair do convento onde estudou. Ela tem 18 anos. Falar com rapazes é uma novidade para ela. Quanto ao assassino do Sr. Roberts, o senhor mesmo disse que os fascistas e os comunistas estão atacando uns aos outros. Nós testemunhamos isso no Hyde Park outro dia. Um conflito horrível com os camisas-negras. Talvez o senhor devesse procurar o assassino entre eles.

– Confie em mim, não vamos deixar pedra sobre pedra nessa investigação, Vossa Senhoria – disse Burnall, se levantando. – Obrigado pelo seu tempo. Como eu disse, as senhoritas provavelmente serão chamadas para depor no inquérito. Por favor, nem pensem em sair de Londres. As duas serão notificadas da data do depoimento.

Com isso, ele fez uma reverência rápida e foi embora.

Vinte e um

– Isso não é bom, Georgie – disse Hanni. – Meu pai vai tirar as calças pela cabeça quando souber disso.

– Tirar as calças pela cabeça? Onde você ouviu isso?

– Sua cozinheira. Sra. Huggins. Ela disse: "Não precisa tirar as calças pela cabeça" para o seu mordomo quando ele estava preocupado. Eu gostei da expressão. O que significa exatamente?

– Uma coisa que você não quer saber. Não se deve fazer observações sobre as calças dos outros em público, ainda mais nos círculos da realeza.

Um lampejo de divertimento passou pelo rosto de Hanni.

– Está bem – disse ela. – Mas meu pai vai ficar com raiva do mesmo jeito. Ele vai me mandar voltar direto para casa.

– Vou visitar a rainha – falei. – Ela vai decidir o que devemos fazer a seguir.

– Bacana! Eu gosto de visitas ao palácio. Vou com você.

– Eu prefiro que desta vez você não vá. Pode ser estranho, já que vamos discutir seu futuro. Por enquanto, você devia ir falar com a baronesa Rottenmeister. Eu levo você.

– Deu tudo errado – disse Hanni.

– Agora talvez você veja que os gângsteres não têm uma vida tão glamorosa. – Não consegui resistir a dizer isso.

– Se eu tivesse uma metralhadora, ia atirar na cabeça daqueles policiais horríveis – disse Hanni.

– Hanni, pelo amor de Deus, nunca deixe ninguém ouvir você falando assim, nem de brincadeira – falei. – Você é a única suspeita deles de um assassinato no momento.

– Eles não podem me caguetar – disse ela.

– Chega dessa gíria de gângster. Eu proíbo você de falar assim. De agora em diante, você deve agir e falar como uma princesa o tempo todo. Você ouviu o que o inspetor-chefe disse: guerras começaram por muito menos do que isso.

– Eu só fiz piada, Georgie – disse Hanni –, porque estou com medo.

– Eu também estou com um pouco de medo – falei. – Mas a polícia já foi embora. Estamos em casa e seguras, e nada mais pode dar errado hoje à noite.

Vovô bateu de leve na porta antes de abri-la.

– A baronesa Rottenmeister, milady – disse ele em um tom régio.

A baronesa entrou na sala como um anjo vingador, a capa esvoaçando atrás dela. Se olhares matassem, teríamos caído fulminadas no tapete.

– O que foi que vocês fizeram, suas tolas? – esbravejou ela com uma voz estrondosa. – O secretário particular de rainha me telefonou. Ele queria discutir tragédia de hoje de manhã. Claro que eu não sabia dos detalhes, porque não estava lá. E aí eu descubro que um homem foi assassinado e que polícia suspeita de Sua Alteza.

Ela olhou furiosa para Hanni.

– Deixo você sozinha por dois dias. Você me implora para ficar com lady Georgiana. Você me diz que ela é pessoa responsável e vai cuidar bem de você. E eu acredito em você e penso no meu conforto. Agora estou muito envergonhada. Meu dever era estar ao seu lado, apesar dos grandes inconvenientes de ficar nesta casa. Eu nunca devia ter me afastado de você nem por um instante! Eu devia ter ido à festa com vocês. Se fosse com vocês hoje de manhã, nada disso teria acontecido.

– O jovem estaria morto de qualquer maneira, se nós o tivéssemos encontrado ou não – argumentei. – E se a senhora tivesse nos acompanhado ou não.

– O que me importa se esse jovem está morto ou não? – A baronesa estava fumegando de raiva. Obviamente, a governanta dela nunca havia lhe dito que uma dama deve sempre controlar as emoções. – Eu me importo com a honra da sua família. Eu me importo com a honra de Alemanha. – Pausa dramática. – Só há uma coisa a fazer. Vou escrever para o pai dela pedindo instruções e voltar para esta casa agora mesmo. Estou disposta a sacrificar o meu conforto e a minha felicidade pelo bem da minha família real e do meu país.

Qualquer um teria pensado que ela estava sendo convocada para participar de uma expedição ao Polo Norte e que teria que sobreviver à base de gordura de foca. A Rannoch House não era tão ruim no verão.

– Eu vou visitar Sua Majestade assim que ela me chamar – falei. – Ela vai decidir qual é o melhor caminho. Pode ser mais sensato a princesa ir para casa agora mesmo.

– De jeito nenhum – disse Hanni com raiva.

– Hannelore, isso já foi longe demais – atalhou a baronesa. – Você precisar se lembrar que é uma princesa e falar e agir como uma princesa de agora em diante. Suba para seu quarto agora mesmo e escreva uma carta para seu pai pedindo desculpas pelas suas ações impensadas. – Ela mudou para o alemão no fim da frase, mas acho que essa era a essência da coisa. Em seguida, ela se virou para mim. – E a senhorita, lady Georgiana, tenha a bondade de pedir à sua cozinheira para preparar um jantar leve e de fácil digestão. Se bem que, com toda essa preocupação, tenho certeza que não vou conseguir comer nem uma garfada.

Desci para falar com a Sra. Huggins na cozinha.

– Leve e de fácil digestão? – perguntou ela, com as mãos na cintura larga. – Eu não vi ela tendo dificuldade para digerir nada antes. Engoliu tudo que viu pela frente, aquela lá. Uma bela de uma comilona, se quer saber. E depois ainda ficou dando ordens para mim e para o seu avô como se fosse a porcaria da rainha da Inglaterra. "Você vai fazer isso e depois vai fazer aquilo." Deu vontade de dizer que a estrangeira aqui era ela e que Londres é a minha cidade e que ninguém tem o direito de falar comigo como se eu fosse um lixo!

– Muito bem, Sra. Huggins – falei. – Eu sei que é horrível e sou muito grata por tudo. A senhora tem sido maravilhosa. E sua comida é esplêndida.

Ela corou.

– Bem, obrigada, Vossa Senhoria. Estou feliz em ajudar, pode ter certeza. Mas pode me dizer por quanto tempo mais teremos que manter essa encenação? Seu avô está ficando impaciente para voltar para o jardim e a rotina caseira dele. Ele não diz nada porque faria qualquer coisa no mundo por você, mas sei que ele está ficando incomodado.

– Vamos torcer para que isso esteja chegando ao fim, Sra. Huggins – respondi.

– Não é o trabalho doméstico nem a cozinha o que me preocupa – continuou ela. – Eu nunca me neguei a trabalhar duro na vida. Estou acostumada, sabe? Mas são essas pessoas. Ela com aquela cara que parece mais a traseira de um ônibus, e aquela criada dela, sei lá qual é o nome daquela criatura, se arrastando por aí, sem dizer uma palavra, só nos encarando quando falamos um bom e velho inglês com ela. E ainda tem aquela Mildred que você contratou. Parece que tem um rei na barriga aquela lá. Desce aqui e fica nos dizendo que tudo era melhor nas casas elegantes em que ela já trabalhou. "Não é possível ser mais elegante do que Sua Senhoria", falei para ela. "Parente da realeza. Se houvesse outra daquelas epidemias de gripe e todos morressem, ela poderia se tornar rainha, não se esqueça disso!"

Sorri para ela com carinho.

– Não deseje isso para mim – pedi. – Além do mais, teria que ser uma epidemia de gripe violenta. Sou a trigésima quarta na linha de sucessão.

– De qualquer maneira, o que estou dizendo é que vamos aguentar por você, mas seria melhor que não fosse por muito mais tempo.

– Eu entendo, Sra. Huggins – falei. – Eu me sinto mais ou menos da mesma forma. A princesa é uma pessoa encantadora em muitos aspectos, mas é como cuidar de um cachorrinho travesso. Você nunca sabe o que ela vai fazer em seguida. E ela não tem a menor ideia do que é apropriado ou não.

Olhei para a escada com culpa quando ouvi passos, mas era só o meu avô.

– Quer dizer que a bruxa velha está de volta – murmurou ele. – Acabei de carregar a enorme pilha de bagagem da mulher. Para que diabos ela precisa de tanta coisa? Eu só a vi usando preto até agora. E como ela estava de mau humor! "Faça isso, mas não desse jeito!" Foi difícil me controlar e segurar a língua. Vou dizer o seguinte, querida Georgie: eu não nasci para ser serviçal de ninguém. Nunca fui.

– Vai ser por pouco tempo, vovô. Falei com o palácio e tenho uma reunião com Sua Majestade amanhã.

– Quanto mais cedo essa criatura for enviada de volta para a Alemanha, melhor, pode ter certeza – murmurou a Sra. Huggins. – E que não voltem tão cedo!

– Tenho que confessar que vou ficar aliviada quando elas forem embora – falei. – Mas voltando ao jantar de hoje. Você poderia fazer alguma coisa que seja leve e de fácil digestão para a baronesa?

– Que tal uns belos pés de porco? – perguntou ela.

Eu não sabia dizer se ela estava brincando ou não, já que eu nunca tinha comido essa parte do bicho.

Antes que eu pudesse responder, meu avô deu uma cotovelada nas costelas dela.

– Pare com isso, Hettie – disse ele, e a Sra. Huggins explodiu em risadinhas.

– Ou um belo prato de enguias gelatinosas? – continuou ela, rindo.

– Se ela quer uma coisa leve, que tal fígado e bacon? – perguntou o vovô quando a risada dela se acalmou. – Ninguém pode reclamar de fígado e bacon. A comida mais nutritiva possível. E um pudim de leite de sobremesa?

– Boa ideia – disse a Sra. Huggins. – Pode ser assim, milady?

– Perfeito – respondi.

Quando subi a escada até a parte principal da casa, meu avô me seguiu.

– Afinal, o que o inspetor queria? – perguntou ele baixinho. – Só rotina, não foi?

– Tudo menos rotina. – Suspirei. – Ele pareceu achar que podemos ter causado um grande incidente internacional. Como o governo alemão é anticomunista e pró-fascista, se a princesa estiver ligada a algum complô comunista, eles podem ver isso como uma afronta. Podem achar que estão tentando converter a princesa para a oposição, digamos assim.

– Que idiotice! – resmungou vovô, depois olhou para mim com uma expressão de culpa no rosto. – Perdoe o xingamento. Escapou. Quer dizer que eles acham que a morte desse homem está ligada a atividades comunistas, é?

– Ele era um membro ativo do Partido Comunista.

– Ora, eu nunca imaginei. Sua princesa alemã sabe escolher bem, não é? Onde vocês foram arrumar de conhecer um comunista?

– No Hyde Park, no Speakers' Corner, e depois o vimos naquela festa.

– A festa em que o sujeito caiu da varanda?

– Essa mesma.

– Meu Deus – disse ele. – Faz a gente pensar se não tem mesmo uma ligação entre as duas mortes, não é?

– Não tem como ter, vovô. Eu estava lá. Eu vi Tubby cambalear muito bêbado para trás e cair pela grade. Eu vi!

– E esse Tubby? Ele também era comunista?

Eu ri.

– Meu Deus, não! A família dele é dona de metade de Shropshire.

– Se você está dizendo, meu amor. Mas posso lhe dizer o seguinte. Se eu ainda estivesse na polícia, daria uma boa olhada nessa festa, quem estava lá e o que estava acontecendo. Você pode descobrir que esse assassinato não tem nada a ver com comunismo. Deve ser um motivo muito mais trivial do que isso… o rapaz deve ter se envolvido com a turma errada, é o que eu acho.

– Então vamos torcer para que a polícia descubra isso rápido. Seria um enorme alívio para mim. – Fiz uma pausa e um pensamento me ocorreu. – Tem alguma coisa que você possa fazer, vovô? Eu sei que você já saiu da polícia há um tempo, mas ainda deve conhecer pessoas. E você costumava trabalhar naquela parte de Londres, não é? Será que não poderia fazer umas perguntas e descobrir se há rumores sobre as gangues?

– Não sei – disse o vovô. – Faz muito tempo, minha querida, e eu estou preso aqui servindo as suas senhoras alemãs.

– É, eu sei. Mas tudo pode se ajeitar amanhã mesmo. A rainha pode decidir mandar as duas para casa no mesmo instante ou pode levá-las para o palácio, e assim todos nós vamos poder voltar a respirar.

– Espero que sim, meu amor. Espero que sim.

Subi para me trocar para o jantar. Fiquei no meu quarto ouvindo os sons da praça pelas janelas abertas. Havia crianças brincando no jardim central. Dava para ouvir as vozes agudas se misturando ao canto dos pássaros e aos sons abafados do tráfego. Tudo parecia tão feliz, normal e seguro. No entanto, aqueles repórteres ainda estavam lá, encostados nas grades, me lembrando que nada estava normal e seguro. Que azar termos decidido ir à livraria justo naquele momento crítico. Se tivéssemos chegado alguns minutos antes, talvez pudéssemos ter evitado o assassinato de Sidney. Minutos depois, outra pessoa teria encontrado o corpo.

Parei para pensar nisso. Será que o assassino tinha programado a morte para coincidir com a nossa chegada e, assim, lançar as suspeitas sobre nós? E se fosse um amigo ou conhecido de Sidney Roberts a quem ele confidenciara que uma princesa estrangeira ia visitá-lo naquela manhã? Seria o tipo de coisa de que alguém poderia se gabar. Talvez Sidney até tivesse mencionado isso no salão de chá e alguém tivesse ouvido.

O mendigo no fim do beco não tinha visto ninguém nem entrando nem saindo daquela ruela antes de nós. E se o assassino já estivesse lá, trabalhando em um dos prédios ao redor, talvez? Tudo que ele precisaria fazer seria entrar na livraria quando ninguém estivesse olhando, o que teria sido bem fácil, e esperar até nos ver virando a esquina antes de agir e sair de novo para entrar no prédio ao lado. Ninguém teria notado, ainda mais se ele trabalhasse na rua e fosse sempre visto indo e vindo. Nós não o teríamos visto porque estávamos lendo os cartazes nas diversas lojas quando chegamos. E, mesmo se o tivéssemos visto de relance, estávamos procurando uma livraria, não uma pessoa. Ele teria passado despercebido.

Era isso que a polícia devia estar fazendo: interrogando aqueles que trabalhavam nos prédios perto da livraria. Talvez eu também pudesse sugerir para o vovô que fizesse umas perguntas por lá. Eu podia até mesmo ir bisbilhotar se conseguisse me livrar da princesa e... espere! Isso era da minha conta? Cabia à polícia resolver o crime. Eu tinha sido uma espectadora inocente. Eu não tinha que me preocupar com absolutamente nada.

Então por que meu estômago estava se revirando? A polícia estava me perseguindo, a baronesa estava me intimidando e eu tinha uma reunião iminente com a rainha, durante a qual ela provavelmente ia me dizer que estava muito insatisfeita comigo. Se eu fosse sensata, pegaria o próximo trem para a Escócia e deixaria todos resolverem o assunto sem mim. Mas um Rannoch nunca foge. Essa lição tinha sido incutida em mim desde cedo pela minha babá e depois pela minha governanta, e havia acompanhado as histórias de Rannochs do passado que permaneceram firmes quando hordas de ingleses os atacaram (ou hordas de turcos, franceses ou alemães, a depender do campo de batalha). Todas as histórias terminavam com o Rannoch em questão sendo cortado em pedaços, logo não eram exatamente edificantes em termos morais.

O que uma Rannoch faria agora?, refleti. Ela se permitiria ser intimidada por uma baronesa alemã, por um policial cínico ou pela rainha da Inglaterra? *Se eu tivesse minha fiel espada claymore, despacharia todos eles com um único golpe*, pensei, e sorri sozinha. Já era hora de eu aprender a me defender e mostrar a essas pessoas que um Rannoch não pode ser intimidado!

Dei um salto quando ouvi uma batida na porta do quarto.

– Ligação para você – disse meu avô em voz baixa, porque Mildred estava vagando ali por perto. – É do palácio.

Vinte e dois

Rannoch House
Sábado, 18 de junho de 1932

Querido diário,
Tempo: sombrio. Nublado com promessa de chuva.
Humor: igualmente sombrio. Estão me esperando no palácio logo depois do café da manhã.

Vasculhei o Times quando Mildred o levou para mim. Havia apenas um pequeno parágrafo. Polícia investiga assassinato na região do Tâmisa. O corpo de um jovem balconista foi encontrado esfaqueado ontem na livraria Haslett's em que trabalhava, na Wapping High Street. A polícia procurava falar com qualquer pessoa que estivesse na área por volta das dez e meia.

Nenhuma menção a nós, graças aos céus. Mas, também, esse era o *Times*. Quem sabe o que o *Daily Mirror* poderia ter dito?

O café da manhã foi sombrio. Achei difícil engolir qualquer coisa. Nem mesmo a baronesa quis uma segunda porção de bacon e ovos. Estávamos todas sentindo a nuvem da desgraça pairando sobre nós. Eu mal podia esperar para ir ao palácio e acabar logo com isso. Até deixei Mildred escolher a minha roupa para ver a rainha. Ela ficou muito animada e orgulhosa ao fazer isso.

– O palácio... é claro que Vossa Senhoria vai querer estar elegante, mas discreta. Seria uma bela ocasião para usar pérolas, milady.

O fato de eu deixá-la colocar as pérolas no meu pescoço mostrava o nível da tensão. Eu nunca tinha usado pérolas por vontade própria durante o dia. Às nove e dez eu saí, depois de fazer a baronesa me prometer que ela não deixaria a princesa Hannelore sair de casa sob nenhum pretexto, e de o meu avô/mordomo me garantir que não ia deixar ninguém entrar. Amarrei um lenço na cabeça, na esperança de que ninguém me reconhecesse, e me apressei na direção do Palácio de Buckingham.

Fiquei tentada a usar a entrada secreta na parede lateral e ter acesso por aquele corredor inferior que passava pelas cozinhas, mas decidi que era uma ocasião em que eu deveria fazer tudo certinho e não dar à Sua Majestade nenhum motivo para ficar insatisfeita. Assim, reuni coragem, atravessei o Ambassadors' Court e toquei a campainha na entrada normal dos visitantes. A porta foi aberta pelo mesmo cavalheiro distinto que me abordou uma vez quando eu estava me esgueirando por um corredor. Eu nunca descobri quem ele era nem seu título oficial e não podia perguntar a ele agora. Até onde eu sabia, ele era o abridor de portas oficial da realeza, nada mais que um pajem glorificado. Mas ele com certeza tinha adotado os ares e as graças de uma posição mais elevada.

– Ah, lady Georgiana, não é? – Ele fez uma pequena reverência. – Sua Majestade a está esperando. Posso acompanhá-la até ela?

Sem esperar a resposta, ele me conduziu por um lance de escadas até o piso principal. Nesse andar, tudo era em uma escala maior: o tapete era exagerado, as paredes eram cobertas de tapeçarias e salpicadas de colunas e estátuas de mármore, e o corredor se estendia por uma eternidade. Assim como a conversa do velho.

– Soube que está fazendo um frio incomum para junho, embora eu não tenha saído de casa hoje. Sua Majestade sempre dá uma volta nos jardins pela manhã e garantiu à criada dela que estava "um pouco fresco demais".

– É, está um pouco frio mesmo – respondi, desejando que a interminável caminhada pelo corredor logo chegasse ao fim.

Por fim, felizmente, porque a conversa sobre o tempo tinha se esgotado, assim como as esperanças da Inglaterra em Wimbledon, ele parou diante de uma porta, virou-se para mim para ter certeza de que eu estava pronta e anunciou:

– Lady Georgiana, madame.

Nós dois entramos e nos curvamos ao mesmo tempo.

Sua Majestade estava de pé ao lado da janela, olhando para os jardins. Com a mão elegante apoiada nas cortinas de veludo com borlas, parecia estar posando para o próximo retrato real. Ela se virou para nós e assentiu de um jeito sério.

– Ah, Georgiana – disse ela. – Obrigada, Reginald, pode ir.

O velho recuou e fechou as portas em silêncio.

– Venha se sentar, Georgiana – disse Sua Majestade enquanto atravessava a sala, apontando para uma cadeira de espaldar reto de frente para um sofá de brocado. Ela escolheu a cadeira, então eu me sentei na beira do sofá. A rainha me analisou por um longo instante enquanto eu esperava o machado da desgraça finalmente cair e ela dizer: "Decidimos enviar você para ser dama de companhia de uma parente distante nas ilhas Falkland." Em vez disso, ela suspirou e depois falou: – Esse é um assunto muito desagradável, Georgiana.

– É, madame, e lamento ter causado constrangimento por causa dele. Mas posso garantir que eu não tinha ideia de que estávamos fazendo uma coisa tola ou fora do comum quando levei a princesa para visitar uma livraria. Se eu soubesse que ficava em uma parte tão desprivilegiada de Londres ou que tinha alguma ligação com o Partido Comunista, não teria concordado em ir até lá.

– Esse jovem – continuou a rainha –, o que foi assassinado. Como exatamente vocês o conheceram?

– Nós o conhecemos no Hyde Park, madame.

– No Hyde Park? – disse ela exatamente com a mesma entonação com que lady Bracknell pronunciou a famosa frase "Numa valise?" em *A importância de ser prudente*. – Você tem o hábito de falar com jovens desconhecidos em parques?

– Claro que não, madame. Sua Alteza queria ver o Speakers' Corner, e ela começou a conversar com esse jovem que distribuía panfletos.

– Panfletos comunistas?

– Sim, madame. Mas era tudo bem inofensivo. Ele falava bem e parecia muito simpático. Depois ficamos surpresas ao encontrá-lo de novo na festa de um amigo.

– Quer dizer que ele era do seu grupo?

– Na verdade, eu não tenho um grupo. Mas, se quer saber se ele era da nossa classe, não era. Eu entendi que ele era de origem humilde e tinha estudado em Cambridge com uma bolsa, e lá ficou amigo de alguns dos rapazes da festa.

– Quer dizer que ele frequentava festas em Mayfair, mas, ainda assim, é de conhecimento geral que ele estava envolvido com comunistas?

– É, eu soube que ele era um socialista fervoroso, muito idealista em relação a melhorar a vida dos trabalhadores.

– Uma mistura estranha, não acha? – perguntou ela. – Ninguém poderia imaginar que alguém com uma opinião tão forte sobre o destino dos trabalhadores se deixaria levar pelas extravagâncias dos ricos.

– Tem razão, madame. Na verdade, o anfitrião ficou surpreso ao vê-lo na festa.

– E o anfitrião era...?

– Augustus Gormsley, madame. E acredito que Edward Fotheringay também estava dando a festa.

– Gormsley. Essa é a família que tem a editora, não é?

– Isso mesmo.

– Não há nada de comunista neles. – Ela deu uma risadinha. – O velho construiu a maior monstruosidade da Inglaterra vitoriana como casa. Fez Sandringham parecer uma cabana de camponês em comparação.

Dei um sorriso.

– A festa estava bem regada a champanhe e coquetéis – falei.

Não mencionei a cocaína. Eu não fazia ideia se aquilo podia ser considerado uma grande quantidade, nem se Gussie sabia o que estava acontecendo na cozinha ou fingia não ver.

– A questão é: o que vamos fazer em relação a isso, Georgiana? – perguntou Sua Majestade. – Enviamos uma mensagem aos donos dos jornais pedindo que deixem o nome de vocês duas de fora de qualquer reportagem por enquanto, e tenho certeza de que eles vão obedecer... menos o *Daily Worker*, é claro. Não temos nenhuma influência sobre eles, mas, de qualquer maneira, ninguém importante lê esse jornal. Infelizmente, assim que eles abrirem o inquérito, o nome de vocês estará no registro público e não haverá muita coisa que possamos fazer. Tudo muito embaraçoso, é claro. Ainda mais porque as relações com a Alemanha são sempre muito frágeis, e a própria Alemanha está em uma situação bem confusa no momento.

– A baronesa Rottenmeister já ordenou que Sua Alteza escreva ao pai explicando que aceitamos o que parecia ser um convite educado para ver alguns livros raros e que não sabíamos de nada sobre as conexões comunistas do lugar. E também que mal conhecíamos o jovem em questão e foi puro acaso termos cronometrado tão mal a nossa chegada.

A rainha assentiu.

– Eu me pergunto se devia telefonar para o Rei da Baviera. Acho que a melhor abordagem, por causa do local onde essa coisa horrível aconteceu, seria dizer que vocês estavam fazendo obras de caridade para os pobres.

– Essa pode ser uma abordagem muito sábia – falei. – Mas eu já disse à polícia que fomos à livraria a convite do jovem.

– Você pode me dizer o que havia de tão intrigante em uma livraria?

– Não era a livraria, madame. Era o jovem em questão. A princesa estava bastante embevecida por ele.

– Ai, céus. Direto do convento. Desesperada para conhecer rapazes. O que acha que devemos fazer agora, Georgiana?

Fiquei surpresa com a pergunta. Eu esperava que ela me dissesse o que ia acontecer, não que pedisse a minha opinião.

– Eu estava pensando se não devíamos mandar a princesa para casa agora mesmo, para que ela não tenha que enfrentar os repórteres e o inquérito. O pai dela com certeza não ia querer que ela passasse por isso.

A rainha deu um leve suspiro.

– Mas assim não teríamos a menor chance de alcançar nosso objetivo, não é? Ainda não encontramos uma ocasião adequada para David poder vê-la e conversar com ela de maneira informal. Aquele rapaz é um caso perdido. Eu tinha planejado colocá-lo ao lado dela no nosso jantarzinho na outra noite, mas ele fugiu de nós.

– Talvez tenhamos que considerar a causa perdida, madame. O príncipe de Gales não demonstrou o menor interesse por ela durante nossa breve conversa.

– O rapaz é um tolo – disse ela. – Como pode um jovem estar mais interessado em uma americana de meia-idade ressecada e cruel do que em uma jovem doce e adorável?

– Eu não sei como funciona a mente dos homens, madame.

– Acho que isso não tem nada a ver com a mente de David. Acho até que não tem nada a ver com desejo. Ela tem um poder estranho sobre ele. Talvez ele se canse dela daqui a pouco, mas eu queria cortar o mal pela raiz, enquanto ela ainda tem um homem para o qual voltar. Seria de se pensar que o marido dela fizesse algo em relação ao caso, não é? Desse uma boa surra nela e a levasse para casa, como qualquer jovem inglês de sangue quente faria.

Eu escutei, assentindo com educação.

– Não, eu gostaria de dar mais uma chance à situação, Georgiana – continuou Sua Majestade. – Eu conversei com o rei sobre o assunto e me ocorreu que posso ter a solução para matar dois coelhos com uma cajadada só, por assim dizer. Eu sei que os Cromer-Strodes estão hospedando algumas pessoas... você conhece os Cromer-Strodes?

– Conheci a filha deles, Fiona, mas nunca fui à casa deles.

– Fica em Dippings. Uma casa adorável com belas antiguidades. Bem perto de Sandringham, em Norfolk.

Eu me perguntei como os Cromer-Strodes conseguiam ainda ter essas belas antiguidades estando tão perto de um palácio real.

– O rei e eu vamos de automóvel para Sandringham hoje. Ele tem trabalhado demais nos últimos tempos e não está nada bem, Georgiana. Eu o convenci a tirar uns dias de folga, e ele adora Sandringham. Acho que é o único lugar onde ele fica bem tranquilo. Teremos que voltar a Londres para a festa no jardim na próxima semana, claro, mas a viagem não é muito longa nem árdua.

– Festa no jardim?

– Um daqueles eventos medonhos para convidar as massas. Bem, não exatamente as massas, mas pessoas lúgubres como o chefe do conselho das docas e das ferrovias e vários membros do parlamento. Pessoas que se sentem no direito de apertar a nossa mão uma vez por ano. Você precisa trazer a princesa Hannelore. Vai ser bom ela ver um aspecto tradicional da vida inglesa. Vocês poderiam vir de Sandringham no carro conosco.

– Obrigada, madame. Tenho certeza que ela vai gostar.

– Vamos torcer para que o clima esteja bom dessa vez. No ano passado foi muito desagradável ficar de pé com aquele sol quente nas costas.

Ela fez uma pausa. Esperei-a continuar. Os olhos dela estavam focados na parede oposta.

– Aquelas porcelanas de Worcester – disse ela, apontando para algumas peças azuis expostas em um armário chinês – são tão lindas, não acha? Temos o resto dessa coleção em Sandringham. Acho que existe uma vasilha no mesmo padrão, mas ainda não consegui encontrar. Se você vir alguma nas suas viagens, me avise...

Para que você possa correr para aliviá-los da peça, pensei. Sua Majestade era conhecida por caçar antiguidades com tanta paixão que não tinha o menor escrúpulo em adquiri-las, fosse por meios justos ou sujos.

– Madame estava falando de Sandringham. Gostaria que nós a acompanhássemos?

– Não, não, acho que essa não é a melhor ideia. Sabe, David deu a entender que vai para Sandringham conosco, e não queremos que ele ache que está sendo jogado para cima da princesa. Isso teria o efeito contrário. Mas meus espiões me disseram que a americana pavorosa conseguiu ser incluída na festa no campo em Dippings. Lorde Cromer-Strode se casou com uma americana, sabe, e é óbvio que esse é o motivo para David estar tão interessado em Sandringham.

Assenti de maneira compreensiva.

– A minha ideia era a seguinte: se a princesa Hannelore e você forem à festa no campo em Dippings, David vai poder comparar as duas: a bela jovem e a bruxa velha.

Eu ri.

– Ela pode ser velha, mas com certeza não é uma bruxa, madame. Ela tem um ótimo gosto para roupas e é bem exuberante.

– Quer dizer que você gosta dela?

– Eu a odeio, mas estou tentando ser justa.

A rainha sorriu.

– O que me diz, Georgiana? Você acha que essa parece a melhor solução? Tiramos a princesa do olhar público em Londres, a arrastamos para a segurança de Dippings e deixamos as coisas seguirem o próprio rumo a partir daí.

– Parece um ótimo plano, madame – falei, aliviada, porque, quando chegássemos a Dippings, os Cromer-Strodes ficariam responsáveis por ela, e não eu. – Mas a polícia disse que não podemos sair de Londres antes do inquérito.

– Vocês não podem sair de Londres? Mas que coisa. Eles acham que vocês vão fugir como criminosas? Vou pedir para meu secretário avisar a eles que o rei e eu convidamos vocês duas para irem conosco para o campo, depois dessa experiência infeliz. Vamos garantir pessoalmente que vocês sejam trazidas de carro para Londres para o inquérito.

– Obrigada, madame.

– Eu só espero que eles consigam desvendar esse mistério sórdido o mais rápido possível. Se a situação toda chegar a uma conclusão satisfatória antes da data do inquérito, pode ser que vocês nem precisem aparecer em público. E os jornais com certeza não terão assunto.

– Vamos torcer para isso, madame.

Ela me olhava com aquela inabalável expressão de aço de novo.

– Você poderia ajudar, Georgiana.

– Ajudar com o quê?

– A resolver esse assassinato. Você tem uma mente boa e afiada. E você foi incrível quando seu irmão foi acusado injustamente.

– Eu resolvi aquela situação por acaso, madame, e porque a minha própria vida estava ameaçada.

– Que bobagem, você está sendo muito modesta – disse a rainha. – Eu fiquei muito impressionada; o rei também. Acho que você consegue resolver esse mistério antes da polícia.

– Acho que a polícia não ia gostar da minha interferência. Eu não sei como poderia sair fazendo perguntas por aí sem atrair as suspeitas deles.

– Seu avô era da polícia, não era?

– Sim, madame, mas muitos anos atrás, e ele era só um mero policial de ronda.

– Mesmo assim, ele vai saber onde e a quem fazer perguntas. Creio que não seja muito difícil, mas os policiais parecem ser tão burros. E eles parecem cachorros terrier: depois que colocam uma ideia na cabeça, não largam por nada.

Outro pensamento me ocorreu.

– Madame, como posso investigar um assassinato em Londres se eu estiver presa em uma casa em Norfolk? – disparei, sem pensar que talvez fosse um jeito mal-educado de me dirigir à rainha.

– Peça ao seu avô para fazer o trabalho preliminar por você. Depois, quando a princesa Hannelore estiver instalada em Dippings, você pode voltar para Londres. Vamos pedir para os Cromer-Strodes deixarem um carro à sua disposição para levá-la à estação.

– Madame é muito gentil – falei, embora estivesse pensando o contrário.

Como é que ela esperava que eu desvendasse um assassinato? Mesmo com a ajuda de vovô, parecia impossível. Eu não sabia nem por onde começar. Será que ela realmente queria que eu saísse andando pelas docas fazendo perguntas? Mas eu me lembrei que ela era a rainha. Não se negava nada a ela.

Vinte e três

Todos os ocupantes da Rannoch House estavam me esperando quando entrei.

– E então? – perguntou a baronesa Rottenmeister.

– Vou ser mandada de volta para casa? – indagou Hanni.

Vi meu avô espreitando perto da porta dos serviçais. Imaginei que a Sra. Huggins também estivesse escutando do outro lado da porta.

– A rainha deu uma solução admirável. Vamos para o campo, em Dippings, propriedade de lorde e lady Cromer-Strode. Eles vão receber algumas pessoas para uma festa e vai ser bem animado para a princesa.

Eu vi o rosto de Hanni ficar abatido e a baronesa assumir uma expressão de desaprovação.

– Mas o policial disse que não podemos sair de Londres – lembrou Hanni. – Eu não quero sair de Londres.

– E quem são esses Cromer-Strodes? São de realeza?

– Eles são da nobreza – respondi.

A baronesa fez uma careta.

– É insulto para Sua Alteza não ficar com pessoas de realeza. Vou escrever para pai dela e dizer que é insulto.

– A rainha os tem em alta conta – expliquei. – E a propriedade deles fica perto de Sandringham, um dos palácios da realeza, onde Suas Majestades também estarão na próxima semana.

Por algum motivo, Hanni pareceu mais animada.

– Eu gosto de ver palácios de realeza! Rainha ainda não me mostrou o Palácio de Buckingham e ela prometeu.

– Você foi convidada para uma festa no jardim real na próxima semana – falei. – Vai gostar. Morangos com creme no gramado.

Hanni assentiu.

– É – disse ela. – Disso vou gostar.

– Quando é que vamos partir para essa tal casa no campo? – indagou a baronesa.

– A rainha vai mandar um carro para nos buscar daqui a uma hora.

– Uma hora? Temos que estar prontas daqui a uma hora?

– A rainha acha que é melhor sairmos de Londres o mais rápido possível.

– Hannelore, mande Irmgardt fazer as malas agora mesmo – disse a baronesa. – Se a rainha assim deseja, não podemos recusar. Espero que não seja úmido e frio em Deepings e que a comida não seja inglesa demais.

– É uma casa muito boa, e lady Cromer-Strode é americana.

– Americana? – Hanni se animou de novo, provavelmente com esperança de encontrar uns gângsteres na casa.

Mas a baronesa não se convenceu.

– Ingleses. Americanos. Tudo a mesma coisa. Não sabem fazer uma comida boa.

Elas subiram para ordenar que Irmgardt fizesse as malas. Eu as segui para dar a notícia a Mildred, que pareceu muito empolgada.

– Vamos para o campo, milady? E para Dippings? Ouvi tantas coisas maravilhosas sobre esse lugar. Dizem que é muito, muito adorável.

Até aquele momento, eu não tinha percebido que ela esperava nos acompanhar no passeio. Que burrice a minha. Claro que eu deveria levar a minha criada. Eu tinha me acostumado demais a viver sem serviçais.

– Quando vamos partir, milady?

– Agora mesmo, Mildred. A rainha vai mandar um carro para nos buscar.

Ao ouvir isso, ela ficou meio atarantada.

– Então eu tenho que fazer as malas correndo. Onde ficam os seus baús? Milady vai precisar de todos os seus vestidos de jantar, é claro. Não dá para usar a mesma roupa no jantar mais de uma vez.

– Acho que eu só tenho uns dois vestidos de jantar – falei.

Mas ela continuou, ainda em êxtase:

– E com certeza deve ter uma ocasião formal ou um baile, e temos que levar sua roupa para jogar tênis, e será que vai haver um passeio de iate?

Eu ri.

– Eu não tenho roupa para usar em iates, se é isso que você quer dizer. Pode ser que tenha passeios de barco em Norfolk Broads.

– É uma oportunidade maravilhosa para milady. – Mildred me deu um sorriso radiante. – Com certeza vai ter um bom grupo de jovens apropriados na festa no campo.

Ah, não. Agora até ela estava tentando me casar com alguém. Ela cantarolou sozinha enquanto vasculhava o meu guarda-roupa. Mildred obviamente estaria em seu habitat natural; talvez, graças à ligação comigo, seria a criada de posição mais alta e ia desfrutar cada instante. Bem, ela ficaria decepcionada quando eu tivesse que voltar para Londres a serviço da rainha – a menos que eu conseguisse fugir de lá sem ninguém ver!

Deixei-a cantarolando e fazendo as malas e fui procurar meu avô lá embaixo.

– Parece que eu e a Sra. Huggins podemos voltar para casa, não é? – disse ele.

– Não sei quando vamos voltar para Londres. Com certeza vocês podem passar os próximos dias em casa, mas será que poderiam ficar preparados para retornar se tivermos que voltar?

– Acho que podemos, mas a Sra. Huggins está ficando meio aborrecida.

– Como posso entrar em contato rápido com você? – perguntei.

– Você sempre pode ligar para o pub da esquina. O Queen's 'ead. Eles vão me avisar e poderemos voltar para Londres num piscar de olhos se você precisar de nós.

– Agradeço muito, vovô. Você tem sido magnífico.

– Tudo por você. – Ele sorriu e bagunçou meu cabelo. – Não posso dizer que vou ficar triste de ir embora. Não que eu não goste da sua companhia, meu amor, mas as outras... não sei como você aguenta.

– Eu faço o que é necessário – falei. – E eu não teria conseguido sem você e a Sra. Huggins. Vocês foram maravilhosos.

– O que vai acontecer com a investigação policial? – perguntou ele. – Vocês podem sair da cidade antes do inquérito?

– A rainha vai se responsabilizar por nós. – Fiz uma pausa e respirei fundo. – Tem outra coisa. Ela quer que eu resolva o caso antes da polícia.

– Ela o quê? – exclamou ele com uma voz retumbante.

Dei um sorriso.

– Eu sei, é ridículo. Não sei como posso fazer alguma coisa sem irritar a polícia e atrair mais suspeitas para mim.

– Sem contar que você vai ter que mexer com umas pessoas bem perigosas. Alguém queria aquele rapaz morto a ponto de assumir um grande risco.

– Sua Majestade sugeriu que você poderia me ajudar, vovô.

– Eu? Nem imagino o que eu poderia fazer.

– Você era policial naquela área. Conhece pessoas.

– Pode ser que eu ainda conheça uns velhos camaradas nas docas – concordou o vovô. – Se alguém tiver que fazer perguntas, prefiro que seja eu no seu lugar. Essa sua rainha é uma cara de pau mesmo! Que ideia, mandar você para uma situação perigosa só para evitar um escândalo na realeza.

– Bem mais do que um escândalo, pelo que eles dizem. Mais para uma crise diplomática, na verdade.

– Malditos alemães. Só arrumam confusão. Achei que eles tinham aprendido a lição na guerra. Mas não, aparece esse tal de Hitler com esses nazistas horrorosos e começa a bagunçar tudo de novo.

– E então, você vai descobrir o que puder para mim? – perguntei. – Quando a princesa estiver instalada, devo voltar a Londres para xeretar por aí e resolver esse assassinato.

– Fique lá no campo, minha querida – disse ele. – Vou fazer a minha parte por você, mas não há nenhuma chance de eu te deixar vasculhar os territórios dos comunistas. Sou seu avô e estou falando sério.

Olhei para ele e sorri.

– Está bem, vovô.

Todos estavam animados quando o carro chegou para nos buscar. Era um grande Rolls Royce com um chofer bem-vestido.

– Assim é que deve ser – comentou a baronesa Rottenmeister. – Um transporte adequado para Sua Alteza.

Deixamos Mildred e Irmgardt paradas na calçada ao lado de uma montanha de bagagens esperando um táxi. Nada de carro da realeza para elas. As duas teriam que carregar aquela pilha de malas no trem. Senti pena das duas e percebi, com um pouco de vergonha, que essas coisas nunca tinham passado pela minha cabeça. Serviçais e bagagens tinham a obrigação de chegar ao nosso destino e, se houvesse algum inconveniente, não era problema nosso. Acho que nós acreditávamos mesmo que a razão da vida deles era garantir que a nossa vida transcorresse com tranquilidade.

Nosso carro seguiu pelas periferias ao norte até a cidade sumir e se transformar no campo deslumbrante. Depois de ficar confinada em Londres durante a maior parte da primavera, eu não estava preparada para a profusão de verde do verão – carvalhos frondosos, pastos férteis, trigo e cevada já altos enchendo os campos. Não há nada tão exuberante quanto o interior da Inglaterra no verão.

A baronesa cochilou com o calor. A princesa Hanni olhava pela janela.

– A Inglaterra é muito plana – comentou ela. – Não tem montanhas.

– Você está conhecendo a parte plana da Inglaterra – expliquei. – No norte e no oeste temos muitas montanhas, embora não sejam tão altas quanto os Alpes na Baviera.

– Na Baviera temos montanhas altas com neve – disse ela. – As montanhas mais altas do mundo!

– Não exatamente – falei. – O Himalaia é a montanha mais alta do mundo. Os Alpes são só as montanhas mais altas da Europa.

– Na Baviera temos os picos mais altos – disse ela. – O Zugspitze e o Jungfrau.

– O Mont Blanc na França é mais alto, sinto lhe dizer – falei com um sorriso.

– Ah, Mont Blanc – disse ela com desdém. Em seguida, virou-se para mim. – Esse lugar, Dippings, é bonito?

– Espero que sim.

– Vai ter rapazes por lá? Vamos dançar?

– Não tenho a menor ideia, Hanni.

– Você acha que Darcy vai estar lá?

Mantive o rosto totalmente calmo.

– Acho que não.

– Poxa, que pena. Quero vê-lo mais. Acho que ele gosta de mim.

Houve silêncio no carro enquanto eu tentava não pensar em Darcy e, especialmente, em Hanni com Darcy.

– Que nome estranho – disse ela por fim. – O que significa Dippings?

– Imagino que venha dos buraquinhos no campo plano. Em inglês, chamamos isso de *dips*.

– Que nome sem graça. Vamos visitar o rei e a rainha casa deles?

– Se eles nos convidarem.

– Sou princesa. Eles têm que me convidar. Não é certo eu não ficar no palácio.

– A rainha estava pensando em você. Ela achou que você ia se divertir mais com pessoas da sua idade.

– Mas eu não conheço pessoas da minha idade. Só você. Ainda não tive encontro com rapaz divertido e sexy.

Eu achava que tinha curado a princesa dessas gírias de gângster americano. Obviamente, não tinha.

– Uma semana, Hanni. Você não pode esperar muita coisa em uma semana.

– Mas você não entende. Daqui a pouco eu vou voltar para casa e não vou ter permissão para falar com homens. Só com sujeitos que a minha família quer que eu case. Ninguém charmoso e sexy. E sempre vai ter baronesa do meu lado. Como vou saber o que é sexo?

– Tenho certeza que você vai entender rapidinho – falei. – Você já pegou a ideia geral.

– Que ideia geral?

– Hanni, nós fomos a uma festa. Você dançou. Você flertou. Eu vi.

– O que significa flertar?

– Você sabe. Bater os cílios. Provocar. Agir como se estivesse interessada em um rapaz.

– Isso eu sei fazer. Isso eu gosto de fazer – disse ela. – Mas você não. Isso não é bom, eu acho. Significa que rapaz não sabe que você gosta dele.

Bom, isso foi um tapa certeiro na cara. Talvez ela tivesse razão. Talvez Darcy tivesse seguido em frente porque eu não tinha demonstrado que gostava dele o suficiente. Mas flertar não é fácil quando a pessoa foi criada em um castelo remoto com papel de parede xadrez nos banheiros, gaitas de foles ao amanhecer e homens que usam kilts.

– Vou me esforçar mais no futuro – garanti a ela.

– Eu ainda não beijei rapaz – continuou ela. – É muito bom?

– Ah, sim, é muito bom quando é com o rapaz certo.

– Você já encontrou rapaz certo? – perguntou ela. – Você conhece alguém charmoso e sexy?

Olhei pela janela, observando um riacho que serpenteava por um campo onde o gado pastava à sombra.

– Claro que ainda não conheço, senão estaria casada.

– Você quer se casar? – perguntou ela.

– Acho que sim. É o que todas as mulheres querem. Você não quer?

– Só depois de viver minha própria vida – disse ela, séria como eu nunca tinha visto. – Tem umas coisas que eu quero fazer. Coisas que mulheres casadas não podem fazer, ainda mais se forem rainhas ou princesas. Eu tenho sonhos.

– Que sonhos? – perguntei, intrigada.

– Coisas bobas. Ir lojas. Comer em salão de chá. – Ela se virou de repente para o outro lado e ficou olhando pela janela.

Só o ronco ritmado da baronesa rompia o silêncio. Comecei a repensar algumas coisas. Tudo estava tão confuso nos últimos dias. Primeiro, Tubby mergulhando para a morte e depois o terrível episódio na livraria com o pobre Sidney Roberts deitado ali, com o sangue se espalhando pela camisa branca. Vovô parecia achar que havia uma conexão entre as duas coisas. Pessoalmente, eu não conseguia imaginar qual seria, a menos que tivesse alguma coisa a ver com a cocaína que vi na cozinha de Gussie. Eu sabia muito pouco sobre drogas, mas tinha ouvido falar que elas eram compradas e vendidas por pessoas impiedosas. Se Tubby e Sidney estivessem envolvidos com essas pessoas e não tivessem pagado as dívidas, talvez elas pudessem ter dado aos dois uma lição fatal. Mas quem seriam elas?

As terras planas de East Anglia se abriram diante de nós – uma paisagem que quase parecia só céu. Nuvens brancas flutuavam como algodão, lançando sombras nos campos. Ao longe, o pináculo de uma igreja revelava a presença de um vilarejo entre as árvores. Passamos por Little Dippings, depois por Much Dippings, um vilarejo semelhante com um ajuntamento de cabanas de palha cor-de-rosa e brancas ao redor de uma igreja e um pub (o Cromer-Strode Arms), antes de passar por um enorme muro de tijolos e entrar por um portão impressionante. A primeira parte da propriedade era de vegetação selvagem, com muitas árvores e o que pareciam ser rododendros, embora já tivessem parado de florescer. Um faisão bateu as asas ruidosamente e saiu voando. Um pequeno rebanho de belos cervos se afastou quando eles ouviram o carro se aproximando. Então Hanni disse:

– Olhe! Que animal é aquele ali nos arbustos? É rosa, mas acho que não é porco.

Olhei bem para a coisa cor-de-rosa no meio da folhagem. Parecia ter muitos membros.

– Também não sei – respondi, mas de repente percebi o que era.

Tive a impressão de que eram duas pessoas, sem roupas, emboladas uma na outra no gramado e fazendo algo que eu só podia imaginar. Nosso motorista, do outro lado da divisória de vidro, tossiu com discrição e pisou fundo no acelerador. Quando o casal ouviu o carro se aproximando, uma cabeça se levantou, surpresa. Tive o vislumbre de um rosto espantado antes de passarmos.

Vinte e quatro

Chegamos então a uma curva e lá estava Dippings diante de nós, em toda a sua glória. Assim como a maioria das casas da região, era construída com tijolos vermelhos, que tinham desbotado ao longo de centenas de anos e virado um adorável cor-de-rosa opaco. As chaminés elisabetanas eram listradas com tijolos brancos e vermelhos, e, em tempos georgianos, um pórtico clássico e um lance de degraus de mármore tinham sido acrescentados à frente da residência. No átrio havia um laguinho ornamental com fonte. Uma revoada de pombos brancos passou sobre nós. Tudo tinha um aspecto muito agradável. Passamos com o carro entre gramados bem-cuidados e alamedas sombreadas até pararmos nos degraus da entrada.

A baronesa se mexeu.

– Chegamos – disse Hanni.

A baronesa ajeitou apressada o chapéu enquanto lacaios abriam a porta.

– Bem-vinda a Dippings, milady – disse um deles enquanto me ajudava a saltar.

Mal colocamos os pés no átrio de cascalho quando uma figura desceu flanando os degraus para nos cumprimentar. Ela era alta, angulosa e alarmantemente magra. O rosto era uma máscara perfeita de maquiagem, desde as sobrancelhas feitas até os chocantes lábios vermelhos (embora a execução não fosse tão perfeita quanto a da minha mãe). O vestido malva tinha pedaços de panos soltos que esvoaçavam ao redor enquanto ela vinha ao nosso encontro com os braços estendidos.

– Bem-vindas! Bem-vindas a Dippings – disse ela em um sotaque arrastado do sul dos Estados Unidos. – Você deve ser lady Georgiana, e essa, a princesa. Seja bem-vinda, Vossa Alteza. – Ela fez uma mesura desajeitada. – Que adorável vocês estarem aqui conosco. Eu nem sei dizer como fiquei empolgada quando a rainha telefonou e sugeriu que vocês viessem à nossa reuniãozinha. Tenho certeza que vão adorar o lugar. Todo mundo adora. Meu marido é um anfitrião maravilhoso. Ele sempre cuida muito bem dos hóspedes e garante que todos se divirtam. Entrem, por favor, entrem.

Hanni e eu nos entreolhamos, meio esbaforidas, enquanto a mulher subia os degraus, ainda tagarelando.

– Temos um grupinho bastante animado aqui. Uns jovens da idade de vocês. A maioria já deve ser conhecida das senhoritas, tenho certeza, mas minhas sobrinhas dos Estados Unidos também estão aqui. Elas são tão queridas! Vocês vão adorá-las, tenho certeza.

Entramos em um vestíbulo com painéis de madeira, retratos de família pendurados e o obrigatório par de espadas cruzadas e desgastadas por uma batalha ancestral.

– Infelizmente vocês chegaram atrasadas para o almoço – continuou ela –, e o chá só vai ser servido daqui a uma hora. Mas imagino que estejam famintas. Que tal uns sanduíches e uma limonada no jardim? Ou preferem ver os quartos primeiro? Mandamos alguém à estação para buscar as bagagens, então vocês vão poder trocar de roupa assim que elas chegarem.

Ela fez uma pausa para respirar. Percebi que ela havia feito uma dezena de perguntas e não tinha esperado uma única resposta. Tentei me lembrar quais eram as opções.

– Não faz muito sentido irmos para os quartos antes de nossas criadas e as bagagens chegarem – falei. – Acho que a limonada no gramado vai ser uma maravilha.

– Não sei para onde foram todos – disse ela. – Devem estar jogando tênis, embora esteja muito quente para isso hoje, não acham? Acho que Fiona está com as primas americanas. Você se lembra da minha filha, Fiona, não é? Eu sei que vocês duas estudaram juntas naquela escola absurdamente cara.

É engraçado como aqueles que não pertencem ao meu círculo sempre acabam se entregando em algum momento. As pessoas que eu conhecia nunca chegariam a avaliar se uma escola era cara ou não. Se fosse a escola certa e o resto da família desse apoio, alguém fazia um sacrifício e arcava com a despesa de algum jeito.

Lady Cromer-Strode (supus que fosse ela, embora ninguém tivesse feito uma apresentação adequada) nos conduziu por uma série de salas e galerias com painéis escuros até chegarmos a uma charmosa sala de estar com muitas poltronas baixas e confortáveis e portas francesas que se abriam para o gramado. Cadeiras e mesas tinham sido colocadas à sombra de uma enorme faia-púrpura no meio da grama e várias pessoas estavam sentadas ali. Todas levantaram o olhar quando saímos para o terraço e descemos os degraus.

– Olhem! Elas chegaram – anunciou lady Cromer-Strode para o mundo.

Os jovens rapazes se levantaram desajeitados das espreguiçadeiras. Nunca é fácil se levantar de uma espreguiçadeira de um jeito gracioso.

– Pessoal, estas são lady Georgiana e a princesa Hannelore. Elas vão fazer parte da nossa alegre reuniãozinha. Não vai ser divertido?

– E eu gostaria de apresentar a baronesa Rottenmeister, que está acompanhando a princesa – falei, já que ela havia sido ignorada pela nossa anfitriã até agora e pairava atrás de nós, parecendo bem irritada.

– Ora, ora, Georgie. Que bom ver você de novo. – Um dos jovens era Gussie Gormsley. – E Vossa Alteza.

– Por favor, me chame de Hanni. Estamos entre amigos – disse ela.

Fiona Cromer-Strode, grande e rosada, veio me abraçar. Ela carregava uma raquete de tênis e foi especialmente calorosa.

– Que ótimo revê-la, Georgie. Não parece que faz séculos que saímos de Les Oiseaux? Era tão divertido lá, não era?

– Era.

Fiona e eu mal nos falávamos em Les Oiseaux, mas agora eu estava me lembrando que ela sempre tinha sido chata.

– Esta é minha prima Jensen Hedley – disse ela. – Ela é de Baltimore e está fazendo uma visita. As duas irmãs dela vão passar o dia fora, visitando Cambridge, mas no jantar de hoje à noite você vai poder conhecê-las.

A jovem americana pálida e elegante, que usava um vestido que só podia ter vindo de Paris, sorriu de um jeito encantador.

– Puxa, eu sempre quis conhecer uma princesa de verdade – disse ela e apertou a mão de Hanni.

– Achei que você estava mais interessada em conhecer um príncipe – brincou Fiona.

– Todos os príncipes por aqui parecem estar ocupados – disse Jensen e deu uma rápida olhada por cima do ombro.

A Sra. Simpson descansava na sombra atrás de nós, usando um short branco e uma blusa de frente única vermelha, aparentemente lendo uma revista. Ela nem se mexeu quando chegamos. Agora ela sentiu que estava sendo observada e levantou o olhar.

– Ora, é a filha da atriz – disse ela, fingindo surpresa. – É um prazer vê-la aqui.

– A rainha sugeriu que viéssemos para ela poder tomar conta de nós de Sandringham – falei. – Parece que estamos bem perto de Sandringham, como você deve saber.

Dei um sorriso simpático.

Os olhos dela se estreitaram, depois se voltaram para Hanni.

– E quem é a bela mocinha loura?

– Sua Alteza Real Princesa Hannelore da Baviera – respondi de um jeito formal. – Alteza, essa é a Sra. Simpson, que também veio dos Estados Unidos.

– Eu adoro os Estados Unidos. – Hanni estava radiante. – Tem gângsteres na sua cidade?

– Eu espero que não – disse a Sra. Simpson. – Baltimore é uma cidade refinada e antiga. Nossa anfitriã e eu estudamos juntas no seminário feminino. A mesma escola em que as Srtas. Hedley também estudaram. Não é isso, querida Jensen?

– Reagan e eu estudamos no seminário – respondeu Jensen. – Danika foi educada em casa, por causa de sua saúde delicada.

Reagan, Jensen, Danika, Wallis – ninguém na América se chamava Jane ou Mary?

– Que nomes interessantes – comentei.

– Também temos um irmão, Homer – disse Jensen.

– Ah, quer dizer que seu pai gosta dos clássicos? – perguntei.

Ela enrugou o nariz que parecia um botão, fazendo uma careta.

– Não. Papai gosta de beisebol.

– E como está sua querida mãe? – me perguntou a Sra. Simpson. – Ainda ocupada na Alemanha?

– Ela vai e vem – respondi. – Eu a vi há pouco tempo com boa saúde, obrigada.

– Devo dizer que ela é perseverante. Acredito que a resiliência dela veio da criação difícil que ela teve nas ruas.

– Sobreviver ao Castelo de Rannoch teria dado ainda mais resiliência a ela – falei, sem querer ser arrastada para uma discussão. – Os quartos lá são muito mais frios e sombrios do que a casa dos meus avós. – Tentei sair de perto, mas não resisti a perguntar: – O Sr. Simpson também veio?

O rosto maquiado com perfeição virou uma careta.

– Infelizmente, ele teve que voltar para os Estados Unidos por causa dos negócios.

– Ah, que pena.

Dei um sorriso simpático e percebi que ela não me intimidava mais. Pelo menos a adversidade tem suas vantagens.

A limonada e os sanduíches chegaram. Jensen Hedley arrastou Gussie para jogar tênis. A baronesa se acomodou em uma das espreguiçadeiras e logo atacou os sanduíches. Eles pareciam tentadores – ovo e agrião, caranguejo e pepino e até salmão defumado, meu preferido – que eu estava prestes a me juntar a ela quando um homem usando um uniforme branco e amassado de críquete apareceu passeando pelo gramado. O rosto dele era vermelho e envelhecido, cercado por uma auréola de cabelos brancos ralos e olhos infantis e inocentes. Eu o reconheci na hora. Foi o rosto que tinha espiado por cima dos arbustos quando chegamos.

Vinte e cinco

Dippings, Norfolk
Sábado, 18 de junho de 1932

O HOMEM IDOSO, POR SUA VEZ, não deu nenhuma indicação de ter nos reconhecido e veio na nossa direção com um grande sorriso no rosto.

– Ora, ora. Aqui estão elas. Que maravilha. Que maravilha. Cromer-Strode. – Ele apertou as nossas mãos de um jeito caloroso. – E eu conheci você quando ainda era uma garotinha – acrescentou para mim. – Na casa de Hubert Anstruther. Acho que sua mãe...

– Estava casada com ele na época – terminei por ele, ainda mal conseguindo encará-lo.

Eu não parava de me perguntar de quem eram os outros braços e pernas rosados nos arbustos e se lady Cromer-Strode sabia disso.

– E essa jovem encantadora é nossa princesa visitante. – Lorde Cromer-Strode voltou a atenção para Hanni. – É sua primeira vez em uma casa de campo inglesa, Alteza?

Ele pegou a mão dela entre as dele.

– Sim, é minha primeira visita à Inglaterra – respondeu ela.

– Então vou levá-la para um passeio pela propriedade – continuou ele. – Para que Vossa Alteza possa ter uma ideia do local. Dippings é conhecida pelas paisagens sublimes, e o jardim de rosas está em todos os guias de turismo. Quase todo dia temos viajantes que imploram para dar uma olhada. Beba logo essa limonada e teremos tempo para dar uma volta antes do chá.

Dar uma volta?, pensei. *Ter uma ideia? Será que o comportamento dele era um hábito?* Fiquei pensando se eu ia ser chamada para ir junto como acompanhante.

– Vamos deixar minha filha e lady Georgiana pondo a conversa em dia, está bem? – continuou ele, deixando bem claro que eu não ia ser convidada. – Elas mal se viram desde a época da escola. Vamos lá.

Ele colocou um braço na cintura dela e a levou para longe. Fiquei ali agoniada com minha indecisão. Será que eu podia inventar uma desculpa para ir atrás deles? Nem o mais ousado dos velhos tentaria alguma coisa com uma princesa visitante, tentaria? Eu já conseguia ouvir a voz da rainha nos meus ouvidos: *E você ficou lá sentada e permitiu que ela fosse deflorada em plena luz do dia? A Alemanha vai declarar guerra e vai ser culpa sua.*

Decidi que, se visse os dois indo em direção aos arbustos de rododendros, iria atrás.

– Que divertido estarmos juntas de novo, não é Georgie?

Fiona veio para o meu lado. Eu me lembrei então de que ela sempre tinha sido calorosa.

– Não sei se devo deixar a princesa passear sem acompanhante – falei quando os dois desapareceram na lateral da casa.

– Não seja boba, ela está com o meu pai. Ele vai cuidar muito, muito bem dela – disse Fiona. Assim como outros membros da nossa classe, ela não falava os erres corretamente. No caso dela, eu achava que era afetação. Ela enfiou o braço no meu. – Por que não vamos dar uma voltinha também? Temos uns carneirinhos fofinhos lindos na fazenda. Bem, eles estão bem gordos e não tão pequenos agora, mas eram muito lindinhos há um mês, mais ou menos.

Como a fazenda ficava na mesma direção que a princesa tinha seguido, concordei em ir com ela.

– Não é muito, muito maravilhoso estarmos juntas de novo? – disse Fiona. – Tenho certeza de que vamos ter momentos esplêndidos. Mamãe convidou muitas pessoas incríveis e vai ser uma diversão só.

Consegui dar um sorriso feliz.

– Você já ouviu minha novidade? – perguntou Fiona. – Você sabia que estou noiva e vou me casar?

– Não sabia, não. Parabéns! Quem é o sortudo?

– Ora, é o querido Edward.

– Edward?

– Claro que você o conhece. Todo mundo conhece. Edward Fotheringay.

– Você quer dizer Lunghi Fungy? – Deixei escapar.

– Eu não gosto desse apelido bobo. Proibi Gussie de se dirigir a ele dessa maneira. Mas estou muito feliz porque você o conhece. Ele não é maravilhoso? Todo mundo o adora.

Incluindo a minha mãe, pensei. E, pelo que eu tinha visto, o sentimento era recíproco.

– E Edward está aqui? – perguntei casualmente.

– Claro que está. Nós não poderíamos fazer uma festa no campo sem convidar Edward, não é? Ele levou as minhas primas americanas para Cambridge hoje. Já que ele estudou lá, pode mostrar o local muito bem para elas.

Pensando no comportamento dele com a minha mãe e do flerte com Hanni, fiquei pensando no que mais ele poderia mostrar a elas durante o dia.

– Mas eles vão voltar a tempo do jantar – continuou Fiona, toda alegre. – Ah, chegamos. Esta é a casa da fazenda. Não é um charme? Parece até uma fazenda de brinquedo. Eu sempre adorei. E o papai ama. Ele passa a maior parte do tempo aqui, conversando com os porcos.

Eu bufei. Não consegui evitar. Eu sei que uma dama nunca bufa, mas simplesmente saiu. A imagem rosada que vi nos arbustos era pesada demais. Quer dizer que a família achava que ele passava o tempo todo conversando com os bichos?

Quando voltamos para a casa, nossas bagagens e criadas estavam instaladas nos quartos. Descobri que Hanni tinha voltado, aparentemente ilesa, antes de mim e estava conversando com a baronesa no quarto dela, enquanto a silenciosa e carrancuda Irmgardt corria de um lado para outro, tirando as roupas dos baús.

– Como foi a caminhada? – perguntei com cautela.

– Gostei muito – disse Hanni. – Ele é um homem muito gentil. Muito simpático. Tivemos que subir no durinho, é assim que se fala?

– Durinho?

– Que separa um campo do outro.

– Murinho – respondi. – Você teve que subir por cima de um muro?

– Isso. Ele foi muito gentil e me levantou e me ajudou a descer.

E aproveitou para dar uma apalpada sem querer, pensei.

– O quarto da princesa é muito bom – disse a baronesa. – Eu soube que seu quarto é ao lado do dela. Meu quarto não é tão agradável, infelizmente. Nos fundos da casa, de frente para o norte, subindo lances de degraus muito íngremes.

– Sinto muito – falei. – Será que é melhor falarmos com lady Cromer--Strode sobre isso?

A baronesa suspirou.

– Estou preparada para sofrer – disse ela. – Obviamente, um título alemão não significa nada para essas pessoas. Estou sendo tratada como uma criada.

– Talvez eles não saibam a sua posição – argumentei. – A rainha organizou tudo, e pode ser que ela nem saiba que a senhora está nos acompanhando.

– Talvez – disse ela –, ainda mais se você não lembrou a Sua Majestade que eu estava hospedada na sua casa.

Lógico que a culpa era minha.

– Vou ver se é possível trocar seu quarto.

– Não se incomode com isso. Eu aceito meu sofrimento. A escada adicional vai ser boa para a minha forma física.

– Eu nem vi o meu quarto ainda – falei. – Pode não ser tão agradável quanto este. Eu chamo vocês na hora do chá, está bem?

– Hora do chá? Achei que já tínhamos comido no gramado.

– Aquilo foi só um lanche para não sentirmos fome até a hora do chá – expliquei.

– Pelo menos aqui vamos ser bem alimentadas – comentou a baronesa quando saí do quarto.

Mildred já tinha desempacotado tudo e estava ocupada passando cada vinco. Ela era realmente maravilhosa. Eu não sabia por que eu queria tanto me livrar dela.

– Que vista encantadora da sua janela, milady – disse ela, animada. – Tenho certeza de que milady vai se divertir muito aqui. E eu vi uns rapazes bonitos. Passei por um deles no corredor agora mesmo. Muito bonito e bem paquerador também. Ele até piscou para mim. – E ela corou.

Às quatro horas descemos para o chá, que foi servido na galeria comprida. Lady Cromer-Strode estava tagarelando e comandando o evento.

– Experimente o pão de ló. É a especialidade da cozinheira. E aquelas coisinhas crocantes. Divinas! Eu nem sei onde meu marido arrumou isso. Na fazenda, imagino. Ele passa muitas horas naquela fazenda. Muito dedicado, não é, Fiona?

Fiona concordou. Imaginei ter visto uma troca de olhares significativos entre algumas hóspedes e me perguntei quais delas tinham sido levadas para conhecer a fazenda. Comemos bem, apesar de só ter se passado uma hora desde que tínhamos devorado os sanduíches. Não é incrível o que o ar fresco faz pelo nosso apetite? Havia os mais deliciosos bolinhos com creme e geleia de morango caseira, além de biscoitos de licor e profiteroles tão leves que derretiam na boca. Obviamente, a baronesa ia aproveitar muito nossa estadia. Um a um, os outros hóspedes foram chegando. Jensen e outros tenistas. Um jovem que eu achei reconhecer se sentou ao meu lado.

– Olá, meu nome é Felix – disse ele. – Acho que não nos conhecemos.

– Georgiana. Acho que vi você na festa de Gussie na outra noite.

– Aquela fatídica em que o pobre Tubby caiu?

Fiz que sim com a cabeça.

– Foi horrível, não é? Quem diria que o pobre Tubby...?

– Gussie dá muitas festas daquelas?

– Ah, o tempo todo, minha cara. Nosso Gussie é o melhor anfitrião.

– Ele deve ter uma boa mesada. O champanhe e os coquetéis estavam fluindo sem parar – falei sem jeito.

Uma das regras do nosso grupo era não falar de dinheiro, mas, no meu papel de detetive, eu precisava saber de onde vinha o de Gussie.

– Bem, eu não sei se ele ganha mesada, mas se vira bem sozinho, o velho Gussie – disse Felix com cautela. – De um jeito ou de outro.

Alguma coisa no modo como ele disse isso me fez pensar naquela cocaína. Eu tinha achado que Gussie era só um excelente anfitrião, mas e se ele complementasse a própria renda vendendo drogas para os amigos?

– Você não estudou em Cambridge com ele? – perguntei.

O rosto dele se iluminou.

– Ah, sim. Todos os rapazes são da Trinity College. Nós remávamos, naquela época. Mas paramos. Estamos todos acabados.

– E o que você faz agora? – perguntei.

– Quase nada, na verdade... para desespero do meu pai. Ainda não sei o que fazer da vida. Não levo jeito para o exército, nem para a lei ou para a igreja, e não existem muitas opções, não é?

Concordei.

– E você? É uma daquelas garotas assustadoramente brilhantes que foram para a universidade?

– Infelizmente, não. Eu gostaria muito de ter ido, mas não tive a oportunidade.

Felix assentiu em solidariedade.

– Tempos difíceis, eu sei. Todo mundo economizando. Quer dizer que você foi obrigada a ganhar o seu sustento?

– Eu não tive permissão, na verdade. Isso é malvisto.

– O que você quer dizer?

– Não é considerado adequado.

Nesse momento, Gussie se aproximou.

– Ah, você já conheceu Georgie? Que bom. Ouvi dizer que os seus parentes também já chegaram para passar uns dias. Você vai visitá-los?

– Parentes? – perguntou Felix.

– O rei e a rainha, meu amigo. Não seja tão tapado. Ela é irmã do Binky.

Felix ficou vermelho de vergonha.

– Ah, entendi agora. Falei besteira, não foi? Falei em economizar e ter que trabalhar para se sustentar...

Eu ri.

– Nós estamos economizando como todo mundo, e eu adoraria trabalhar para ganhar o meu sustento.

– Tem uma garota esplêndida hospedada aqui que está se saindo muito bem com o próprio negócio. Estou muito admirado – disse Felix. – Ah, aí está ela.

Belinda entrou na sala, mergulhada em uma conversa com o anfitrião. Pela maneira informal como se afastaram, minhas suspeitas correram soltas. Ela me viu e veio na minha direção.

– Querida, que surpresa boa! Eu não sabia que você ia fazer parte desse encontro.

– Belinda, o que está fazendo aqui? – perguntei.

– Querida, você já me viu recusar comida de graça? Eu falei que vinha para o campo. Não dá para ficar em Londres quando o tempo esquenta.

– Como é que você consegue conhecer todo mundo? – perguntei.

– Eu me esforço, querida. É uma questão de sobrevivência. Eu morreria de fome com o que estou ganhando no meu ateliê no momento, então preciso ir a lugares onde a comida e o vinho são bons. E, afinal de contas, nós estudamos com Fiona.

– Nós odiávamos ela – sussurrei. – Lembra quando ela tinha acabado de chegar e ficava nos seguindo para todo lado? Você contou histórias horríveis para ela, dizendo que o banheiro do andar de cima era assombrado, para podermos ter um pouco de paz e sossego lá.

Belinda riu.

– Eu me lembro. – Ela olhou ao redor. – É um grupo bem animado, não é? Algumas pessoas que você conhece, incluindo Lunghi Fungy.

– Acabei de saber que ele está noivo de Fiona.

– Foram prometidos um ao outro desde o nascimento, querida. Não vai sair nada dali. Quem conseguiria se casar com alguém que se empolga toda com carneirinhos fofinhos?

– Parece que ela acha que vai sair alguma coisa dali, sim. Até me convidou para ser dama de honra.

– Então talvez Lunghi esteja fazendo a coisa sensata. Afinal, Fiona é filha única e um dia vai herdar tudo isso. E a situação da família de Lunghi é bem precária.

– Os Fotheringays não são uma família tradicional?

– Mas falida, minha querida. O velho perdeu tudo na América na crise de 1929, assim como seu pai. Pelo que ouvi dizer, Lunghi foi para a Índia para trabalhar em uma empresa de comércio como um funcionário comum.

– Entendi.

Fiquei pensando se minha mãe sabia disso. Os instintos dela costumavam funcionar bem. Talvez a juventude e a extrema beleza de Lunghi fossem uma tentação grande demais.

Quando o chá terminou, subimos para trocar de roupa para o jantar. É engraçado como a vida no campo é centrada em uma refeição após a outra. E, no entanto, as pessoas que levam esse tipo de vida parecem não engordar. Talvez seja a caminhada intensa pela fazenda, sem falar das outras atividades vigorosas na propriedade. Deixei Mildred escolher um vestido e as joias para mim e até tentei deixar meu cabelo de acordo com a moda. O resultado não foi ruim. Desci de novo e descobri que as portas francesas da sala de estar ainda estavam abertas e que ainda serviam coquetéis no terraço. Era um fim de tarde agradável. As andorinhas voavam enlouquecidas. Um pavão gritava no bosque ali perto – aquele grito sobrenatural que parece uma soprano sendo assassinada com uma serra. Grupos de hóspedes já estavam reunidos. As três Srtas. Hedley conversavam com a prima Fiona, todas usando vestidos floridos verdes quase idênticos, parecendo uma grande cerca viva. Outro grupo de hóspedes mais jovens, incluindo Gussie e Belinda, estava ali ao lado, fumando e bebendo coquetéis, enquanto o grupo mais velho estava ao redor de lorde Cromer-Strode. Vi a Sra. Simpson afastada, com as mãos nos quadris terrivelmente estreitos, olhando para o parque e parecendo incomodada. Talvez estivesse esperando um parceiro de jantar que acabou ficando preso em Sandringham.

– Ah, aqui está a encantadora jovem lady Georgiana. – Lorde Cromer-Strode veio na minha direção e colocou um braço na minha cintura enquanto me conduzia em direção ao grupo. – Tenho certeza que você conhece os jovens, mas talvez não tenha conhecido o coronel e a Sra. Horsmonden, que acabaram de chegar da Índia, e sir William e lady Stoke-Podges, velhos amigos dos tempos da colônia também.

O braço dele ainda segurava a minha cintura com firmeza enquanto ele dizia isso e, para minha surpresa, os dedos subiram até fazerem contato com a parte inferior do meu seio. Eu não sabia bem como reagir, então dei um passo à frente para apertar a mão das pessoas, me soltando. Um copo de coquetel foi empurrado para mim. Falamos amenidades sobre o bom tempo sazonal e a possibilidade de chuva antes da primeira partida do campeonato de críquete. Lorde Cromer-Strode falou em reunir onze pessoas para jogar no time de críquete do vilarejo e houve uma discussão acalorada sobre quem deveria abrir a partida.

– O jovem Edward tem um olho bom e um taco certeiro – disse Sua Senhoria. – Ah, aí está ele. Eu estava me perguntando aonde você tinha ido, meu jovem.

Edward Fotheringay apareceu no terraço com Hanni. Tinha uma expressão meio culpada. Ela parecia satisfeita. A baronesa Rottenmeister não estava à vista.

– Quer dizer que você encontrou nossa princesa visitante, não é, meu garoto? Que maravilha. Que maravilha. Venham todos, bebam.

Fiona se afastou dos primos e se apressou para cumprimentá-lo.

– Edward, meu queridinho. Você não sabe como eu fiquei triste esperando você o dia todo. Como foi lá em Cambridge? Muito, muito quente e desagradável?

– Foi muito agradável, Fiona, obrigado. Eles estão na semana das provas finais. O lugar parece um velório. Todo mundo estudando, sabe?

Os hóspedes continuaram a chegar, e a maioria era de pessoas mais velhas que eu não conhecia. A baronesa Rottenmeister apareceu, vestindo preto da cabeça aos pés, como sempre, e com uma cara horrível.

– Chamei a princesa, mas ela já tinha descido sem mim – me disse ela. – Você ensinou maus hábitos a ela.

Depois de um tempo, o primeiro gongo do jantar soou.

– Todo mundo sabe quem é seu acompanhante para o jantar?

Lady Cromer-Strode andava agitada ao nosso redor, nos conduzindo para as portas francesas como um cão pastor persistente.

A Sra. Simpson apareceu ao lado dela.

– Parece que meu parceiro de jantar não está aqui, Cordelia. Posso entender que seu marido vai me acompanhar até a mesa?

– Meu marido? – Lady Cromer-Strode pareceu atordoada. – Claro que não, Wallis. Isso não seria correto. Lorde Cromer-Strode acompanha a dama de posição mais alta. E essa seria lady Georgiana, certo?

– Mas a mãe dela era uma mulher comum – disse a Sra. Simpson em voz acintosamente alta.

– Uma atriz famosa, Wallis. Seja justa – murmurou lady Cromer-Strode em resposta. – E o pai dela era primo de primeiro grau do rei. Você não pode desprezar isso.

– Eu também tenho conexões com a realeza – disse a Sra. Simpson com uma voz ofendida.

– É, mas não são oficiais, Wallis. Você sabe muito bem que tudo na Inglaterra é feito de acordo com as regras. Existem protocolos a seguir. Tenho certeza que Sir William Stoke-Podges vai ficar feliz em acompanhá-la, não é, William?

Ela juntou os dois com um empurrão antes de se aproximar de mim.

– Lady Georgiana, acho que talvez você devesse entrar na sala de jantar com o meu marido.

– Ah, não, lady Cromer-Strode. – Dei um sorriso inocente para ela. A Sra. Simpson fez uma pausa, esperando que eu admitisse que ela seria a mulher de posição mais alta. – Sua Alteza, a princesa, é de uma posição mais alta que a minha. Ela é que deve entrar com seu marido.

– Mas claro! Que tolice a minha. Princesa Hannelore, querida, venha cá.

E ela foi buscar Hanni enquanto o coronel Horsmonden virou meu acompanhante.

– E eu? – A baronesa apareceu ao meu lado, ainda muito mal-humorada. – Parece que eu não tenho acompanhante.

– Ai, céus. – Lady Cromer-Strode claramente não a tinha colocado na lista. – Sabe, ninguém nos disse que a princesa ia trazer uma acompanhante. Sinto muito. Vamos ver aqui. Reverendo Withers, posso lhe pedir o favor de acompanhar esta senhora até o jantar? Qual é o seu nome mesmo, querida?

A baronesa ficou quase roxa.

– Baronesa Rottenmeister – respondeu ela.

– E esse é o reverendo Withers. Sua esposa não está aqui, não é, vigário?

– Não, ela foi visitar a família em Skegness.

– Então o senhor pode fazer a gentileza de levar esta senhora para a sala de jantar, não pode?

– Fico encantado, minha querida. – Ele ofereceu o braço a ela.

A baronesa o encarou como se ele mal passasse de um verme na escala evolutiva.

– O senhor tem esposa? E é padre?

– Clérigo da Igreja da Inglaterra, minha querida. Nós temos permissão para casar, sabia?

– Um protestante!

– Somos todos filhos de Deus – disse ele, e a conduziu até a fila.

Fui ocupar meu lugar ao lado do coronel.

– Parece que falta um homem. – Lady Cromer-Strode avaliou a fila de casais. – Quem poderia ser? Quem não está aqui?

Como se ouvisse uma deixa, Darcy O'Mara subiu os degraus que davam no terraço. Ele estava muito lindo de smoking, com o cabelo escuro meio despenteado e os olhos brilhantes. Meu coração deu um pulo quando ele se colocou ao lado de Belinda. O que diabos ele estava fazendo aqui?

Antes que eu pudesse ver se ele ia olhar na minha direção, houve uma agitação entre os hóspedes e o mordomo saiu para anunciar:

– Sua Alteza Real, o príncipe de Gales, milady.

Meu primo David, elegante como só ele conseguia ser, apareceu com aquele ar vistoso.

– Desculpe o atraso, lady C.S. – Ele deu um beijo na bochecha dela, fazendo-a ficar mais agitada ainda. – Fiquei retido em Sandringham, entende? Espero não tê-la atrapalhado. Ah, Wallis, aí está você.

Ele foi direto até ela. Wallis Simpson me lançou um sorriso triunfante ao enfiar o braço no dele e passar por mim para chegar à frente da fila.

Eu mal notei o insulto, porque o que David falou tinha me despertado uma lembrança. Duas grandes iniciais que estavam em uma folha de papel no quarto de Hanni na Rannoch House. C.P., não era? Quem tinha enviado uma folha de papel para ela com apenas duas letras, e o que elas significavam? E por que tinha um grande *X* vermelho cortando essas iniciais na segunda vez que vi o papel?

Vinte e seis

A sala de banquetes estava reluzente com lustres pendurados no teto pintado com querubins. Candelabros com muitos braços estavam dispostos ao longo de uma mesa de mogno que se estendia por todo o comprimento da sala. A luz batia nos talheres de prata e se refletia na superfície perfeitamente polida. Eu estava sentada perto da cabeceira da mesa, entre o coronel Horsmonden e Edward Fotheringay. O príncipe de Gales estava sentado com lorde Cromer-Strode de um lado e Hanni do outro. A Sra. Simpson estava bem na minha frente.

– Ainda sem um acompanhante próprio, não é? – comentou ela. – O tempo está correndo, sabia? Você não vai ter esse viço juvenil para sempre.

– Estou esperando alguém que não pertença oficialmente a outra pessoa – falei e dei um sorriso simpático.

– Você tem uma língua afiada, minha jovem – disse ela e logo voltou a atenção para o príncipe e o lorde Cromer-Strode.

Ao meu lado, ouvi lorde Cromer-Strode contando o que obviamente era uma anedota muito obscena:

– Então o fazendeiro disse: "Esse é o maior par de..."

O fim da frase foi abafado pela risada estridente da Sra. Simpson e pela risadinha do príncipe. Hanni pareceu confusa. Imagino que ela não tenha entendido o duplo sentido, embora o gesto de lorde C.S. tenha sido muito claro para mim. Mas, observando melhor, vi que a atenção de Hanni não estava voltada para as pessoas mais próximas. Na verdade, ela estava ocupada lançando olhares de flerte primeiro para Edward e depois para Darcy.

Pensei de novo naquelas cartas esquisitas. Será que eram uma ameaça?

Se fossem, por que ela não compartilhou seu temor comigo? Quem sabia que ela estava em Londres e onde estava hospedada?

A refeição começou com bisque de lagosta e foi ficando cada vez melhor. O coronel Horsmonden começou a falar da vida na Índia – caça a tigres, palácios de marajás, rebeliões nos bazares, cada história relatada de maneira tão tediosa como só um velho coronel consegue, ainda mais quando as salpicava com nomes de pessoas das quais eu nunca tinha ouvido falar.

No espírito de autopreservação, mencionei que Edward também tinha acabado de voltar da Índia e, de repente, os dois estavam conversando comigo no meio.

– Estou surpreso por nunca termos nos conhecido, meu rapaz – disse o coronel. – Achei que eu conhecia todos que estavam lá no serviço militar.

– Ah, mas eu não estava no serviço militar – disse Edward. – Eu estava no comércio, senhor. Importação e exportação.

– Em que lugar?

– Em vários. Eu nunca ficava em um lugar por muito tempo, entende? E também fiz um pouco de alpinismo no Himalaia.

– É mesmo? Por Deus! Então você deve conhecer o velho Beagle Bailey. Você já escalou com o velho Beagle Bailey?

– Acho que não, senhor.

– Você não conhece o velho Beagle? Ele é uma entidade no Himalaia. Totalmente maluco, é claro. Com quem você escalou, então?

– Ah, com uns colegas de Cambridge.

– E onde vocês conseguiram xerpas?

– Nós não usamos xerpas.

– Não usaram? Como vocês conseguiram? Ninguém escala sem xerpas. É muita tolice. Eles conhecem o país como a palma da mão.

– Só fizemos umas escaladas simples – disse Edward rapidamente. – Só nos fins de semana. Um pouco de diversão, sabe?

– Não é muito divertido pegar uma tempestade no Himalaia – argumentou o coronel Horsmonden. – Eu me lembro de uma vez que estávamos na Caxemira. Escalando uma geleira em Nanga Parbat. Você conheceu Nanga Parbat? Uma bela montanha. Em dez minutos, uma tempestade caiu e quase fomos arremessados ladeira abaixo.

Eles continuaram conversando. Eu estava consciente dos olhos de Hanni se alternando entre Edward e Darcy, que estava comendo sem nenhuma preocupação. O príncipe de Gales conversava com lorde Cromer-Strode, mas seus olhos estavam grudados em Wallis Simpson. Tão grudados que seria impossível ele ser cativado por Hanni, apesar da sensualidade mais inocentemente voluptuosa possível. Mas Lorde Cromer-Strode estava com certeza consciente desses encantos. Ele ficava se virando para alisar a mão dela, acariciar o braço e, imagino, pegar no joelho por baixo da mesa, a julgar pelo tempo em que apenas uma das mãos ficava visível. Hanni não parecia se opor ao que for que eles estivessem fazendo.

Gussie também conversava tranquilo enquanto comia, divertindo as garotas americanas com histórias de internatos ingleses e fazendo-as gargalhar.

Meus pensamentos se desgarraram do presente e se voltaram para os eventos da semana anterior. Se Gussie estava mesmo fornecendo cocaína para os amigos, e se Tubby e Sidney Roberts de alguma forma tinham caído em desgraça com ele, como ele conseguia estar sentado ali como se nada tivesse acontecido? Com certeza essa tinha sido uma ideia estúpida da minha parte. Gussie era um daqueles jovens amáveis e não muito brilhantes com quem eu tinha dançado na minha temporada. Eu podia imaginá-lo experimentando drogas, até vendendo para os amigos, mas não matando alguém. Não fazia o menor sentido.

O jantar terminou e lady Cromer-Strode conduziu as mulheres para a sala de estar enquanto os homens acendiam charutos e serviam o vinho do Porto. A Sra. Simpson ficou com a melhor poltrona e Belinda começou a conversar com as garotas americanas. Estava óbvio que a baronesa e Hanni tinham discutido. Ouvi a baronesa dizer em inglês:

– É um insulto imperdoável! Amanhã de manhã eu vou telefonar para o seu pai.

Em seguida, ela foi para o outro lado da sala e se sentou longe do resto do grupo.

Fui até as portas francesas abertas. O aroma de rosas e madressilvas vinha flutuando dos jardins. A lua cheia se refletia no lago. Uma noite perfeita para romance, e o homem com quem eu queria passear ao luar estava na sala ao lado, só que não demonstrava nenhum interesse por mim. Talvez a Sra. Simpson não estivesse errada. Algumas pessoas simplesmente não sabem flertar com naturalidade. Talvez a minha mãe pudesse me dar algumas dicas, mas eu duvidava. Ela exalava sexualidade. Saía naturalmente pelos poros dela. Eu tinha herdado o sangue da rainha Vitória, que não se divertia com facilidade e, apesar de ter gerado muitos filhos, nunca poderia ser considerada sexy.

Hanni veio para o meu lado.

– Está muito bacana, *ja*? – disse ela. – Darcy está aqui. E Edward também. Não consigo decidir de qual eu gosto mais. Eles são charmosos e sexy, você não acha?

– Os dois são bonitos – respondi –, mas um deles está noivo da Fiona.

Hanni sorriu.

– Acho que ele não a ama muito. Durante o jantar, ele me olhou e piscou para mim. Isso deve significar que ele gosta de mim, não é?

– Hanni, você precisa se comportar. Somos hóspedes da família de Fiona.

– Que pena. – Ela fez uma pausa. – O pai dela também é muito simpático. Mas ele beliscou meu traseiro na fila do jantar. Esse é um velho costume inglês?

– Claro que não! – respondi.

– E na nossa caminhada ele me perguntou se eu gostava de rolar no feno. Feno é o que as pessoas dão para os animais comerem, não é? Por que eu ia querer rolar no feno?

– Acho que lorde Cromer-Strode é um pouco simpático demais. Tome cuidado quando estiver sozinha com ele. E mais ainda se ele sugerir rolar no feno.

– Por quê? Isso é ruim?

– Não é o tipo de coisa que princesas fazem.

Mais uma vez eu me vi olhando pela sala, imaginando quem tinha estado com ele nos arbustos mais cedo. Belinda me viu olhando para ela e me chamou.

– Quer dizer que Darcy O'Mara está aqui – disse ela. – Você acha que ele recebeu um convite oficial ou está de penetra de novo?

– Lady Cromer-Strode parecia estar esperando por ele. – Tentei parecer desinteressada.

– Queria saber o que ele está fazendo aqui. Essas pessoas com certeza não são o grupo normal dele. Eu nem sabia que ele conhecia os Cromer-Strodes. Isso só pode significar uma coisa. – Ela me deu um sorriso sagaz. – Você sabe: ele ainda está interessado em você.

– Acho que não fui eu que motivei a vinda dele – falei enquanto observava os homens entrarem na sala em que estávamos em meio a nuvens de fumaça vagarosas. Hanni levantou o olhar com expectativa, depois se virou e caminhou deliberadamente para o terraço. Edward ia segui-la, mas pensou melhor. Darcy me lançou um olhar que não consegui interpretar, depois a seguiu. Fiquei observando os dois se afastando, tentando não deixar meu rosto revelar nenhuma emoção.

– Talvez eu devesse ir atrás deles – falei para Belinda.

– Você não devia correr atrás dele – respondeu Belinda. – Não é muito sensato.

– Não por mim – expliquei. – Por Hanni. Eu devia ficar de olho nela, e ela está muito ansiosa para ter experiências sexuais. E tenho certeza que Darcy está bastante propenso a fazer esse favor a ela.

– Provavelmente – concordou Belinda. – Nenhum homem recusaria o que aquela senhorita inocente está oferecendo de maneira tão óbvia, e Darcy tem o sangue mais quente do que a maioria dos homens.

Suspirei.

– Eu destruí as minhas chances com ele, não é? Se eu não tivesse sido tão correta e seguido a minha moral estúpida, ele não teria desistido.

– Você não pode mudar quem você é – disse Belinda. – Toda essa história de honra familiar incutida em você… você se sentiria péssima se tivesse ido para a cama com Darcy e ele tivesse terminado com você do mesmo jeito.

– Eu me sinto bastante péssima agora – comentei. – Sei que ele não é nem um pouco apropriado para mim, mas não consigo impedir o que eu sinto por ele.

– Ninguém consegue escolher quando e onde se apaixonar. Simplesmente acontece. Você vê alguém e…

Ela parou, olhando para o outro lado da sala. Edward Fotheringay estava cercado por Fiona e as primas americanas, que davam risadinhas a cada palavra dele, e ele estava encarando Belinda.

– Está um pouco quente aqui, não acha? – disse ela casualmente, colocando a mão na nuca em um gesto bem sugestivo. – Acho que eu também vou dar uma volta no terraço.

E ela seguiu com graciosidade em direção às portas francesas. Depois de um minuto, mais ou menos, Edward foi atrás. Então era assim que as pessoas faziam. Parecia tão fácil. Mas, se eu tentasse, provavelmente ia tropeçar no batente da porta ou cair do balcão.

Vinte e sete

Fiquei ali sozinha, observando o príncipe de Gales indo em direção à Sra. Simpson, que estava batendo no braço da poltrona, chamando-o como se ele fosse um cachorrinho de estimação. Os homens mais velhos se aglomeraram ao redor da garrafa de conhaque e murmuraram alguma coisa sobre jogar bilhar. As mulheres mais velhas estavam sentadas juntas no sofá e fofocavam.

– Você está muito distraída hoje. – Uma voz ao meu lado me fez pular. Gussie sorriu para mim. – Uma moeda pelos seus pensamentos.

– Estou bem pobre no momento – respondi. – Posso compartilhá-los por meia coroa.

Ele riu.

– Que bagatela.

– Puro desespero, posso garantir. É difícil viver em Londres sem nenhum tostão.

– É, imagino que seja.

Tinha acabado de me ocorrer que era a oportunidade ideal para arrancar informações dele.

– Deve ser maravilhoso ser que nem você e poder dar festas animadas e morar naquele apartamento lindo – comentei.

Tive a impressão de que ele fez uma careta rápida.

– Não sei mais se gosto tanto assim do apartamento. Pelo menos desde que o velho Tubby caiu da sacada. Ainda não consegui superar. Fico pensando se eu podia ter feito alguma coisa para salvá-lo, além de ter reforçado a amurada, claro.

– Eu me sinto do mesmo jeito – falei. – Foi como assistir a um filme, não foi? Não parecia real.

– Me senti assim também. Parecia estar vendo algo em câmera lenta.

Fiz que sim com a cabeça.

– Hum... – disse ele depois de uma pausa. – Você quer dar uma volta no jardim? A noite está linda. Lua cheia...

– Obrigada – respondi. – Seria ótimo.

Ele pegou o meu braço e me guiou para o terraço. Percebi Darcy e Hanni parados juntos perto um do outro a poucos metros das portas francesas. Ela o olhava com adoração. Lá dentro, alguém começou a tocar *Clair de Lune* no piano. Não havia nenhum sinal de Belinda nem de Edward.

– A noite está maravilhosa, não é? – disse Gussie. – Muito aprazível, tranquila.

– É, é uma bela noite.

Enfiei minha mão no braço de Gussie e o conduzi pelos degraus do terraço. Meu coração estava acelerado. Estávamos entrando em território desconhecido. Eu não sabia bem onde o flerte acabava e a sedução começava. Eu me virei para Gussie e dei um sorrisinho encorajador.

– Eu estava esperando que alguém me levasse para um passeio ao luar – falei. – É tão romântico, não é?

– É, acho que sim. Mas não achei que você estivesse interessada, sabia?

– Por quê?

– Bem, porque, quero dizer, você é irmã de Binky. Mas você é uma garota incrível, Georgie. Nem um pouco feia também. Na verdade, não consigo entender por que nenhum sujeito se interessou por você até agora. Você daria uma esposa esplêndida. Teve uma boa educação. É confiável.

– Você está falando de mim como se eu fosse um cachorro – falei. – Segura, confiável. Que tal afetuosa e sexy?

Ele deu uma risada nervosa.

– Que é isso, Georgie! Você é irmã de Binky.

– E também sou uma mulher. – Eu quase ri quando falei isso. Que frase idiota.

– É, você é. – Ele caiu na minha conversa. Ficou me olhando de um jeito estranho e especulativo.

Estávamos sozinhos no gramado escuro, só iluminado pela lua. Dava para ouvir o barulho da fonte e os tons distantes da música. Eu me virei para encará-lo.

– Então, você não vai me beijar?

– Ora essa, vou, sim.

Os lábios dele vieram em direção aos meus. Estavam surpreendentemente frios e úmidos. Era como beijar um bacalhau. Quando beijei Darcy, eu não estava consciente de lábios nem de línguas nem de nada. Só daquela sensação maravilhosa de formigamento, de desejo crescente, de me derreter nele. Agora eu tinha perfeita consciência de tudo que Gussie estava fazendo ou tentando fazer: a língua grande e frouxa, para começar. E as mãos dele, que desciam pelas minhas costas por dentro do vestido para abrir meu sutiã. Mas continuei de olhos fechados e fingi que estava em êxtase, soltando uns gemidinhos de prazer de vez em quando.

Isso pareceu estimulá-lo. A respiração dele ficou mais ruidosa. Ele tentou enfiar a mão por baixo do meu braço e pegar os meus seios. Depois ele meio que me arrastou para um banco de pedra ali perto. Nós sentamos juntos. Uma das mãos deslizou por dentro da gola do meu vestido e acariciou meu seio direito como se ele estivesse examinando uma laranja madura. Então a outra mão começou a deslizar por baixo da minha saia até chegar entre as minhas pernas.

A essa altura fiquei um pouco assustada e confusa. Até onde eu queria que isso fosse? Não era um bom momento para parar? Gussie estava ofegando como uma máquina a vapor e lutando contra a minha calcinha. De repente me ocorreu que eu não queria perder a virgindade com Gussie Gormsley. Se eu tinha resistido a Darcy quando o desejava com todo o meu ser, seria muito hipócrita ceder com tanta facilidade a alguém que eu não queria.

Gussie agora estava abaixando a minha calcinha.

Outros pensamentos surgiram na minha mente: havia rumores de que a mulher sangrava na primeira vez. Na verdade, lençóis ensanguentados eram retirados do quarto como prova de que o ato tinha sido realizado. O que diabos as pessoas pensariam se eu voltasse para a sala de visitas cambaleando ensanguentada e desgrenhada? Meu primo, o príncipe, e a Sra. Simpson estavam lá. A notícia podia chegar até Sua Majestade.

Gussie estava se atrapalhando para abrir o cinto. Ele enfiou a mão na calça e tirou algo que não consegui ver direito, mas depois pegou a minha mão e colocou sobre a coisa. Eu recuei, horrorizada. A coisa se contraía e tinha vida própria. Eu me lembrei de uma salamandra que tivemos quando éramos crianças.

– Desculpe – falei, tentando me afastar –, mas é melhor eu voltar lá para dentro. Eles vão me procurar.

Gussie ainda estava ofegando.

– Você não pode me deixar assim, Georgie – disse ele, levantando a minha saia com gestos frenéticos. – Você não pode encorajar um homem e daí querer parar. Preciso da boa e velha fornicação. Agora seja uma boa menina e me deixe terminar.

Ele me empurrou para trás de um jeito bruto até eu ficar deitada na pedra fria do banco. Até então eu não tinha percebido como ele era forte e o quanto estávamos distantes da casa. Ele começou a me beijar de novo, deitando em cima de mim com todo o peso do corpo.

De repente isso já não parecia tão divertido. Eu não queria ser igual a Belinda. Não queria me transformar na minha mãe. Balancei a cabeça e me desvencilhei dele.

– Eu disse não, Gussie.

Tentei empurrá-lo para longe de mim. Ele estava com dificuldade para conseguir levantar a minha saia. Graças aos céus pelo excesso de tecido e algumas camadas de anágua! Tentei levantar o joelho, mas ele era muito persistente.

– Eu disse para você me soltar.

Empurrei, me contorci e me virei ao mesmo tempo, e nós dois saímos rolando do banco e caímos na grama úmida. Tentei me levantar, mas Gussie quis me puxar de volta para baixo.

– O que está acontecendo aqui? – vociferou um homem. – Deve ter algum bicho nos arbustos. Vou pegar a minha arma!

Gussie se esforçou para ficar de pé e foi embora sem me esperar. Eu me levantei e estava me espanando quando percebi que a voz era de Darcy.

– Ele parecia um cachorro fugindo, não acha? – disse Darcy com uma voz satisfeita.

– O que está fazendo aqui? – indaguei.

– Eu só estava esticando as pernas. A noite está perfeita para uma caminhada. Mas, mais importante, o que *você* estava fazendo?

– Não é da sua conta.

– Não me diga que estava gostando.

– Mais uma vez, o que eu faço não é da sua conta.

– Mas é que um mês atrás, mais ou menos, você me deu um longo sermão sobre não querer ser igual à sua mãe e se guardar para o homem certo e na hora certa. Por favor, não me diga que você acha Gussie Gormsley mais irresistível e atraente do que eu. Senão, eu vou atrás da minha arma para me dar um tiro.

– Eu não pretendia deixar Gussie...

– Entendi. Mas não foi isso que pareceu para quem estava de fora.

Ele começou a andar ao meu lado de volta para a casa.

– De qualquer maneira, eu posso cuidar muito bem de mim mesma – falei. – Você sempre parece surgir do nada e agir como se estivesse me salvando. Mas não precisa fazer isso.

– É um prazer, Vossa Senhoria.

– Não me deixe afastá-lo nem mais um segundo da encantadora princesa Hanni. Quem sabe? Talvez você acabe em um castelo de conto de fadas e tenha que aprender o passo de ganso.

Ele chegou a sorrir ao ouvir isso.

– É, é difícil resistir quando uma mulher literalmente se joga em cima de você – disse ele.

– Tenho certeza que é. Ela acabou de sair do convento. Está determinada a descobrir o que perdeu esse tempo todo.

– Nem me fale. – Ele sorriu de novo.

– E sem dúvida você vai ficar encantado em mostrar a ela.

– Afinal de contas, sou só humano. É meio difícil para um rapaz dizer não a um corpo quente.

– Acho que ela ainda está esperando por você. – Comecei a andar na frente dele.

Ele me alcançou e segurou o meu braço. Por um instante achei que ele fosse me abraçar, mas ele disse:

– Você não pode entrar desse jeito.

– Que jeito?

– Bem, para começar, você está cheia de grama nas costas e, além disso, dá para ver sua anágua escapando de baixo do vestido. Ah, sim, entendi. Seu sutiã se abriu sozinho por milagre. Permita-me...

– Claro que não! – exclamei. – Eu dou um jeito.

– Você não pode entrar lá com a roupa de baixo aparecendo. Fique parada. – Estremeci sem querer com o toque das mãos quentes nas minhas costas. – Pronto. Quase respeitável de novo.

A mão dele ficou parada no meu ombro nu.

– Obrigada.

Comecei a me afastar dele.

– Georgie – disse ele baixinho, com a mão ainda no meu ombro. – Quando eu desapareci de Londres, foi porque eu tive que ir embora às pressas.

– Fugindo da lei? – perguntei.

– Eu tive que ir para a Irlanda. Ouvi dizer que meu pai estava vendendo a propriedade para americanos. Corri para casa para tentar fazê-lo mudar de ideia. Era tarde demais. O negócio já tinha sido fechado.

– Sinto muito.

– Acho que era inevitável. Ele estava precisando de dinheiro e eles fizeram uma oferta que meu pai não pôde recusar. E a única coisa boa é que eles querem ressuscitar o estábulo com cavalos de corrida. E vão manter meu pai como treinador, conselheiro e faz-tudo. Ele vai morar na guarita. – Percebi que ele estremeceu, como se sentisse dor. – Ainda bem que ele não conseguiu vender o título também, senão eu seria um mero Sr. O'Mara pelo resto da vida.

– Sinto muito mesmo, Darcy – falei.

– Bem, não tem nada que eu possa fazer, mas agora eu realmente não tenho mais uma casa. Eu com certeza não vou ficar na guarita vendo um milionário do Texas morando na casa da minha família.

– Darcy, cadê você? – A voz de Hanni veio flutuando na nossa direção.

– Sua amada está esperando – falei quando Hanni apareceu na escuridão.

– Georgie... aquela mulher com quem você me viu no Savoy...

– Você não precisa explicar suas amizades femininas para mim, Darcy.

Por algum motivo, senti que eu ia chorar. Eu só queria escapar para a segurança do meu quarto.

– Ela não era uma amiga. Era minha irmã, Bridget. Ela se sentiu igual a mim em relação a perder a casa. Estávamos nos consolando.

Antes que eu pudesse dizer alguma coisa, Hanni viu Darcy e veio correndo na nossa direção.

– Darcy, para onde você foi? Eu perdi você de vista – reclamou ela.

– Eu só estava fazendo uma boa ação – disse Darcy. – Eu fui escoteiro, sabia? Milady.

Ele fez uma leve reverência, virou-se para Hanni e se deixou levar pela mão, me largando sozinha sob o luar.

Tentei voltar para a sala de visitas sem que ninguém percebesse. Eu não tinha ideia se Gussie tinha aparecido antes de mim e qual era o estado dele. Eu esperava que todos os olhos se voltassem para mim, mas a cena na sala estava exatamente como eu a tinha deixado: o príncipe sentado obedientemente no braço da poltrona da Sra. Simpson, olhando para ela como se fosse a única pessoa no cômodo; e as outras mulheres ainda tagarelavam bem próximas. Ouvi uma delas dizer:

– Isso não pode ser verdade. Onde foi que você ouviu isso?

– Alguém quer jogar bilhar? – perguntou lorde Cromer-Strode. – Coronel? Cadê o Edward? Onde foi que esse garoto se meteu?

Fiona olhava para as portas francesas, impassível.

– Ele foi dar uma volta. Está muito quente aqui dentro – disse ela.

– Que tal uíste? – Lady Cromer-Strode sentiu a tensão no ambiente. – Alguém quer jogar uíste ou bridge, ou talvez vinte-e-um?

Enquanto as mesas estavam sendo arrumadas, aproveitei a oportunidade para me esgueirar até meu quarto. Quando cheguei lá, fiquei olhando para a escuridão pela janela aberta, tentando entender o que tinha acabado de acontecer. Como eu podia ter sido tão idiota a ponto de encorajar Gussie? E por que Darcy se deu ao trabalho de me explicar suas ações, só para correr atrás de Hanni de novo? Nada nos homens fazia sentido. Por que tínhamos perdido tempo na escola com aulas de comportamento, francês e piano quando eles deveriam nos ensinar a entender o comportamento masculino? Talvez isso fosse além da compreensão.

A risada de uma mulher veio flutuando pelos gramados, fazendo minha imaginação correr solta mais uma vez. *Quanto tempo a rainha espera que eu fique aqui?*, pensei. Será que eu já poderia concluir que Hanni estava bem acomodada e fugir de volta para Londres? Naquele momento, eu queria estar sentada na pequena cozinha do meu avô enquanto ele me fazia uma xícara de chá bem forte.

"Esqueça todos eles, meu amor", diria ele. "Eles não valem nem um tostão furado."

– Milady, me desculpe – disse uma voz atrás de mim.

Dei um pulo. Era Mildred, claro. Eu tinha me esquecido completamente dela de novo. O que havia nela que a tornava tão esquecível? Quem sabe era o meu desejo de que ela não existisse. Ela entrou correndo no quarto, parecendo confusa e envergonhada.

– Eu não achei que milady ia querer se recolher tão cedo – cantarolou ela. – Pensei que os jovens ainda estivessem lá embaixo. Percebi que havia música no gramofone e dança, então achei que...

– Tudo bem, Mildred – falei. – Não posso querer que você fique em alerta esperando por mim o tempo todo.

– Ah, pode, sim, milady, e deve. De que serve uma criada se ela não estiver disponível e pronta para o serviço o tempo todo? Eu estava tendo uma boa conversa com a criada pessoal de lady Cromer-Strode. Conhecemos tantas pessoas em comum, sabe, mas um lacaio entrou no salão dos serviçais e disse que tinha visto milady subindo a escada. Meu coração quase parou. – Ela levou a mão ao peito de uma maneira dramática. – Eu corri escada acima na velocidade que as minhas pernas conseguiram alcançar. Por favor, diga que me perdoa.

– Claro que eu perdoo, Mildred. Agora, se quiser, pode voltar para o salão dos serviçais e continuar a sua boa conversa.

– Milady não está se sentindo bem? Posso pedir para trazerem um pouco de leite quente? Um caldo de carne? Uma limonada gelada?

– Estou muito bem, obrigada. Só estou cansada e gostaria de ficar sozinha.

– Então deixe-me ajudá-la a tirar as roupas e se preparar para dormir.

– Não, obrigada. – Soltei as palavras com mais violência do que pretendia, lembrando do sutiã aberto e das manchas de grama. Mildred não ia comentar na hora. As criadas não fazem isso. Mas ela ia notar e fofocar. – Prefiro ficar sozinha hoje à noite, obrigada, Mildred. Por favor, me deixe.

Foi o mais próximo que eu cheguei de falar como a minha bisavó, imperatriz de tudo que conquistou. Gerou um efeito imediato. Mildred fez uma reverência e saiu do quarto. Muito satisfatório. Na verdade, a única coisa satisfatória em um dia longo e enervante. Eu me despi, me sentindo quente de vergonha enquanto lutava para tirar o sutiã, e notei que meu vestido estava amassado. O que Mildred ia pensar?

Eu me deitei na cama, me sentindo muito sozinha e vazia. Darcy estava com outra mulher naquele momento. Ele viera me salvar, mas só porque tinha pena de mim. Fiquei deitada por muito tempo, vendo a luz do luar entrar pelas janelas compridas. Ela brilhava sobre um quadro na parede oposta. Era uma pintura dos Alpes e me lembrou da minha feliz época de escola na Suíça. E eu ainda consegui reconhecer as montanhas.

– Jungfrau, Mönch, Eiger – murmurei para mim mesma e me senti reconfortada por ter uma paisagem familiar na minha frente.

De repente, uma coisa despertou meu raciocínio. Ouvi a voz de Hanni dizendo alguma coisa sobre suas amadas montanhas da Baviera.

– O Zugspitze e o Jungfrau – dissera ela.

Só que o Jungfrau ficava na Suíça!

Vinte e oito

Dippings, Norfolk
Domingo, 19 de junho de 1932

Acordei com o sol da manhã entrando pela janela e um coro de pássaros que era quase ensurdecedor. Uma brisa fresca e suave entrava pelas janelas abertas. Eu não sentia mais sono, então me levantei. Faltavam horas para o café da manhã e mais ou menos uma hora até Mildred trazer a bandeja de chá. Decidi dar uma caminhada. Desci a escadaria principal na ponta dos pés e saí sem encontrar ninguém. O gramado brilhava com as gotas de orvalho. As roseiras tinham teias de aranha nas quais as gotas de orvalho também cintilavam como diamantes. Uma névoa baixa pairava sobre o laguinho ornamental. Quando comecei a andar, passei a me sentir melhor. Eu tinha ficado confinada em Londres por tempo demais. Afinal, eu era uma garota do campo. Meus ancestrais tinham vagado pelas Terras Altas escocesas. Saí caminhando, balançando os braços, e comecei a cantarolar uma melodia. Em pouco tempo, essa confusão toda com Hanni seria só um pesadelo. Ela estaria de volta à Alemanha, partindo vários corações. Eu estaria de volta à Rannoch House. Poderia até voltar para a Escócia antes de ser convocada para ir a Balmoral. Eu ia montar meu cavalo todos os dias, evitar Fig e visitar minha ex-babá.

Atravessei o gramado e entrei na sombra de algumas árvores. De repente, eu congelei. Alguém se movia no meio dos arbustos de rododendros. Pensei logo que fosse Sua Senhoria fazendo mais uma de suas travessuras, mas nem alguém lascivo como ele poderia estar fazendo aquilo às seis da manhã. Tive um vislumbre de uma figura toda de preto. Pelo menos a pessoa estava toda vestida, quem quer que fosse. Isso deveria ter sido um alívio, mas a forma como ela estava se escondendo me deixou desconfiada no mesmo instante. Será que era um caçador ilegal? Talvez fosse melhor revelar minha presença para não assustar a pessoa.

Tossi alto. O efeito foi instantâneo. A figura se virou, e eu fiquei surpresa ao ver que era Irmgardt, a criada de Hanni.

– Irmgardt, o que diabos você está fazendo? – perguntei antes de me lembrar que ela não falava nada de inglês.

– *Die Prinzessin* – disse ela – *macht Spaziergang.*

Consegui entender a frase em alemão. A princesa saiu para caminhar.

– Cadê ela? – perguntei. – *Wo?*

Antes que ela pudesse responder, vi alguém andando no meio das samambaias e Hanni apareceu, com as bochechas coradas e parecendo ridiculamente saudável.

– Ah, Georgie, você também está acordada. Que dia lindo, não? Os pássaros fizeram tanto barulho que não consegui mais dormir, então vim passear. Em casa andamos muito, subindo montanhas. Aqui não tem montanhas – acrescentou ela com pesar, depois olhou para Irmgardt, que ainda nos seguia. – Mas minha criada não me permite sair sozinha. Volte, Irmgardt. Eu não preciso de você. – Ela repetiu isso em alemão, enxotando-a como um pato ou uma galinha. Irmgardt recuou com relutância. – A coroa faz ela me seguir – murmurou Hanni para mim. – Ela não confia mais em mim para sair sozinha. Agora estou com duas malas.

Nesse momento, ouvimos o ruído de cascos, e Edward Fotheringay veio cavalgando um lindo cavalo baio na nossa direção.

– Bom dia, senhoritas – disse ele, freando a montaria. – Que belo dia, não é? Acabei de dar uma boa galopada. O velho Cromer-Strode tem um ótimo estábulo. Aonde as duas estão indo?

– Nós duas acordamos cedo e estamos dando um passeio – respondi.

– Por que não vêm cavalgar comigo? – disse Edward. – Posso escolher umas montarias enquanto vocês vão se trocar.

Eu bem que estava morrendo de vontade de cavalgar de novo, mas Hanni disse:

– Eu não gosto de andar a cavalo. Não gosto que roupas fiquem fedendo a suor de cavalo. Mas eu gostaria de dar uma volta no seu carro novo, como garotas americanas. Isso seria muito bacana. Eu nunca saí sozinha de carro com um homem.

– Ah, que ótimo – disse Edward. – Fico muito feliz de testar minha nova máquina com uma garota bonita. Só preciso de uns minutos para levar o cavalo de volta e trocar de roupa e podemos partir.

Ele incitou o cavalo, nos deixando sozinhas para caminhar juntas de volta para casa.

– A baronesa não vai gostar disso, Hanni – falei. – Ela não vai deixar você entrar desacompanhada no carro de um rapaz.

– Eu não me importo com o que ela pensa ou diz. – Hanni jogou a cabeça para trás com rebeldia. – Ela está aqui como minha acompanhante, não como minha mãe. Além do mais, eu não quero ficar com baronesa. Ela está de mau humor.

– Por quê?

– Diz que está sendo tratada como uma criada aqui. A posição dela é mais alta que a deles, mas eles fazem ela ficar no fim da fila e sentar com pessoas que não são importantes, como um padre mal casado.

– Acho que eles não sabem quem ela é – falei. – Devem achar que ela é só sua acompanhante.

– Ela diz que eu tenho que contar a eles e exigir que ela seja tratada com respeito – disse Hanni. – Mas eu não quero fazer isso. É grosseiro, você não acha? Não é culpa minha ela ser velha e feia.

– Hanni, você realmente não deve falar assim, nem quando estamos sozinhas. Você é da realeza. Tudo que você diz é público, você sabe disso.

– Eu sei que você não vai contar a ninguém porque você é minha comparsa.

– Mas eu não posso deixar você sair sozinha com um rapaz – falei.

– Você pode ir conosco. Pode me vigiar.

Será que eu queria mesmo ver Hanni e Edward flertando um com o outro e, mais importante, será que eles iam me querer sentada no banco de trás de olho neles? Mas aí me ocorreu: eu devia estar fazendo uma investigação. Na verdade, era muito importante que eu começasse com isso o mais rápido possível. Em algum momento da semana seguinte haveria um inquérito sobre a morte de Sidney Roberts. Nosso envolvimento nessa morte iria a público. Isso causaria um escândalo na realeza, a Alemanha reagiria com horror, mensagens diplomáticas voariam pelo canal da Mancha e, se tivéssemos muito azar, uma nova guerra mundial eclodiria. Eu não podia recusar uma oportunidade tão perfeita para interrogar Edward longe da agitação de Dippings.

– Está bem – concordei –, vou fazer papel de vela.

– Papel de vela?

– Outro termo inglês esquisito – respondi.

– Inglês é uma língua muito boba – disse Hanni.

Tive que concordar com ela.

EDWARD NÃO PARECEU SE IMPORTAR MUITO COM a minha presença.

– Quanto mais gente, melhor – disse ele. – Para onde querem ir? Algum lugar específico? Podemos ficar passeando o dia todo.

Uma ideia brilhante me ocorreu: Cambridge! Afinal, parecia ser o único elo entre Edward, Gussie e Sidney Roberts. Não sei como eu ia conseguir encontrar alguma pista lá – não haveria nenhum bilhete nos mosteiros dizendo: *Me encontre no rio. A remessa de drogas chega ao amanhecer*, mas seria interessante observar Edward em seu antigo habitat.

– Acho que a princesa vai gostar de conhecer Cambridge – sugeri. – Se não for muito longe.

– De jeito nenhum. Sempre fico feliz de mostrar minha antiga faculdade – disse Edward, sorrindo para Hanni.

Fizemos nossa fuga de Dippings antes que todo mundo levantasse. O mordomo gentilmente providenciou um chá com torradas para não partirmos de estômago vazio, e o cozinheiro fez um cesto de piquenique às pressas para a viagem. Tudo muito civilizado, e parecia que teríamos um dia alegre pela frente – isso se não pensássemos no pobre Sidney Roberts. Hanni parecia ter se esquecido dele por completo. O nome dele não surgiu na conversa nem uma vez. Ela também não parecia ter nenhuma preocupação com o inquérito iminente e a atenção pública que ele ia gerar. Talvez ela quisesse estar no centro das atenções. Isso combinava bem com a personalidade dela. Hanni se sentou no banco da frente do elegante carro esportivo de Edward, olhando para ele de vez em quando com um prazer evidente por finalmente estar (quase) sozinha em um carro com um rapaz.

– Aposto que a baronesa não ficou muito satisfeita com isso – disse Edward, e se virou para ela com um sorriso malicioso.

– Eu não acordei ela – disse Hanni. – Ela não gosta de acordar muito cedo. Irmgardt vai contar a ela para onde eu fui.

– Você vai ser mandada de volta direto para o convento quando chegar em casa – brincou Edward.

– Tem uma dama inglesa de verdade, parente do rei, no banco de trás – disse Hanni. – Ela vai fazer você se comportar bem.

– Ah, mas e você? – Mais uma vez, o sorriso de Edward era sedutor. – Ela consegue manter o controle sobre você? Não é uma tarefa fácil, devo dizer. – Ele olhou para mim e piscou.

Eu também sorri.

– Estou muito empolgada para conhecer Cambridge – falei. – Nunca estive lá.

– Nunca foi a Cambridge? Então sua vida não está completa. É a cidade mais bonita da Inglaterra. Muito melhor que Oxford, claro, que não passa de uma cidade agitada do interior.

– Estou percebendo um preconceito aí.

Ele riu. Ele tinha uma risada charmosa. Dava para entender por que as garotas se sentiam atraídas por ele. Eu também me sentia um pouco, mas, como estava claro que eu era a quarta na fila, depois de Fiona, Belinda e Hanni, sem contar a minha mãe, não fazia sentido insistir nisso. Fiquei pensando em Edward e Fiona. Será que ele sabia que estava noivo dela ou era uma daquelas coisas que as famílias combinam no nascimento dos filhos? Dava para ver como ele olhava para Hanni, e eu também o tinha visto seguir Belinda até o jardim na noite anterior. Os homens que seguiam Belinda só tinham uma coisa em mente.

A viagem de oitenta quilômetros por alamedas arborizadas foi deliciosa. A luz do sol entre as árvores, o arrulhar dos pombos, o som de um cuco e o vento no meu cabelo no banco de trás do carro aberto. Hanni e Edward conversavam de tempos em tempos, mas, conforme ganhávamos velocidade, por estar no banco de trás, eu não consegui mais participar da conversa, e isso me deu tempo para pensar. O que Sidney Roberts devia estar fazendo naquela festa? Era óbvio que ele estava deslocado tanto pela diferença de classe quanto pelas ideologias. Comunistas dedicados não costumam frequentar festas em que os filhos e filhas da classe alta decadente se refestelam com coquetéis e cocaína – a menos que ele tivesse ido para nos converter, mas ele não parecia estar fazendo isso. Deu a impressão de estar distante e pouco à vontade, espreitando na sacada.

Repassei a cena da sacada na minha mente, mas Sidney não tinha dado nenhuma pista do motivo para estar lá – a menos que, como muitos membros das classes mais baixas, ele estivesse lisonjeado por ter sido convidado. Ou, como Darcy, ele simplesmente quisesse beber e comer bem. Mas ele não parecia ser desse tipo.

Eu me lembrei que Gussie pareceu surpreso ao vê-lo na festa. Ele perguntou a Edward o que Roberts estava fazendo lá, e Edward deu a entender que ele tivera que convidá-lo e que Roberts não era um sujeito de todo ruim. O que ele quis dizer com "tivera que" convidá-lo? Será que eles tinham alguma dívida com ele? Outra suspeita me ocorreu. Será que era Sidney quem fornecia as drogas? Será que o jeito de comunista sério era só uma fachada?

– Quer dizer que você estudou no Trinity College, Edward? – perguntei, me inclinando para a frente no banco de trás.

– Isso mesmo. O bom e velho Trinity. Uma das faculdades mais novas, devo dizer. Fundada por Henrique VIII. Aquelas americanas ontem riram como bobas quando ouviram que uma coisa fundada em 1500 e poucos era considerada nova. Mas é, com toda a certeza, uma das faculdades mais bonitas. Vou mostrar tudo, e vocês vão ter que concordar.

Estávamos entrando na cidade de Cambridge. A vista enquanto atravessávamos o rio Cam e víamos aqueles edifícios de pedra dourada sobre gramados espaçosos quase tirava o fôlego. No rio havia uma cena jovial com alunos chutando bola e sentados nos gramados, aproveitando o sol. Um estudante passou de bicicleta, com livros debaixo do braço e a toga preta flutuando ao vento atrás dele. Duas alunas, mergulhadas em uma discussão acalorada, passeavam sob as árvores. Olhei para elas com interesse, como se estivesse examinando uma nova espécie no zoológico. Eu não tinha considerado que mulheres também frequentavam a universidade e senti uma pontada de tristeza porque eu nunca teria essa oportunidade.

Deixamos o carro à sombra de uma enorme castanheira e começamos a andar. O glorioso som das vozes de meninos veio da capela do King's College, onde devia ser hora das matinas. Edward assumiu o papel de guia de turismo dedicado, identificando cada prédio por onde passamos até chegarmos a um impressionante portão em arco em um muro alto.

– Vejam só – disse ele, nos conduzindo através do arco. – Muito lindo, não acham?

Eu os segui através do portão e entrei em um pátio vasto, cercado por prédios de pedras amarelas esculpidas de uma maneira bastante elaborada. Um gramado verdejante cobria a maior parte da área e bem no meio havia uma fonte ornamental com uma cobertura.

– Aqui é o grande pátio, o maior de todos, tanto em Oxford quanto em Cambridge – contou Edward. – Dizem que os alunos costumavam se lavar naquela fonte antes de haver banheiros de verdade e, claro, este é o local da famosa corrida no grande pátio. O objetivo é correr pelo perímetro do pátio antes que o relógio bata meio-dia. Só conseguiram completar o percurso algumas vezes, pelo que eu soube. Venham comigo.

Achei que ainda estava ouvindo aquelas vozes sublimes do King's College, mas percebi que Trinity tinha uma capela semelhante, com seu próprio coro. Notas suaves pairavam no ar. Quase comecei a acreditar que os anjos moravam em Cambridge.

– É tão tranquilo aqui – falei enquanto atravessávamos o pátio.

Edward riu.

– Estão todos escondidos estudando para as provas finais – disse ele. – Você devia vir aqui em uma noite de sábado normal.

Ele abriu uma porta para entrarmos na escuridão de um prédio.

– Este é o salão onde fazemos as refeições – falou, apontando para uma sala com painéis escuros e pé direito alto à nossa esquerda. – Não posso levar vocês lá dentro. Os caras não aceitam bem os visitantes durante a época das provas. E por aqui tem outro pátio, e vocês precisam ver a biblioteca Wren.

– Sir Christopher Wren? – perguntei.

– Esse mesmo.

Assim que estávamos prestes a deixar o prédio, um jovem usando a toga mais impressionante que eu já tinha visto entrou apressado pela porta. Ele ia passar por nós com um aceno rápido, mas parou.

– Eu conheço você, não é? – disse ele para Edward. – Fotheringay, certo? Você era um apóstolo, se não me engano.

– E você é Saunders – disse Edward. – Quer dizer que você acabou virando professor?

– Estou pagando meus pecados! Tive preguiça demais de me mudar e a comida daqui é boa. O que você tem feito?

– Estive no exterior por um longo tempo – respondeu Edward.

– É mesmo? Por Deus! Que bom. – Ele deu um olhar estranho para Edward, que não consegui interpretar. – Eu queria não ser tão preguiçoso. Para onde você foi?

– Ah, vários lugares.

Edward ficou se mexendo, trocando o pé de apoio, claramente incomodado com a presença do outro homem.

– E quem são essas criaturas adoráveis? – perguntou o homem de toga, se virando de repente para nós.

– Convidadas de uma festa em Norfolk – respondeu Edward. – Lady Georgiana Rannoch e princesa Hannelore da Baviera.

O outro homem jogou a cabeça para trás e riu.

– Essa foi boa, Fotheringay!

Obviamente ele achou que fosse brincadeira. Mas Edward não tentou confirmar nada.

– Bem, é melhor continuarmos – disse ele. – Foi bom ver você, Saunders.

– Você deve acabar esbarrando em outros anjos se ficar de olhos abertos – disse Saunders, depois acenou para nós e seguiu seu caminho.

Saímos para a forte luz do sol e atravessamos um segundo pátio, não tão grande quanto o primeiro, mas igualmente encantador.

– O que são apóstolos? – perguntei.

– Ah, é só um clube da faculdade do qual fizemos parte – disse Edward, despreocupado.

– Gussie também era membro?

– Gussie? Meu Deus, não! – Ele riu. – Gussie não era nada chegado nessas coisas.

– E Sidney Roberts?

– Sidney Roberts? – Ele pareceu surpreso. – Talvez. Não consigo me lembrar direito. O coitado era um sujeito tão comum. Aquela ali é a biblioteca Wren.

Ele caminhou na nossa frente até um edifício muito bonito, com colunas delicadas e grandes janelas em arco, depois abriu a porta para entrarmos. O cheiro característico de livros antigos, lustra-móveis e fumo de cachimbo impregnava o ar. Me evocou outro lugar. Tentei identificar qual salão do Castelo de Rannoch seria antes de me lembrar da livraria. Isso me deu uma ideia. Esperei Edward nos levar para o andar de cima, me virei e entrei na biblioteca propriamente dita. Um homem idoso sentado a uma escrivaninha levantou o olhar com horror quando entrei.

– Minha jovem, o que está fazendo aqui? – sussurrou ele para mim. – Visitantes não são permitidos na semana das provas finais.

– Sinto muito – falei –, mas estamos conhecendo a faculdade, e eu amo tanto livros antigos que tive que dar uma olhada aqui.

A expressão do homem se suavizou.

– A senhorita gosta de livros antigos, é?

– Adoro – respondi. – Eu os coleciono.

– Muito incomum para uma jovem.

– Sempre visito uma livraria antiga maravilhosa em Londres. O nome é Haslett's, no East End, perto do rio. O senhor conhece?

Ele fez que sim com a cabeça.

– Uma coleção bem eclética. A senhorita fez boas descobertas lá?

– Algumas. – Olhei diretamente para ele. – A propósito, quem são os apóstolos?

– Acho que a senhorita não está falando de Mateus, Marcos, Lucas e João.

– Eu ouvi uns alunos falando disso.

– Pelo que sei, é uma espécie de sociedade secreta. Com tendências socialistas: direitos para os trabalhadores e abaixo a velha ordem. Essas bobagens. Você ouviu falar deles na livraria?

– Não, eu ouvi uns rapazes falando nisso agora mesmo. E os anjos?

– Até onde sei, os ex-membros se tornam anjos. Acho que é tudo bem inofensivo. Os jovens são muito intensos, não é? Depois eles se acalmam, se casam e acabam levando uma vida bem normal. – Ele deu uma risadinha. – Eu adoraria lhe mostrar algumas das nossas edições mais raras, mas, como eu disse, nenhum visitante é permitido durante a semana das provas finais, então lamento...

– Tudo bem. Obrigada pelo seu tempo – respondi, e saí apressada.

– Achamos que tínhamos nos perdido de você – disse Edward quando os encontrei descendo a escada.

– Desculpe, eu estava distraída e fui na direção errada.

Dei a ele um sorriso cativante. Quer dizer que Edward e Sidney Roberts tinham sido membros da mesma sociedade secreta, uma sociedade com fortes inclinações esquerdistas. Mas que relevância teria isso?

Vinte e nove

Nuvens se acumulavam no céu a oeste enquanto voltávamos para casa. O ar tinha ficado abafado, com mosquitinhos irritantes voando ao redor e uma tempestade se formando. Hanni cochilou no banco da frente ao lado de Edward. Olhei para a parte de trás do cabelo bem cortado dele, especulando. Edward Fotheringay, apelido Lunghi Fungy, enigma. Até onde se sabia, tinha estudado idiomas modernos, mas optou por ir para a Índia, sem se estabelecer em lugar nenhum e sem fazer muita coisa além de um pouco de alpinismo improvisado. Tinha sido membro de uma sociedade secreta com inclinações socialistas, mas usava roupas caras e tinha uma vida de luxo. Supostamente, estava noivo de uma garota, mas flertava de maneira aberta e descarada com outras. Sabe Deus o que fazia com Belinda – e eu quase tinha me esquecido do envolvimento dele com a minha mãe!

– Edward – falei, me inclinando para a frente no banco de trás –, quais idiomas modernos você estudou?

– Alemão e russo.

– Interessante. Por que esses dois?

– Por preguiça, na verdade. Minha mãe veio de uma família russa, por isso eu não tive que me esforçar muito.

– O que foi que Gussie estudou?

– Idiomas clássicos, aquele idiota. Qual é a utilidade dos idiomas clássicos? Sem contar que ele teve muita dificuldade. Não teria passado em grego se aquele palerma do Roberts não tivesse dado aulas particulares e feito traduções para ele.

Dei uma risada alegre.

– Então era por isso que ele tinha uma dívida com Sidney Roberts. Eu fiquei me perguntando por que ele tinha sido convidado para a sua festa.

Será que eu tinha detectado certa reticência no comportamento dele?

– E o que fez você ir para a Índia? – continuei, puxando assunto animadamente. – Você também tinha uma conexão familiar lá?

– Meu avô tinha estado lá na polícia em Punjab, mas não foi por esse motivo. Senti vontade de viajar, e a Índia é um lugar fácil de se virar se a pessoa for inglesa. Aqueles belos bangalôs gratuitos para se hospedar, jantares no refeitório dos oficiais e bailes.

– Parece um lugar fascinante – comentei.

– Ah, sim. Elefantes, tigres e tudo mais. E costumes primitivos: queimar os mortos nos degraus do rio Ganges. Um hábito repugnante.

– E o que você acha que vai fazer agora?

– Ainda não decidi.

– Eu soube que tem um casamento à vista, pelo que Fiona diz.

– É o que Fiona diz. – Ele olhou para Hanni, que agora dormia feliz. – É uma daquelas coisas irritantes: os pais dos dois decidiram que seria uma boa ideia quando éramos crianças. Ah, não me entenda mal. A Fiona é uma garota excelente, mas... – Ele não terminou a frase.

– Um dia ela vai herdar Dippings – observei.

– É verdade. E o que não falta lá é dinheiro. Muito tentador, mas infelizmente não tem nada a ver comigo.

As primeiras gotas grossas de chuva caíram.

– Que droga – murmurou Edward. – Agora vamos nos molhar. Eu tirei a capota. Vou ter que enfiar o pé na tábua.

O motor rugiu quando o carro voou pela pista, com os pneus cantando a cada curva. Por um tempo, foi até emocionante, mas de repente fiquei com medo. Ele estava dirigindo tão rápido que não teríamos a menor chance se encontrássemos um veículo como uma carroça com feno vindo na outra direção. Eu era arremessada de um lado para o outro quando ele fazia as curvas fechadas. E eu tive um vislumbre do rosto dele. Estava iluminado com uma euforia estranha e violenta.

A tempestade caiu para valer quando estávamos a pouco mais de quinze quilômetros do nosso destino. Os trovões ressoaram. Estávamos encharcados quando paramos na frente de Dippings. Os serviçais saíram correndo com guarda-chuvas enormes. Houve um clarão seguido por um grande trovão enquanto subíamos os degraus. Lady Cromer-Strode saiu da longa galeria para nos receber.

– Estávamos acabando de tomar o chá – disse ela. – Ah, coitadinhos, olhem só vocês! Estão encharcados. Vou pedir para os criados prepararem um banho para vocês imediatamente, senão vão pegar um resfriado. Edward, o que estava fazendo dirigindo com a capota aberta nessa tempestade? – Então o olhar dela foi para Hanni, e a expressão mudou. – Vossa Alteza, eu sinto muito. Não tínhamos ideia de como entrar em contato com vocês, senão teríamos mandado vocês voltarem na mesma hora. Que tragédia.

– Como assim, tragédia? Que tragédia? – perguntei.

– A acompanhante de Sua Alteza, a baronesa. Sinto dizer que ela morreu.

– Morreu? – A voz de Hanni estava trêmula. – A senhora está me dizendo que a baronesa Rottenmeister morreu? Foi um acidente?

– Não, minha querida. O médico disse que foi um infarto em algum momento hoje de manhã. Foi depois que a criada levou o chá matinal. Ela já tinha uma idade avançada, não tinha?

– Mas... mas eu não fazia ideia. – O lábio inferior de Hanni tremia como o de uma criança. – Eu fui tão grossa com ela ontem à noite. Eu discuti com ela. Talvez ela tenha ficado chateada e isso tenha provocado o infarto.

Passei o braço ao redor do ombro de Hanni.

– Tenho certeza que não foi nada que você fez, Hanni. As pessoas discutem o tempo todo.

– É, mas agora ela morreu e eu não posso pedir perdão. Eu vou para o inferno. – Hanni estava se esforçando para não chorar.

– Venha – falei, com o braço ainda no ombro dela. – Precisamos tirar essas roupas molhadas. Irmgardt vai preparar um bom banho quente para você e talvez lady Cromer-Strode seja boazinha e mande um pouco de chocolate quente para o seu quarto. Aí você vai poder descansar.

– Não quero descansar. Vou ter sonhos. A coroa vai voltar para me assombrar – disse ela.

Tentei não rir enquanto a levava para o andar de cima.

– Georgie, o que vai acontecer agora? – perguntou ela. – Vão querer que eu volte para casa imediatamente.

Ai, meu Deus. Eu não tinha pensado nessa complicação. É claro que os pais dela não iam querer que ela ficasse ali sem acompanhante. Eu me lembrei que a rainha estava perto, na Sandringham House.

– Vou visitar Sua Majestade – falei.

– Temos que fazer isso hoje?

– Infelizmente, sim. Sua Majestade vai querer ser informada, e ela com certeza vai ter que entrar em contato com os seus pais.

– Então eu vou com você. Eu mesma vou falar com os meus pais.

– Ah, não, acho que é mais sensato você ficar aqui. Eles não iam querer discutir seu futuro na sua frente.

– Você me trata como se eu fosse um cachorrinho de estimação. – Hanni fez um beicinho. – Eu não quero ir para casa.

De repente, ela espirrou.

– Seus pais vão ficar mais bravos ainda se você pegar um resfriado.

Abri a porta do quarto de Hanni e a escoltei com firmeza para dentro. Irmgardt estava sentada perto da janela remendando alguma coisa. Ela deu um salto com uma expressão de pavor quando viu a princesa.

– Banho quente, Irmgardt – falei. – *Heiss Bad.* Agora.

Ela saiu correndo do quarto enquanto eu ajudava Hanni a tirar as roupas molhadas e a vestia com o roupão de banho como se ela fosse uma criancinha. Ela me deu um sorriso choroso.

– Você é pessoa gentil, Georgie.

Ela me olhava quase como se sentisse pena de mim. E provavelmente sentia mesmo: a solteirona desesperada de 21 anos!

– Afinal, você sabia que a baronesa tinha um problema no coração? – perguntei.

Ela balançou a cabeça.

– Ela sempre pareceu muito saudável. Fazia caminhadas longas. Tinha um bom apetite.

Isso era verdade. Passou pela minha cabeça que o excesso de comidas gordurosas em Dippings, depois das comidas mais leves na Rannoch House, podia ter contribuído para o falecimento dela. Fiquei feliz porque a morte foi considerada um infarto. Porque, se não fosse, seria a terceira morte suspeita em uma semana.

Trinta

Mildred me mimou quando viu o meu estado. A essa altura, eu estava me sentindo péssima e abalada e não me importei de ser paparicada. Também não me importei de ficar aconchegada na cama com um copo de chocolate quente e uns biscoitos gostosos. Mildred me instruiu a ficar ali até ela voltar para me vestir para o jantar, mas depois de meia hora eu estava recuperada e pronta para enfrentar minha próxima tarefa desagradável. Pedi ao mordomo para dar um telefonema para Sandringham em meu nome. Ele fez isso e eu fui convocada de imediato para ir à presença real. Lady Cromer-Strode ficou satisfeita em oferecer um carro, felizmente com teto, pois ainda chovia forte. O trajeto era de apenas dezesseis quilômetros, mas pareceu uma eternidade enquanto eu ensaiava o que ia dizer à rainha. Claro que não era culpa minha a baronesa ter morrido, mas eu achava que ela podia pensar de outra forma. Muitas coisas infelizes tinham acontecido com a princesa desde que ela fora confiada aos meus cuidados.

Mesmo sob o céu chuvoso, os jardins ornamentais de Sandringham no auge do verão são muito bonitos. Os canteiros, dispostos em desenhos geométricos, eram absolutamente perfeitos. Nenhuma flor ficava fora do lugar. A casa era menos perfeita, na minha opinião. Era uma daquelas casas de campo vitorianas com uma mistura horrível de estilos, pedaços que se projetavam aqui e ali, torres, torreões, cúpulas e uma mistura de tijolos vermelhos, pedras cinza, adornos decorativos brancos e marrons e janelões de vidro sem venezianas, como nas pousadas à beira-mar. Mas eu sabia que o rei gostava muito do lugar, e isso era o que importava.

Um lacaio carregando um grande guarda-chuva preto me levou para dentro. Fui conduzida a uma salinha de estar e anunciaram meu nome. Encontrei o casal real se comportando como qualquer outro em uma tarde de domingo. O rei estava com sua coleção de selos espalhada em uma mesinha diante dele. A rainha escrevia cartas. Ela levantou o olhar e estendeu a mão para mim.

– Georgiana, que bom ver você – disse ela. – Infelizmente, você está um pouco atrasada para o chá. Sente-se.

Tentei o beijo e a reverência de sempre, com o habitual resultado desajeitado de esbarrar o nariz.

– Estou só respondendo a uma carta da minha neta Elizabeth. A caligrafia dela é muito boa para a idade, não acha?

Ela levantou uma carta para mim, escrita em papel pautado com uma caligrafia infantil arredondada.

– O que a traz aqui, minha querida? – perguntou o rei. – Com certeza não é só para fazer companhia a um casal de velhinhos.

– Sinto muito incomodá-los, madame, senhor – falei –, mas achei que eu tinha que avisá-los imediatamente. Aconteceu uma coisa terrível.

E dei a notícia sobre a baronesa.

– Minha nossa. Muito triste mesmo – respondeu a rainha olhando para o marido. – Um infarto, você disse? Eles têm certeza disso?

Eu a encarei com surpresa.

– O que quer dizer, madame?

– Acabou de passar pela minha cabeça que ela pode ter tirado a própria vida por se sentir culpada depois de deixar a jovem que estava sob sua proteção se envolver em uma investigação de assassinato. Esses estrangeiros são conhecidos por se cobrarem demais.

– Ah, acho que não, madame – falei, apressada. – A baronesa não me pareceu esse tipo de pessoa. Ela pensava muito em si mesma, para começar, e era católica. Eles não consideram o suicídio um pecado mortal?

– Todos nós consideramos – disse a rainha. – Mas em certos casos é compreensível. Temos que avisar aos pais da moça agora mesmo. Ainda não recebemos uma resposta à carta que escrevemos há alguns dias. Talvez seja melhor telefonar. Querido, você acha que um telefonema seria a coisa certa a fazer?

O rei fez uma careta e balançou a cabeça.

– Não é uma emergência nacional, certo? Eu nunca gostei de telefones.

Umas coisinhas irritantes e detestáveis. Aquele toque estridente e ninguém consegue ouvir nada do que é dito do outro lado e acaba gritando. Não, acho que basta uma carta, May.

– Então vou escrevê-la agora mesmo.

– E o que devemos fazer com a princesa Hanni, madame? Acredito que ela não possa ser mandada para casa antes do inquérito, não é?

A rainha fez uma careta.

– Não, não seria certo. E, quanto a isso, você fez algum progresso?

– Descobri uns fatos interessantes, madame, mas eu não chamaria de progresso, por enquanto. Vou começar minha investigação a sério amanhã.

– O que você mandou a garota fazer agora, May?

O rei ergueu os olhos dos selos.

– Só pedi para ela ficar de olhos e ouvidos abertos. Estamos tentando evitar qualquer constrangimento, e Georgiana tem uma cabeça boa.

O rei bufou.

– Se vivêssemos em um país diferente, você seria chefe da polícia secreta.

– Que bobagem. Eu só acho que a nossa leal e robusta polícia é um pouco lenta, só isso. Não sei por que pedir a Georgiana para ajudá-los na investigação é tão errado.

– Eles vão achar que é. Deixe a investigação para os profissionais e libere a Georgiana para se divertir do jeito que os jovens devem fazer.

– Se você acha isso, meu querido...

A rainha me lançou um olhar de cumplicidade que indicava que eu não deveria dar ouvidos ao rei.

– Então, o que devemos fazer com a princesa? – perguntei.

– Poderíamos trazê-la para cá, é claro – disse a rainha –, embora seja muito monótono para uma jovem e eu acho que eu não conseguiria convencer meu filho a entretê-la. Ele anda muito perverso nos últimos dias.

– Nos últimos dias? Ele é perverso desde que nasceu – murmurou o rei.

– Ele estava em Dippings ontem à noite, não é?

– Sim, madame.

– Foi o que eu pensei. E ele teve alguma chance de conversar com a princesa?

– Acho que ele nem notou a princesa, madame, embora estivesse sentado em frente a ela no jantar.

– Imagino que a mulher americana estava lá.

– Estava.

– Com o marido?

– Sem o marido, dessa vez. Disseram que ele está na América a trabalho.

– Viu? Está ficando sério, como eu lhe disse. – A rainha olhou para o marido, depois se virou de novo para mim. – E você acha que meu filho ainda está impressionado com ela?

– Como um cachorrinho, sempre a postos quando ela chama – respondi. – Ela manda nele descaradamente. Ela até o chama pelo primeiro nome em público.

A rainha suspirou.

– Ai, ai. Que vergonha. Eu tinha tanta esperança de que o príncipe de Gales pudesse se comportar como um homem normal e saudável e demonstrar interesse por uma jovem encantadora como a princesa Hannelore. Georgiana, me diga, a princesa está feliz em Dippings?

– Muito. Tem um monte de jovens lá, e ela está se divertindo.

– Então vamos deixá-la em segurança onde ela está até recebermos instruções da Alemanha. Vamos dar ao meu plano uma última chance antes que ela tenha que voltar para casa.

Pensei em lorde Cromer-Strode, nas roladas no feno e nos beliscões nas nádegas e me perguntei se Hanni estava mesmo segura. Mas não consegui encontrar um jeito de expressar esse medo específico para pessoas tão empertigadas quanto os meus parentes austeros. Além do mais, a rainha ainda estava falando e ninguém deve interrompê-la.

– Os Cromer-Strodes vão de carro para Londres para a nossa festa no jardim na quarta-feira, então vou pedir que eles levem Hannelore. Ela vai gostar. E lady Cromer-Strode é muito boa. Ela vai cuidar bem da menina. E isso vai deixar você livre para se ocupar com outras coisas.

E, mais uma vez, ela me lançou aquele olhar franco de cumplicidade.

No caminho de volta para Dippings, fiquei pensando se deveria pegar um trem para Londres naquela mesma noite. Eu não queria encarar Gussie nem Darcy de novo se eles ainda estivessem lá. Na verdade, eu não queria aturar outra alegre noite em grupo. Depois eu percebi que era óbvio que não seria uma noite alegre. Tinha acontecido uma morte na casa, então era provável que não houvesse permissão para dançar, jogar cartas nem ouvir música no gramofone. Ai, caramba, será que era obrigatório usar preto? Eu só tinha levado cores claras. Mas depois pensei que todos os hóspedes tinham feito isso. Afinal, estávamos no meio do verão, e a única pessoa que vestia preto era a agora falecida baronesa.

A chuva parecia estar diminuindo enquanto passávamos por Little Dippings. Havia um brilho no céu a oeste, como se o sol poente estivesse tentando romper as nuvens.

– Os trens circulam nas noites de domingo? – perguntei ao chofer.

– Ah, não, Vossa Senhoria – respondeu ele. – Não sai nenhum trem de Dippings Halt aos domingos. Só amanhã às oito sai o primeiro.

Então, querendo ou não, eu estava presa. Fiquei inquieta no assento de couro do Rolls Royce. Eu vinha pisando em ovos desde a chegada de Hanni e agora me sentia tão sobrecarregada que poderia explodir a qualquer momento. Acho que a notícia da morte da baronesa tinha sido a gota d'água. Três mortes em uma semana – meu avô diria que era um exagero de coincidências. E, no entanto, a causa da morte da baronesa tinha sido um infarto. Imagino que isso tivesse sido confirmado por um médico competente. E, de qualquer forma, quem, além de Hanni, ia querer a baronesa morta?

Eu quase sorri quando me lembrei da conversa de gângster de Hanni sobre "despachar a velha", mas depois me lembrei como ela ficou perturbada ao receber a notícia. Hanni achava a baronesa irritante, isso era óbvio, mas não significava que a desejava morta. E, além do mais, ela estava comigo em um carro quando a baronesa morreu. Se bem que Irmgardt ainda estava na casa... Ridículo, falei para mim mesma enquanto passávamos pelos portões e entrávamos em Dippings.

O mordomo saiu com um guarda-chuva grande para me receber.

– Milady chegou bem na hora do jantar. Lady Cromer-Strode pensou em uma refeição simples, dadas as circunstâncias angustiantes.

– A morte da baronesa, você quer dizer?

– Exatamente, milady.

– Muito triste – falei. – Eu soube que ela já estava morta quando a criada levou chá para ela hoje de manhã.

– Ah, não, milady. Ela estava bem viva quando a criada entregou o chá matinal.

– Foi Irmgardt, a criada da princesa?

– Não, milady. Foi a criada de Vossa Senhoria, Mildred, que gentilmente se ofereceu para levar o chá para ela, ao ver que milady já tinha saído. Quando a baronesa não apareceu para o café da manhã, nossa criada do salão, Mary Ann, foi chamá-la e a encontrou morta. A pobrezinha ficou muito perturbada o dia todo. Ela é muito sensível.

– Alguém chamou um médico?

– Ah, sim. O médico de Sua Senhoria, o Dr. Harrison. Mas ele chegou tarde demais para fazer qualquer coisa. Ele disse que foi um infarto fulminante e que não havia nada que alguém pudesse ter feito, mesmo que estivesse junto dela na hora do acontecido. É muito triste para a princesa ter perdido a acompanhante.

– Muito triste mesmo – concordei.

Quando entramos no vestíbulo, ouvimos o som de vozes vindo da sala de jantar. Entre elas, detectei a fala suave de Hanni. Ela parecia ter se recuperado muito bem do choque.

– Você sabe se vamos nos trocar para o jantar de hoje à noite? – perguntei.

– Só se milady tiver trazido uma cor mais escura.

Eu achava que não, mas subi até o meu quarto para ver que milagre Mildred poderia ter feito. Pelo que eu conhecia dela, ela poderia ter dado um jeito de tingir uma das minhas roupas de preto a tempo de eu usá-la no jantar. Eu congelei no meio da escada. Mildred! Eu tinha me esquecido totalmente dela. O que diabos eu ia fazer com ela se tivesse que voltar para Londres? Eu não podia levá-la para uma casa vazia, de onde a cozinheira e o mordomo tinham misteriosamente desaparecido. De repente, ela pareceu mais um peso nas minhas costas. Por que diabos eu a tinha contratado, para começar? Eu e minha mania de tentar sempre fazer a coisa certa. Desejei ter nascido mais parecida com a minha mãe, cujo único pensamento na vida era agradar a si mesma e o resto do mundo que se danasse.

Mildred não estava no meu quarto quando entrei, mas o mordomo deve tê-la alertado, porque ela chegou voando sem fôlego um minuto depois.

– Sinto muito, milady! Eu não sabia quando Vossa Senhoria ia voltar ou se Suas Majestades iriam convidá-la para jantar.

– Foi só uma visita breve para informar a eles da morte da baronesa – expliquei. – Eu soube que você foi a última pessoa a vê-la viva.

– Fui, sim, milady. E agora eu me sinto péssima. Talvez eu devesse ter notado alguma coisa, ter feito alguma coisa.

– O médico disse que foi um infarto fulminante e que ninguém poderia ter feito nada – falei. – Por favor, não se preocupe.

– Ela estava roncando, sabe? Dei uma cutucada leve nela e disse que a bandeja de chá estava na mesa de cabeceira. Ela murmurou alguma coisa em alemão, mas eu não falo alemão, então não faço a menor ideia do que ela disse e, dado o temperamento dela, achei prudente não assustá-la, então saí na ponta dos pés.

Fiz que sim com a cabeça.

– Mas agora me pergunto se ela estava tentando me dizer que não estava se sentindo bem ou que eu deveria chamar um médico, e é claro que eu não entendi.

– Ela devia estar dizendo para você ir embora e deixá-la dormir – falei. – Não havia nada que você pudesse ter feito, Mildred. De verdade.

– Milady é muito gentil. – Ela conseguiu dar um sorriso choroso. – Acho que talvez o vestido azul para o jantar. É o mais simples.

– Mildred – falei com cuidado enquanto ela pegava o vestido no guarda-roupa –, vou para Londres amanhã de manhã. Se os meus negócios demorarem muito, talvez eu tenha que passar a noite na Rannoch House, mas você não precisa me acompanhar. Vou informar a lady Cromer-Strode que você vai ficar aqui esperando o meu retorno.

– Está bem, milady – disse ela, e deu um sorrisinho discreto.

Ficou claro que ela estava se divertindo e sendo bem alimentada em Dippings.

Trinta e um

Dippings, Norfolk
Segunda-feira, 20 de junho de 1932

Querido diário,
Segundo dia seguido que acordo antes do amanhecer. Espero que não esteja se tornando um hábito. Por sorte, a chuva parou. Parece que vai ser um belo dia. Infelizmente, não vou aproveitá-lo. Tenho que ir a alguns lugares e visitar algumas pessoas. Eu queria que a rainha não tivesse tanta fé em mim. Eu não tenho a menor ideia do que devo fazer!

Pedi ao chofer para me levar até Little Dippings Halt, a estação ferroviária mais próxima, para pegar o trem das oito até Londres. Tive que trocar de trem duas vezes antes de pegar o expresso de Peterborough para King's Cross. Sinceramente, era um alívio estar longe das pessoas, e isso me dava tempo para pensar bem. Repassei os diferentes eventos – Tubby caindo da sacada, Hanni parada diante do corpo de Sidney Roberts com uma faca ensanguentada na mão e agora a notícia de que a baronesa tinha morrido de infarto. As três tragédias pareciam não ter relação alguma – um acidente, um assassinato brutal e ousado e uma morte por causa natural. Talvez fosse só isso, mas três mortes em uma semana era algo um pouco acima do normal, mesmo nos lugares mais violentos. E todas tinham acontecido depois que Hanni entrara na minha vida.

O que me fazia pensar se os incidentes eram de alguma forma direcionados a ela: havia algum tipo de conspiração contra a princesa? Eu sabia que o pai dela não era mais um monarca em exercício, mas ele não agradava mais aquele tal de Hitler, um homenzinho engraçado, que parecia ser a estrela em ascensão na política alemã. E havia um movimento para restituir o rei ao trono. Será que poderia ser um plano para desacreditar o pai dela? Eu tinha ouvido falar que o Partido Nazista Alemão era implacável e ia às últimas consequências para favorecer a própria causa… Mas, se alguém queria acabar com Hanni, por que não tinha simplesmente dado uma facada nela em vez de matar um jovem inofensivo como Sidney? Ou será que ele não era tão inofensivo? Por que ele tinha sido convidado para aquela festa? Por que tinha ido? Aquela não era a turma dele de jeito nenhum. Ele estava claramente desconfortável lá.

Tentei enxergar essas coisas sob outros pontos de vista, mas não cheguei a nenhuma grande revelação enquanto o trem se aproximava da estação de King's Cross. Eu pretendia ir primeiro à Rannoch House, mas depois me lembrei que meu avô e a Sra. Huggins não estariam lá. Então, em vez disso, peguei o trem para o leste, para a periferia de Essex. Vovô apareceu na porta da frente usando um avental velho e pareceu surpreso ao me ver.

– Ora, ora, que surpresa! – disse ele. – O que está fazendo aqui, meu amor? Achei que estivesse se divertindo no campo.

– Eu lhe disse que a rainha queria que eu tentasse resolver o assassinato antes do inquérito, então deixei Hanni lá e vim ver o que você e eu podemos fazer.

– E achei que eu tivesse dito, em termos inequívocos, que você deveria ficar bem longe disso – retrucou ele com uma cara feia enquanto me conduzia para dentro da casinha impecável.

– Não posso. Ordens da rainha.

– Então ela que venha e resolva tudo sozinha – disse ele com raiva. – Onde já se viu, colocar uma jovem como você em perigo…

Ele me levou até a cozinha, onde estava preparando o almoço. Pegou as ervilhas da horta, bem fresquinhas, e as cortou na mesa da cozinha. Depois acendeu o fogo sob a chaleira sem nem me perguntar se eu queria chá àquela hora do dia.

– Prometo que não vou fazer nenhuma bobagem. – Eu me sentei em uma cadeira na mesa da cozinha. – Você já conseguiu descobrir alguma coisa?

– Me dê um tempo, minha querida. Só tivemos um fim de semana. A Sra. Huggins e eu tivemos que arrumar as nossas coisas para fugir da sua casa elegante e nos ajeitar no nosso canto. Mas fiz umas perguntas a um sujeito que eu conheço que ainda está na polícia. Eu o vejo às vezes no Queen's Head. Ele não conseguiu ajudar muito, veja bem, mas me disse que esses comunistas são bem inofensivos, pelo menos a maioria. Eles querem um mundo que nunca vai existir: igualdade para todos, dinheiro dividido igualmente, emprego para todo mundo. Parece maravilhoso, mas nunca vai acontecer, não é? As pessoas são gananciosas, entende? Elas não querem compartilhar. E meu amigo disse que os comunistas no continente não são tão idealistas e inofensivos. A Rússia está enviando agitadores treinados para tumultuar multidões, incitar o ódio pelas classes dominantes e fazer o povo se mobilizar e agir. Ele disse que vai ter uma guerra civil na Espanha. E que esse é o objetivo da Rússia. Derrubar governos um por um.

– Foi exatamente por isso que houve tanto alvoroço quando a princesa Hanni pareceu estar envolvida em um incidente em um local de encontro de comunistas, embora eu tenha certeza de que Sidney era do tipo inofensivo.

– Existem umas pessoas desagradáveis entre eles – disse o vovô. – Veja o que fizeram quando tomaram a Rússia. Mataram as próprias avós sem pensar duas vezes. Assassinaram os coitados dos parentes, não foi? Até as criancinhas. Muitos deles são selvagens, se quer saber. Claro que ninguém conseguiria que o povo britânico se revoltasse dessa forma. Somos sensatos demais. Sabemos quando estamos bem.

– Espero que sim – falei. – Mas eu realmente acho que esse assassinato não teve nada a ver com comunismo. Só aconteceu no local errado. Desconfio que tenha sido uma coisa bem diferente: alguém com algum ressentimento contra Sidney Roberts, ou pode também ter a ver com drogas. Talvez Sidney estivesse devendo dinheiro para traficantes e não tivesse pagado.

Vovô sorriu.

– Eles não o matariam por isso, meu amor. Você não mata a galinha dos ovos de ouro, certo? Pode ameaçar, quebrar as pernas, mas precisa mantê-la viva para que ela continue botando ovos. É isso que os traficantes de drogas fariam.

Estremeci.

– Eu estava me perguntando se Gussie Gormsley talvez não vendesse drogas. Ele vive muito bem e ouvi alguns indícios de que o dinheiro dele tem origens escusas. Mas não consigo ver Gussie quebrando as pernas de ninguém.

– Você consegue vê-lo esfaqueando alguém?

– Sinceramente, não. Acho que ele nem teria capacidade para isso. E, se a única rota de fuga era aquela janela do sótão e depois passando por cima dos telhados... Bem, Gussie é meio pesado para esse tipo de acrobacia.

A chaleira soltou um assobio estridente e vovô despejou a água fervente no bule.

– O que você planeja fazer então, agora que está aqui?

– Não tenho a menor ideia. Interrogar os pais de Sidney, talvez conversar com o inspetor-chefe Burnall e ver o que ele descobriu.

– Você acha que ele vai aceitar isso bem? Você meter o nariz nas investigações dele?

– Garanto que vou ser discreta. Vou visitá-lo com o pretexto de perguntar se já marcaram uma data para o inquérito e informar a ele que Hanni precisa voltar para a Alemanha em breve. Ah, e acho que eu deveria participar de uma dessas reuniões comunistas... incógnita, é claro. Sidney convidou a mim e a Hanni para irmos a uma, então tenho certeza de que são bem seguras. Eu podia dar uma olhada e ver quem está lá e o que é dito.

Vovô balançou a cabeça e soltou um muxoxo.

– Vai ficar tudo bem, vovô.

– Contanto que os camisas-negras não se intrometam e não provoquem uma briga generalizada. Eles gostam de fazer essas coisas, sabia? Um bando de vândalos, se quer saber. E aquele Oswald Mosley, que se diz cavalheiro? Bem, nenhum cavalheiro inglês que eu conheço se comporta daquele jeito. Ele quer que as pessoas saiam por aí fazendo saudações a ele, como o tal do Hitler!

– O que você faria? – perguntei a ele. – Você ajudou a resolver casos reais, não foi?

– Eu só ficava na ronda, na maioria das vezes – disse ele. – Mas trabalhei com alguns homens bons e aprendi uma coisa ou outra. Eu me lembro do velho inspetor Parks. Ele sabia das coisas. Por exemplo, ele costumava dizer: "Comece com o que você sabe. Comece com o óbvio."

Franzi a testa, pensando.

– Bem, o óbvio é que três pessoas morreram em um curto intervalo de tempo, mas só uma delas foi assassinada, então é essa que devemos investigar.

– Outra frase que ele dizia muito era "Se alguma coisa parece coincidência, deve ter mais coisa por trás". Alguém estava presente em todas as três mortes suspeitas?

– Só Hanni e eu. Ah, espere, estávamos fora quando a baronesa morreu, em uma viagem a Cambridge com Edward Fotheringay. Gussie estava presente quando Tubby caiu da sacada e estava na casa quando a baronesa morreu.

– E você diz que suspeita que ele possa estar ganhando dinheiro fornecendo drogas para os amigos?

– Isso passou pela minha cabeça.

Ele assentiu.

– Eu poderia investigar isso para você. Conheço uns sujeitos que podem saber algumas coisas sobre tráfico de drogas. Tome seu chá, não deixe esfriar.

Bebi um gole.

– Então, voltando ao óbvio, o que exatamente você viu com seus próprios olhos?

– Tubby caindo sozinho, não sendo empurrado. Hanni de pé com uma faca na mão…

– Então temos que considerar a possibilidade de ela tê-lo esfaqueado.

Eu ri.

– Ah, não. Impossível.

– Por quê?

– Ela é uma princesa, vovô. Uma garota. Acabou de sair do convento. Inocente e ingênua.

– Não foi muito ingênua quando tentou furtar a Harrods – observou ele.

– Mas furtar uma bolsa é uma coisa. Matar alguém… Não consigo acreditar nisso. Por um lado, ela parecia muito atordoada e eu não vejo como teria conseguido tempo para fazer isso, já que eu estava poucos passos atrás dela, e, por outro, como ela conseguiu a faca? Era bem comprida, entende? Não tinha como estar escondida dentro da bolsinha dela. E temos a questão do motivo. Por que uma princesa alemã ia querer matar um jovem inofensivo de classe baixa que tinha acabado de conhecer e de quem ela gostava?

Vovô tomou um gole de chá.

– Outra frase famosa do inspetor Parks era: "Em um caso de assassinato, a primeira pergunta sempre deve ser: Quem se beneficia com isso?"

Pensei na pergunta.

– No caso de Tubby, teríamos que ver quem herda a propriedade. No caso de Sidney, ninguém. Acho que ele não tinha nada para deixar de herança.

– Não só em termos de dinheiro. Quem se beneficiaria se ele sumisse?

Pensei de novo.

– Bem, ouvi dizer que ele trabalhou com sindicatos, para ajudá-los a organizar greves. Talvez um dos grandes donos de fábrica quisesse que ele sumisse porque ele era um incômodo. Isso pode fazer sentido, porque a polícia acha que a facada foi muito eficiente e certeira, indicando que o assassino era treinado.

– E como você pretende descobrir quem pode ter contratado um assassino treinado?

Deixei a xícara de chá de lado.

– Não tenho a menor ideia, vovô. Sinceramente, eu não sei o que estou fazendo, mas preciso tentar, não é? Eu não quero começar uma nova guerra mundial!

Vovô largou a xícara de chá e caiu na gargalhada.

– Ah, essa é boa, muito boa. Você… começando uma nova guerra mundial porque um jovem foi esfaqueado?

– Pense em como a última começou! Com um arquiduque tolo sendo assassinado em um país pequeno e sem importância. As pessoas parecem achar que um incidente que envolva Hanni e os comunistas pode ser suficiente para desestabilizar a situação da Europa. Eu pessoalmente não vejo como, mas… – Minha voz foi diminuindo.

– Você se preocupa demais, meu amor – disse vovô. – E se leva muito a sério. Você é jovem. Deveria estar se divertindo, não se sentindo responsável por outras pessoas.

– Não consigo evitar. Fui criada com a ideia de dever enfiada goela abaixo.

Ele assentiu.

– Bem, vou ver o que posso fazer.

– E eu estava pensando se você poderia voltar para a Rannoch House comigo. Só por um dia ou dois. Não gosto da ideia de ficar sozinha lá.

– Claro, minha querida. Contanto que você não espere que eu use aquela roupa ridícula de mordomo. Mas eu acho que você não vai conseguir que a Sra. Huggins vá conosco desta vez. Ela já se cansou daquela cozinha. Disse que sentia calafrios por trabalhar debaixo da terra como uma toupeira.

– Eu entendo perfeitamente. Claro que ela não precisa ir. Sou só eu. Deixei minha nova criada em Dippings, e Hanni vai ficar lá até a situação dela ser decidida.

– Então é melhor você e eu começarmos a agir. – Ele pegou as ervilhas. – Mas primeiro precisamos de um bom almoço. Eu ia fazer costeletas de cordeiro e batatas, com ervilhas da minha horta. Que tal?

Sorri para ele.

– Perfeito.

Trinta e dois

Depois do almoço, pegamos o trem até o Caos, como vovô chamava o centro da cidade. Depois seguimos por caminhos diferentes: ele foi para a Scotland Yard e eu fui para a periferia do oeste, para o endereço que encontrei do Sr. e da Sra. Roberts, pais de Sidney.

Os Roberts moravam em uma humilde casa geminada em Slough. A fachada de tijolos vermelhos era coberta com a fuligem de infindáveis fogueiras de carvão e o jardim minúsculo ostentava uma pequena roseira destemida. Na viagem até lá, pensei em como deveria abordar os pais de Sidney. Bati e a porta foi aberta por uma mulher baixinha e magra usando um avental florido.

– Sim? – disse ela, os olhos se mexendo cheios de suspeita.

– Sra. Roberts, estou aqui por causa do seu filho – expliquei.

– Você não é mais uma daquelas repórteres, é?

Ela tentou fechar a porta de novo.

– Não, eu era amiga dele em Cambridge – (tudo bem, era uma mentirinha, mas os detetives têm permissão para certo grau de subterfúgio, não é?) –, e eu queria oferecer minhas condolências e dizer à senhora o quanto eu fiquei triste.

Vi a desconfiança amolecer e dar lugar à pura tristeza.

– Pode entrar, senhorita – disse ela. – Como a senhorita disse que era seu nome?

Eu não tinha dito, é claro.

– É Maggie – respondi, dando o nome da minha criada, como já tinha feito antes. Maggie MacDonald.

– Prazer em conhecê-la, Srta. MacDonald. – Ela estendeu a mão. – Meu marido está na sala dos fundos. Ele ia gostar de conhecer uma amiga do nosso Sidney.

Ela me conduziu por um corredor escuro até um quartinho com o clássico conjunto de sofá com duas poltronas e um piano coberto de peças de porcelana Goss, lembrancinhas de viagens a Brighton ou Margate. Um homem estava sentado em uma das poltronas, lendo o jornal. Ele deu um salto e se levantou quando eu entrei. Era muito magro e careca e usava suspensórios. O rosto dele parecia muito abatido.

– Temos uma visita, querido – disse a Sra. Roberts. – Esta jovem conheceu nosso Sidney na universidade e veio nos dar as condolências. Não é gentil?

– Agradecemos muito – disse ele, e fiquei com a consciência pesada na mesma hora por enganá-los. – Sente-se, por favor. E que tal trazer uma xícara de chá, querida?

– Ah, não, por favor. Não quero incomodar – falei.

– Não é incômodo nenhum, eu garanto.

Ela saiu apressada para a cozinha, me deixando para encarar o Sr. Roberts.

– Quer dizer que a senhorita conhecia nosso Sidney na universidade?

– É, mas eu perdi contato com ele quando nos formamos, então o senhor pode imaginar meu choque quando li sobre ele no jornal. Não consegui acreditar que era o mesmo Sidney Roberts que eu conhecia. Eu tive que vir para Londres e descobrir por mim mesma o que tinha acontecido.

– Aconteceu de verdade – disse ele. – Nosso garoto brilhante e maravilhoso, a vida dele acabou em um piscar de olhos. Não é justo, não acha? Passei por toda a Batalha do Somme e saí sem um arranhão, mas vou lhe dizer, senhorita, eu teria sacrificado a minha vida pela dele sem nem pensar duas vezes. Sidney tinha tanta vida pela frente, era tão promissor.

A Sra. Roberts tinha voltado com um bule de chá coberto por uma capa de crochê e três xícaras em uma bandeja. Parecia ser um daqueles lares onde tem chá pronto o tempo todo.

– Aqui está – disse ela com uma alegria forçada. – Leite e açúcar?

– Só leite, por favor – respondi.

Ela me serviu uma xícara, que chacoalhou em cima do pires quando ela a entregou a mim com a mão trêmula.

– Eu estava dizendo a ela que eu queria poder ter dado a minha vida em troca da dele – disse o Sr. Roberts.

– Não fique emocionado de novo, querido – disse a Sra. Roberts. – Tem sido muito difícil para ele, senhorita. Primeiro ele perdeu o emprego e agora isso. Não sei até quando vamos conseguir aguentar.

Olhei ansiosa para a porta, desejando fervorosamente não ter vindo. Eu também queria poder ajudá-los com dinheiro, embora achasse que eles não iam aceitar.

– Sidney ainda morava com vocês? – perguntei.

– Isso mesmo. Ele voltou para casa depois da universidade – disse o Sr. Roberts. – Tivemos medo de ele conseguir um emprego longe e a mãe dele ficou muito feliz quando ele disse que ia ficar em Londres, não é, minha velha?

Ela assentiu, mas levou a mão à boca.

– O jornal disse que Sidney foi morto na região das docas de Londres. O que ele estava fazendo lá?

O Sr. Roberts olhou para a esposa.

– Ele trabalhava em uma livraria. Tanta educação para acabar trabalhando atrás de um balcão como qualquer outro jovem daqui. Vou lhe contar, senhorita. Nós tínhamos tantas esperanças para o nosso Sidney. Ele era um menino tão inteligente, sabe? Nós apertamos o cinto e economizamos para mandá-lo para uma boa escola e depois ele ainda conseguiu uma bolsa de estudos em Cambridge. Nosso Sidney tinha o mundo aos seus pés.

A voz falhou e ele desviou o olhar.

– Nós achávamos que ele fosse estudar Direito – continuou a esposa. – Ele sempre falou em ser advogado, então esperávamos que fosse contratado por um bom escritório quando saísse da universidade. Mas não. Ele anunciou para nós que não queria se envolver com a elite burguesa, seja lá o que isso significa.

– Parece que ele se envolveu com um grupinho esquisito na faculdade – disse o Sr. Roberts, como se fizesse uma confidência. – Você deve conhecê-los, já que era amiga dele lá.

– Os apóstolos? A sociedade secreta? É disso que o senhor está falando?

– Esses mesmos. Quer dizer que a senhorita já ouviu falar deles?

– Ouvi alguma coisa sobre eles. E eu sei que Sidney era… bem, um pouco idealista.

– Idealista? Ele era burro demais, me perdoe a linguagem, senhorita – disse o Sr. Roberts. – Toda aquela conversa de poder para o povo e abaixo as classes dominantes e todos deviam governar a si mesmos. Isso nunca vai acontecer, eu disse a ele. As classes dominantes nascem para governar. Elas sabem fazer isso. Se uma pessoa como a senhorita ou eu fosse colocada lá em cima para administrar um país, nós aprontaríamos uma bela confusão.

A Sra. Roberts não tinha tirado os olhos do rosto do marido. Agora ela olhava para mim como se quisesse que eu entendesse.

– O pai dele tentou fazê-lo cair em si, mas não adiantou. Ele começou a escrever para o jornal *Daily Worker* e a andar com aqueles comunistas.

– Um bando de vagabundos, todos eles. Eles nem fazem a barba direito – interferiu o Sr. Roberts.

– Nada de bom pode vir disso, dissemos a ele. Quando você quiser conseguir um emprego decente, isso vai te prejudicar.

– A mãe queria agradá-lo – disse Roberts. – Você sabe como são as mães, e ele era o único filho dela. – Ele fez uma pausa e pigarreou. – Ela achava que ele ia superar isso em algum momento. Os jovens muitas vezes são radicais, não é? Mas depois eles encontram uma boa garota, sossegam e caem em si. Só… só que ele nunca teve a chance de cair em si, não é?

– O senhor tem alguma ideia de quem pode ter feito essa coisa horrível? – perguntei.

Eles me encararam com o rosto inexpressivo.

– Achamos que deve ter sido um engano. Que o assassino o confundiu com outra pessoa. Estava escuro lá, foi o que nos disseram. Talvez o assassino tenha esfaqueado nosso pobre Sidney por engano. Não consigo pensar em outra explicação.

– Alguém o ameaçou? – perguntei.

Mais uma vez eles me olharam sem expressão.

– Até onde sabemos, ele nunca se envolveu em qualquer tipo de encrenca – disse o Sr. Roberts. – Sim, ele ia aos comícios comunistas e às vezes havia brigas lá. A mãe não queria que ele fosse. Mas, fora isso, não temos a menor ideia. Não podia ser alguém tentando roubar o caixa, porque ele estava no andar de cima quando foi esfaqueado.

– A polícia tem alguma suspeita? – perguntei.

– Se eles têm alguma pista, não nos contaram – disse o Sr. Roberts com amargura. – Eles fizeram muitas perguntas estúpidas para saber se Sidney estava ligado a alguma atividade criminosa. Pela maneira como ele foi esfaqueado, eles acham que foi uma coisa de profissional, foi o que entendi.

A Sra. Roberts se moveu para a frente até a beira da cadeira.

– Mas dissemos a eles que Sidney sempre foi um bom menino. Nunca fez nada que nos envergonhasse. E, se ele estivesse fazendo alguma coisa obscura, nós saberíamos, não é, querido?

– Sidney estava preocupado com alguma coisa nos últimos tempos? – perguntei.

Eles se entreolharam.

– Engraçado a senhorita dizer isso. Acho que tinha alguma coisa perturbando ele. Ele teve um pesadelo e nós o ouvimos gemendo e dizendo: "Não, é errado. Vocês não podem fazer isso." De manhã, perguntamos a ele qual era o problema, mas ele tinha se esquecido de tudo. Então, talvez ele estivesse com algum problema e não tenha nos contado. Existem gangues naquela parte de Londres, não é? Talvez alguém quisesse pressionar nosso Sidney a participar de um assalto ou algo assim e ele tenha recusado. Ele recusaria, sabe? Nosso Sidney era muito correto.

– Também nos perguntamos se ele não teria ouvido alguma coisa que não era da conta dele e foi morto porque pretendia avisar a polícia.

– Talvez – concordei, me perguntando por que isso nunca tinha me ocorrido. – E os amigos atuais de Sidney? Eu sei quem eram os amigos dele na universidade. Ele manteve contato com o mesmo grupo?

– Não muito – respondeu a mãe. – Tinha aquele jovem com o nome bobo. Tinha algo a ver com cogumelo.

– Edward Fotheringay, que se pronuncia "Fungy"? – perguntei a ela.
Ela sorriu.

– Esse mesmo. Ele veio aqui em casa algumas vezes e pegou Sidney em um carro esportivo. "Pensamos que você fosse contra as classes altas", dissemos a ele. O pai gostava de provocá-lo de vez em quando. Mas ele disse que esse Edward era bom e também se importava com as massas. Tirando isso, ele não trazia ninguém aqui em casa. Nenhuma namorada, pelo que eu sei. Ele não saía muito, tirando aquelas reuniões comunistas. Ele sempre foi muito sério, não é, querido?

– Ele nunca nos falou de nenhuma namorada – disse o Sr. Roberts. Ele me olhava de um jeito estranho, com a cabeça inclinada para o lado, como um pássaro, e de repente me ocorreu que talvez ele estivesse achando que eu era namorada de Sidney. – Se me permite dizer isso, a senhorita parece muito preocupada com o que aconteceu. Mais do que um conhecido da época de universidade seria.

Dei o que esperava ser uma risada nervosa.

– É verdade. Já fomos amigos próximos. Por isso eu fiquei indignada ao saber dessa história. Eu quero ir até o fim. Quero que o assassino seja levado à justiça.

– Agradecemos muito por qualquer ajuda, senhorita.

Os Roberts se entreolharam.

Resolvi arriscar:

– Eu estava pensando... Sidney não estava bebendo nem fumando muito nos últimos tempos, estava?

– Ele tomava uma cerveja e fumava um cigarro aqui ou ali, mas não mais do que uma pessoa comum... Na verdade, até menos, porque nosso Sidney sempre foi cuidadoso com dinheiro, como você deve se lembrar. Ele deixou uma boa quantia na poupança, não foi, querido?

Agucei meus ouvidos – quer dizer que o quieto e bem-comportado Sidney tinha suas economias, e pelo que parecia não eram poucas...

– Foi sim. Mais de cinquenta libras – disse o Sr. Roberts com orgulho.

Adeus à teoria de que Sidney estava vendendo drogas. Cinquenta libras não davam nem para começar a cobrir uma das festas de Gussie.

Terminei o chá e me despedi dos Roberts.

Eu estava cansada e deprimida quando cheguei à Rannoch House e fiquei aliviada ao encontrar meu avô já em casa e mais uma xícara de chá pronta. Mas essa foi muito bem-vinda.

– Descobriu alguma coisa? – perguntou meu avô.

– Só coisas que eu posso descartar. Sidney Roberts era um bom garoto, de acordo com os pais. Morava na casa deles e tinha uma vida simples. Deixou cinquenta libras na poupança. Eles tinham muitas esperanças em relação a ele e ficaram decepcionados quando ele virou simpatizante do comunismo. Então podemos supor que ele não estava lucrando com venda de drogas nem era usuário. Os dois suspeitam que ele possa ter sido vítima de um ambiente criminoso... que possa ter se recusado a participar de um roubo a mando de alguma gangue ou que possa ter ouvido alguma coisa que não era da conta dele.

Vovô assentiu.

– É uma possibilidade naquela parte da cidade. Você disse que ele trabalhava em uma livraria que vendia livros antigos. Havia livros raros entre eles? Livros que valessem um bom dinheiro? Talvez alguém tenha pedido para ele roubar alguns.

Eu não tinha pensado nisso. A solução mais simples de todas.

– Você pode descobrir esse tipo de coisa, não pode? Seus amigos da polícia seriam capazes de identificar gangues que negociam arte roubada, antiguidades, esse tipo de coisa.

Ele assentiu.

– É, isso seria bem fácil. Mas me parece meio extremo. Ninguém esfaqueia uma pessoa só porque ela não quer roubar um livro. No entanto, se ele ia denunciar os sujeitos para os policiais... você diz que ele era um jovem bastante íntegro... mas isso é outra história. Vou ver o que meus velhos amigos têm a dizer.

– E amanhã vou falar com o inspetor Burnall – falei. – A investigação deles talvez tenha chegado a algum lugar.

– Eu não contaria com isso, meu amor – disse vovô. – Agora, sobre nosso jantar de hoje à noite: não tem muita comida na despensa, porque achamos que você ia ficar fora. O que você acha de eu ir pegar um bom e velho peixe frito com batatinha em algum pub para nós?

Comecei a rir.

– Vovô, acho que você não vai encontrar peixe frito com batatinha aqui nesse bairro – falei.

Trinta e três

Rannoch House
Terça-feira, 21 de junho de 1932

Querido diário,
Hoje vai ser um dia quente. Às oito e meia o ar já está abafado e parado. Não estou empolgada com o que me espera. Não nasci para ser detetive.

O correio da manhã trouxe uma carta do Palácio de Buckingham. Achei estranho, já que o casal real estava em Norfolk, mas, quando a abri, descobri que era só um convite oficial para a festa no jardim real no dia seguinte. A carta concluía dizendo: *Por favor, apresente este convite para entrar nos jardins do palácio.* Então eu ia ficar frente a frente com Sua Majestade no dia seguinte. Ela ia querer alguma novidade. Era melhor eu fazer um bom trabalho hoje.

Depois do café da manhã, vovô partiu para a delegacia onde trabalhava, no East End, e eu fui para a Scotland Yard. Tive sorte. O inspetor-chefe Burnall estava lá e fui levada até sua sala. Ele estava vestido de maneira elegante, como sempre, e pareceu surpreso em me ver.

— O que a traz aqui, milady? Veio se entregar?

Dei a ele minha melhor imitação do olhar de aço da minha bisavó. Ele murchou.

— Só estou brincando, milady. O que posso fazer pela senhorita?

— Vim para saber se já foi marcada uma data para o inquérito. Talvez a princesa Hannelore tenha que voltar para a Alemanha em breve. Se o senhor acha que o testemunho dela pode ser útil, deveria agendar o inquérito para antes da partida dela.

– Ela está pretendendo fugir, é?

– A acompanhante dela, a baronesa Rottenmeister, acabou de morrer. Naturalmente, o protocolo exige que ela não fique no país desacompanhada.

– Mais uma morte? Elas parecem estar chovendo ao redor da sua princesa. Tem certeza que o sobrenome dela não é Bórgia? – Mais uma vez, ele deu uma risada hesitante.

– A baronesa morreu de infarto enquanto a princesa e eu estávamos passeando em Cambridge – respondi com frieza. – E o senhor não pode acreditar seriamente que eu ou a princesa tivemos alguma coisa a ver com o assassinato de Sidney Roberts.

– Ela foi encontrada com a faca na mão.

– Mas o senhor mesmo disse que o golpe foi desferido por um assassino treinado. O senhor realmente acha que as freiras do convento Holy Names a treinaram para ser uma assassina?

– Acho que não – concordou ele.

– E o senhor não pode estar suspeitando de mim.

Ele hesitou por um segundo, me fazendo continuar:

– Sério, inspetor-chefe, que motivo seria plausível para que qualquer uma de nós quisesse o Sr. Roberts morto? Eu só o encontrei duas vezes: uma em um parque e depois em uma breve conversa durante uma festa.

– Três vezes – disse ele. – Milady o encontrou três vezes, não duas. No Museu Britânico, lembra?

– Ah. Bem, na verdade, não. Foi a princesa Hannelore que o encontrou no museu.

– Ah, é?

– Tínhamos nos separado e, quando a reencontrei, ela me contou animada que tinha esbarrado com Sidney. Ele estava fazendo uma pesquisa lá e nos convidou para ir à livraria.

Ele refletiu por um momento e disse:

– Então milady só tem a palavra de Sua Alteza de que ela encontrou esse homem lá?

– Acredito que sim.

– Então, se quisesse uma desculpa para ir à livraria, Sua Alteza poderia ter inventado essa história.

– Acho que poderia. Mas por quê?

Enquanto eu dizia as palavras, vi uma possibilidade. Hanni estava apaixonada por Sidney. Queria uma chance de reencontrá-lo e já tinha demonstrado que não se importava de usar subterfúgios quando lhe convinha.

– Pensou em algum motivo? – perguntou ele.

– Pensei. Temo dizer que a princesa estava meio louca por rapazes, inspetor-chefe. E acho que ela estava apostando em Sidney Roberts. Não entendo o motivo, porque ela com certeza não teria permissão para continuar uma relação com um homem de classe baixa e sem um tostão. Talvez ela se sentisse atraída justamente por ele ser um fruto proibido.

O inspetor-chefe assentiu.

– E um assassino desconhecido escolheu aquele exato momento para esfaquear o Sr. Roberts e depois evaporar. Muito conveniente, não acha?

– Ele não evaporou. O dono da livraria não disse que havia uma janela no sótão e uma passagem por cima dos telhados?

– Não. Nós examinamos a janela. A poeira no parapeito estava intacta.

– Ele pode ter se escondido no meio das estantes e escapado quando saímos da loja para chamar a polícia. Pode ter se refugiado em um prédio ali perto, e não o teríamos visto. Mas a questão, inspetor-chefe, é que não matamos Sidney Roberts, não tínhamos motivos e muito menos habilidade para matá-lo.

– Acho que precisarei aceitar isso – disse ele. – Mas talvez a senhorita possa me ajudar sugerindo alguém que pudesse ter um motivo.

– E como vou saber isso?

– Vocês todos estavam na mesma festa algumas noites atrás, quando outro jovem morreu. Uma festa na qual eu soube que estavam usando cocaína.

– Já falei que testemunhei aquela morte. Foi um terrível acidente. Tubby estava cambaleando de bêbado. A amurada cedeu sob o peso dele. Não tinha ninguém perto.

– Mas acabamos descobrindo que ele não estava apenas bêbado – disse Burnall devagar, sem tirar os olhos do meu rosto. – Realmente, segundo a autópsia, ele tinha um nível considerável de álcool no organismo. Mas também tinha uma quantidade letal de fenobarbital.

– Quer dizer que ele foi envenenado?

– Ele foi nocauteado. Alguém queria ter certeza de que ele ia cair daquela sacada e, para garantir, também tirou alguns parafusos que seguravam as barras.

– Meu Deus do céu!

Não consegui pensar em mais nada para dizer.

– Então eu quero que pense com cuidado, milady. A senhorita tem algum motivo para suspeitar que alguém naquela festa quisesse tirar seu amigo Tubby do caminho? Ou talvez a senhorita tenha visto alguém colocando algo em uma bebida...

– Não – respondi. – Estava escuro e as pessoas estavam misturando coquetéis o tempo todo. Havia muita bebida circulando, e Tubby estava com um copo na mão toda vez que eu o via. Quanto a quem poderia querer tirá-lo do caminho, achei que vocês já teriam examinado a linha de herança.

– Nós examinamos, milady. Ele não tinha nenhum irmão, então a propriedade ia passar para um primo. Vários primos, inclusive o jovem que deu a festa.

– Gussie Gormsley? – perguntei, chocada.

– Exatamente. Augustus Gormsley. Na verdade, ele é primo em segundo grau, mas talvez tenha intenções semelhantes em relação aos outros herdeiros.

Eu ri.

– Ah, isso é loucura, inspetor. Gussie é...

Eu estava prestes a dizer inofensivo, mas me lembrei do meu constrangimento antes de Darcy aparecer. Ele não era tão inofensivo no fim das contas. Mas visualizei bem a cena na sacada e vi Gussie entregando a bebida a Tubby.

– Aquela bebida nem era para Tubby – comentei. – Gussie estava segurando a bebida. Tubby pegou.

– A quem a bebida se destinava?

Eu congelei quando me lembrei. Gussie estava tentando empurrar a bebida para Sidney Roberts. Depois que Sidney recusou, Tubby a pegou e tomou tudo. Mas será que eu deveria mencionar esse fato? Afinal, essas pessoas faziam parte do meu grupo. Não saíamos por aí matando pessoas. E eu só tinha visto o que acontecera depois de Gussie aparecer na sacada. Ele podia ter oferecido a bebida para qualquer pessoa lá dentro antes.

– Não tenho a menor ideia – respondi. – Gussie estava só sendo um bom anfitrião e fazendo questão que todos estivessem bebendo.

– Entendi.

Mais uma vez, ele me olhou de um jeito demorado e duro.

– Por acaso vocês fizeram algum progresso no assassinato de Sidney Roberts? – perguntei, mudando de assunto. – Ele não estava envolvido com nenhum criminoso, estava?

– Por que quer saber isso?

– Porque eu visitei os pais dele para dar os pêsames, e a mãe disse que ele estava preocupado nos últimos tempos e que murmurou alguma coisa durante o sono sobre algo ser errado e que eles não deviam fazer aquilo. Então achei que talvez ele pudesse estar sendo coagido a fazer alguma coisa ilegal.

– Interessante. – Ele acenou com a cabeça. – Ainda não ouvimos esse boato, mas vamos investigar. Vamos analisar a situação de todos os ângulos, posso garantir. A menos que haja outras informações que a senhorita gostaria de me contar agora.

– Se eu tivesse outras informações, contaria de bom grado – retruquei. – Acho que o senhor foi notificado de que a princesa está hospedada perto de Sandringham no momento, e eu estarei na Rannoch House pelos próximos dias, então o senhor sabe onde nos encontrar para avisar do inquérito.

Eu me levantei. Ele fez o mesmo.

– As pessoas do seu círculo se defendem não importa o que aconteça, não é? – disse ele.

– O que o senhor quer dizer?

– Acredito que a senhorita sabe mais do que está me dizendo. Alguém do seu círculo é o culpado, e isso vai aparecer. Aí, se eu descobrir que estava escondendo provas, vou atrás da senhorita.

– Tenho certeza de que não – comentei com frieza. – O senhor prendeu o meu irmão no início deste ano quando ele era inocente. Mas repito o que acabei de dizer: eu não sei nada sobre nenhum desses acontecimentos estranhos. Gostaria de ter mais a contar.

E fiz uma saída grandiosa.

Trinta e quatro

Enquanto eu caminhava de volta para a Rannoch House pelo St. James's Park e observava as crianças brincando, os casais passeando de mãos dadas, os funcionários de escritório sentados na grama aproveitando o sol, tive a impressão de que ninguém no mundo além de mim tinha a menor preocupação. Claro que esse era um pensamento falacioso. Naquele exato momento, por toda a cidade, havia homens fazendo fila na esperança de encontrar trabalho ou receber uma doação de sopa ou pão. Mas a depressão não iria estragar a diversão de um dia de verão no parque para aquelas pessoas. Eu, por outro lado, não conseguia me livrar do meu fardo.

Depois da visita ao inspetor-chefe Burnall, fiquei mais confusa do que nunca. Alguém do meu círculo. As palavras ecoavam na minha cabeça. Um dos meus com certeza tinha matado o pobre Tubby Tewkesbury, e a pessoa que entregou a bebida a ele foi Gussie. Mas primeiro ele tentou empurrar a bebida para Sidney Roberts. Será que Gussie sabia que estava oferecendo uma bebida misturada com fenobarbital? Será que ele pretendia deixar Sidney cair por aquela amurada? Se sim, por quê? Diversas possibilidades passaram pela minha cabeça: Sidney, o íntegro, tinha ameaçado denunciar o uso de cocaína à polícia ou talvez ele mesmo tivesse sido um intermediário, transportando drogas entre as docas e Mayfair, até que sua consciência pesou. Mas será que alguém matava por um motivo tão trivial? E, se Gussie não sabia que havia algo na bebida, quem mais na festa queria Sidney morto e por quê? A amurada desaparafusada parecia indicar Gussie – afinal, o apartamento era dele.

Olhei para o contorno branco simples do prédio moderno de frente para o parque. Talvez eu devesse ir lá para ver com os meus próprios olhos.

Gussie não apareceria, pois estava bem longe, no campo. Acho que eu conseguiria persuadir o porteiro a me deixar subir. Mudei de rumo e fui para o prédio residencial. O porteiro uniformizado fez uma saudação e me deixou entrar no saguão, cheio de vidro e mármore, onde um recepcionista estava sentado. Expliquei a ele que eu tinha estado na festa.

– Ah, aquela festa – disse ele, assentindo.

– Pois é, estava meio caótico e saímos com muita pressa – expliquei. – Acho que eu acabei deixando a minha bolsinha no apartamento.

– Sinto muito, senhorita, mas o Sr. Gormsley não está em casa – disse ele.

– Eu sei. Eu estava com ele no campo até ontem – expliquei. – Tenho certeza que ele não se importaria de eu dar uma olhada para procurar a minha bolsa. Eu gosto demais dela, e o senhor deve ter uma chave-mestra, não é?

Eu o vi franzir a testa, ponderando. Então ficou de pé.

– Acho que posso levá-la até lá rapidinho.

Ele arrastou os pés até o cubículo para pegar um molho de chaves e me escoltou de elevador até o andar.

O apartamento de Gussie fedia a fumaça amanhecida, e o sol da tarde que entrava pelas enormes janelas o deixava quente e abafado. O recepcionista ficou na porta. Ele não tinha a menor intenção de me deixar sozinha.

– Não sei direito em qual cômodo eu posso ter deixado – falei. – Tudo parece bem limpo e arrumado, não é?

E parecia mesmo. O pessoal de Gussie tinha feito um trabalho esplêndido. Entrei na sala de estar com móveis baixos e novos e pinturas de arte moderna medonhas. Havia uma escrivaninha no canto, mas eu provavelmente não ia convencer o recepcionista de que eu tinha guardado a minha bolsinha de festa ali dentro. E eu nem tinha ideia do que estava esperando encontrar. Um mata-borrão com a impressão de uma carta dizendo a Sidney que era melhor ele entregar as drogas, senão...? Provavelmente não. Ou uma carta de Sidney dizendo que tinha a intenção de ir à polícia? O cesto de lixo estava vazio; a mesa, impecável.

– Quem sabe eu tenha deixado no quarto – falei, fazendo o homem levantar uma sobrancelha. – Nós deixamos nossos casacos lá, eu me lembro. Talvez tenha caído embaixo da cama.

– Eu vou procurar. Não quero que a senhorita tenha que se agachar – disse ele.

Esperei até ele ir para o quarto e corri de volta até a mesa. Foi fácil abri-la. Tinha uma prateleira de cartas com correspondências não respondidas. Folheei rapidamente as cartas, abri uma gaveta atrás da outra e as fechei tentando ao máximo não fazer barulho.

– Achou? – gritei para ele.

– Nada, senhorita.

– Vou ver na cozinha, então. – Eu me afastei da mesa.

Depois de dez minutos, tive que admitir que eu não tinha encontrado nada. É claro que a polícia já devia ter feito uma busca completa no apartamento e retirado tudo que fosse suspeito. Enquanto descia de elevador com o recepcionista, pensei que a única coisa que eu tinha descoberto era que Gussie estava vivendo além de sua renda. Ele tinha um monte de contas não pagas do alfaiate, do comerciante de vinhos, da Fortnum's – algumas com duas ou até três cobranças por atraso. Então, se ele vendia drogas, não estava ficando rico com isso.

– É uma pena a senhorita não ter encontrado o que estava procurando – disse o recepcionista enquanto me acompanhava para fora do prédio.

Já passava muito da hora do almoço e meu estômago roncava de um jeito que não condizia com uma dama. Atravessei o parque voltando para a Rannoch House e não encontrei nenhum sinal do meu avô. Peguei um pouco de pão e queijo e troquei de roupa antes de sair de novo. Fiquei muito aliviada por vovô não estar lá, porque minha intenção era bisbilhotar a área da livraria e talvez participar de uma reunião na sede dos comunistas. Acho que ele não aprovaria nenhuma dessas coisas. Deixei um bilhete para ele dizendo que ia encontrar uns amigos e provavelmente só ia voltar para casa depois do jantar. Eu não queria que ele se preocupasse.

Encontrei a livraria com um pouco menos de dificuldade dessa vez. O beco parecia um local afastado e tranquilo, mergulhado na sombra do fim da tarde enquanto o sol pintava os andares superiores dos armazéns ao redor com um brilho rosado. Até o salão de chá russo tinha apenas dois homens muito velhos, com a cabeça afundada no peito e xícaras de chá pela metade na frente deles. O mendigo não estava mais na esquina; na verdade, nada se movia enquanto eu caminhava em direção à livraria. Um apito alto me fez pular, mas depois eu lembrei que o rio ficava logo atrás do fundo do beco. Um sino tocou quando entrei na livraria. Percebi que ele ficava pendurado acima da porta em um daqueles suportes pequenos. Eu tinha me esquecido da existência dele. Teríamos ouvido o barulho se alguém tivesse tentado escapar da livraria depois que entramos, não teríamos?

O Sr. Solomon apareceu das profundezas da livraria.

– Posso ajudar, senhorita?

Parecia que ele não tinha me reconhecido, e eu fiquei pensando se ele tinha problemas de visão.

– Sou uma das jovens que encontraram seu assistente esfaqueado na semana passada – falei. – Estou me sentindo péssima desde aquele dia, e tenho certeza que o senhor também.

– Estou mesmo, senhorita. Um rapaz tão bom. Tão promissor.

– Eu só queria saber se a polícia está mais perto de descobrir quem fez aquilo – expliquei.

– A polícia não me conta nada – disse ele. – Estou tão desinformado quanto a senhorita, embora eu possa apostar que foram aqueles camisas-negras.

– Camisas-negras?

– É, os bandidos que cercam aquele fascista do Mosley. A senhorita já ouviu falar dele e do Partido Novo, não é? Ele é um belo encrenqueiro que se inspira naquele terrível Mussolini.

– Eu os vi em ação pouco tempo atrás, provocando uma confusão no Speakers' Corner.

Ele suspirou.

– Eles vieram aqui, sabe, umas semanas atrás. Eles desprezam os comunistas e, claro, desprezam os judeus. Não passam de brutamontes. Eles derrubaram uma pilha de livros raros e valiosos antes de ir embora.

– Mas por que esfaquear o Sr. Roberts?

– Como um gesto de superioridade, talvez, ou eles podem ter achado que estavam me matando, já que eu represento tudo que eles odeiam.

– O senhor disse isso à polícia?

– Eu tenho a impressão de que alguns policiais admiram as ideias fascistas e desprezam o socialismo. Eles não querem ter igualdade. Gostam de poder.

Olhei para o rosto sério com os olhos fundos e a perpétua testa franzida e desejei poder fazer alguma coisa útil.

– Sidney trabalhava aqui e também escrevia para o *Daily Worker*, certo?

– Isso. Ele escrevia muito bem. Se ele continuasse vivo, acredito que poderia ter se tornado um grande escritor.

– E entendo que ele também ajudava sindicatos a divulgarem suas queixas.

– Sim. Além disso, era um bom orador. O partido precisava de pessoas como ele... homens que queriam melhorar de verdade a vida dos outros. Não existem muitos assim, infelizmente.

– Então o senhor nunca achou que ele estava envolvido com alguma coisa... bem, ilegal?

– Ilegal? – Ele pareceu chocado. – O que a senhorita está sugerindo?

– Não sei... roubos, drogas?

– Nosso Sidney Roberts? Ele teria recusado. Ele tinha padrões morais bastante elevados.

Não havia mais nada que eu pudesse pensar em perguntar e não consegui encontrar uma desculpa para ele me deixar investigar a livraria por conta própria, mas eu estava relutante em sair.

– Sidney me convidou para ir a uma das reuniões – falei. – Eu não tive a oportunidade, mas acho que deveria, no mínimo para honrar a memória dele.

O Sr. Solomon me olhou como se estivesse me analisando.

– Esse é um ótimo sentimento, mocinha. Vai haver uma palestra hoje à noite no salão da igreja depois da esquina. Eu acho que a senhorita pode aprender muito. Começa às oito horas. Espero vê-la lá.

Saí para a sombra profunda do beco e fiquei parada olhando para os vidros empoeirados das janelas, imaginando se eu teria alguma chance de voltar lá para dentro se o Sr. Solomon saísse por um instante. Mas, se eu tivesse, o que faria? A polícia tinha feito uma busca minuciosa no local e não havia encontrado nada. Ou, se encontrou, não estava disposta a compartilhar a informação comigo. Fiquei ali por um tempo, até o Sr. Solomon aparecer. Ele fechou a porta e a trancou ao sair. Eu me escondi em um vão quando ele passou por mim e depois fui tentar abrir a porta. Realmente estava bem trancada.

Ouvi o relógio de uma igreja próxima bater as cinco da tarde. Multidões passavam pelo fim do beco, estivadores e datilógrafos voltando para casa depois de um dia de trabalho. Eu tinha três horas livres antes da palestra, mas não fazia sentido voltar para casa em um daqueles vagões lotados do metrô. Quando eu finalmente conseguisse chegar em casa, já estaria na hora de sair de novo, e meu avô provavelmente ia tentar me impedir. Então, no fim das contas, fazia sentido ficar nesta parte da cidade. Saí do beco e localizei o salão onde a reunião seria realizada, logo depois de virar a esquina, como o Sr. Solomon tinha dito. Havia até uma placa no quadro de avisos do lado de fora: *Hoje à noite, o Sr. Bill Strutt, da Liga dos Trabalhadores Britânicos, fará uma palestra inspiradora sobre o tema* Visão para uma Nova Grã-Bretanha. *Não perca.*

Caminhei pela Wapping High Street, absorvendo os sons e odores das docas – o cheiro de umidade e de podridão da água do rio competindo com o de peixe frito e batatinha vindo de uma loja aberta, o apito triste dos rebocadores ecoando acima do barulho dos sapatos nos paralelepípedos. Entrei no estabelecimento que vendia peixe frito com batata, comprei uma porção e comi enquanto ia andando. Muito reconfortante até eu perceber a gordura manchando a luva que eu, muito burra, tinha esquecido de tirar. Continuei andando até chegar à Torre de Londres, com a Tower Bridge emoldurando o Tâmisa. A construção de pedras brancas da torre brilhava rosada sob a luz do sol da tarde. Era uma imagem muito cativante. Encontrei um banco e me sentei apreciando o ambiente movimentado do rio. Um barco de carga subia, fazendo a ponte se abrir e interrompendo o tráfego nos dois sentidos. O rio corria, escuro e oleoso, com destroços rodopiando nas águas turvas. O sol baixou e uma brisa fria se espalhou, tornando a permanência ali não muito agradável.

Eu ainda tinha mais de uma hora livre e, embora a Wapping High Street estivesse bem movimentada, não era uma região especialmente segura. Eu queria ter um acompanhante para poder entrar em um dos diversos pubs que estavam abertos apesar da crise econômica. Finalmente me lembrei do salão de chá russo. Voltei para o beco e entrei, atraindo olhares por todos os lados. Só quando eu me sentei foi que percebi que eu era a única mulher ali.

– Eu me lembro da senhorita – disse o garçom idoso com um forte sotaque. – Da senhorita e da outra moça. Vocês vieram aqui quando aquele pobre coitado foi esfaqueado.

– Isso mesmo – falei.

– Por que a senhorita voltou? – quis saber ele. Sua voz tinha um forte sotaque estrangeiro.

– Sidney Roberts nos convidou para uma das reuniões, e eu achei que deveria comparecer em homenagem a ele.

Ele fungou.

– Não é bom uma moça ficar zanzando aqui depois que escurece. A senhorita deveria ir para casa.

Realmente, quando o sol se pôs, tinha me ocorrido que não era um lugar muito seguro para mim e que, de alguma forma, eu tinha que encontrar o caminho até a estação de metrô mais próxima quando a reunião terminasse. Mas eu tinha visto alguns ônibus. Poderia ir de ônibus até uma parte mais segura e, de lá, pegar um táxi. Pedi uma xícara de chá. O chá veio em um copo com um suporte de prata, e era ralo e doce, com uma rodela de limão boiando. Tomei um gole, agradecida, e depois fiquei bebendo devagar enquanto ouvia a conversa ao redor. Acho que era principalmente em russo, mas também ouvi um pouco de alemão.

Por volta das sete e meia, saí e fui para o salão. As portas estavam abertas e uma ou duas pessoas já estavam sentadas lá dentro: trabalhadores com boinas e uma mulher de meia-idade vestida de preto. Eles acenaram com a cabeça para mim e eu retribuí o cumprimento. Aos poucos, os bancos foram sendo ocupados e o ar ficou pesado com a fumaça (e a tosse). O cheiro de corpos suados no calor prolongado da noite de verão também não era muito agradável. O banco era duro e desconfortável, e eu podia sentir olhos pousados em mim. Eu tinha certeza de que me destacava por não pertencer ao local, mesmo tendo me vestido da maneira mais simples possível. Muitas daquelas pessoas usavam roupas surradas, com os cotovelos e os joelhos cheios de remendos. Eu era limpa demais, civilizada demais, bem-vestida demais. Desejei seriamente ter seguido o conselho de vovô e não ter vindo. Qual era meu objetivo? Essas pessoas eram amigas de Sidney. Elas iam querer protegê-lo, não matá-lo.

– Eu nunca vi você aqui.

Um jovem de colete vermelho vivo se sentou ao meu lado.

– Não. É minha primeira vez. Eu era amiga de Sidney Roberts, aquele rapaz que foi morto na semana passada.

– Ah, sim. Ouvi falar. Pobre camarada.

Ele falava bem, e eu notei que ele usava um anel de sinete. Um de nós, então.

– Seja bem-vinda – disse ele. – Meu nome é Miles. Acho que hoje promete. Bill é um orador maravilhoso.

Eu queria perguntar a Miles se ele tinha estudado com Sidney em Cambridge, mas, naquele momento, a porta da frente do salão se abriu e vários homens entraram enfileirados no palco. O orador foi apresentado. Era um homenzinho simples, talvez na casa dos quarenta anos, e não muito mais bem-vestido do que o público. Mas, quando ele começou a falar, entendi o que Miles quis dizer. Ele falou de uma visão para uma nova sociedade: a divisão da riqueza e da carga de trabalho.

– O império ficou gordo e forte nas costas dos trabalhadores – disse ele, batendo na mesa quando se empolgou. – E recebemos algum agradecimento? Não! O que recebemos é uma carta de demissão quando a produtividade cai. Quem lutou nas trincheiras na guerra? Os trabalhadores. Nós! E onde estavam os oficiais? Bebendo uísque atrás das linhas. E quem está fazendo fila para conseguir emprego ou pão hoje enquanto os patrões vão para casa comer um belo assado no jantar? Vocês entenderam, meus amigos. Mantivemos o império funcionando e ninguém jamais nos agradeceu.

Ele bufou e continuou:

– E se mudássemos isso? E se fôssemos os chefes? E se elegêssemos nossos camaradas para administrar as minas de carvão, as fábricas de lã, as docas e o país? Nós saberíamos o quão exaustivo é o trabalho, não é? Faríamos com que todos os homens recebessem um pagamento justo pela própria mão de obra. Melhoraríamos as condições de segurança. Acabaríamos com os desmoronamentos de minas, com os dedos perdidos em máquinas defeituosas. E podemos fazer isso acontecer. Só precisamos tornar nossa causa conhecida, e as pessoas vão se unir a nós. Se formos eleitos para o parlamento, isso vai ser um fluxo sempre crescente.

– Já existe um Partido Trabalhista, caso você não tenha notado – gritou um baderneiro nos fundos.

– Partido Trabalhista? – Bill Strutt riu. – E você acha que eles se importam com os trabalhadores? Não mais do que os conservadores, não é? Eles pararam com as demissões e apoiaram as greves e marchas da fome? Não, não fizeram nada isso. Está na hora de uma mudança, camarada. Está na hora do verdadeiro socialismo! Está na hora de tomarmos o que é nosso por direito.

– E o que faz você pensar que estaríamos em uma situação melhor? – perguntou outra voz desordeira. – Olhe para a Rússia. Eles estão em uma situação melhor com Stálin? Eles estão morrendo de fome, amigo. Pelo que ouvi dizer, se dão um passo que seja em falso, são enviados para a Sibéria.

– Ah, mas a Rússia é diferente – disse Strutt. – Os camponeses russos… bem, eles eram quase servos, não eram? Não tiveram educação como os trabalhadores britânicos. Não estão acostumados a ter voz na administração das coisas como os britânicos. Portanto, a Rússia ainda tem um longo caminho a percorrer, mas nós estamos prontos para assumir, camaradas…

Houve alguns aplausos e batidas de pé desanimados. Comecei a achar aquilo tudo muito bobo. Olhei ao redor. Muitos dos olhos estavam fixos no orador, extasiados. Então eu congelei. A iluminação do salão era ruim, mas em um canto mais distante pensei ter visto um rosto conhecido. Era muito parecido com Edward Fotheringay.

Trinta e cinco

Puxei meu chapéu clochê sobre um olho para que Edward não pudesse me reconhecer e esperei o desfecho do discurso. E ele acabou em meio a gritos, provocações e insultos. Parecia que alguém do público tinha sido plantado só para agitar as coisas. Por fim, Bill Strutt cansou.

– Camaradas, vejo que temos alguns presentes que não querem ouvir nem aprender. Em todas as sociedades existem mentes fechadas que nunca vamos alcançar, por isso vou encerrar por aqui, antes que as coisas fiquem violentas. Peço que vocês continuem calmos e controlados quando saírem daqui. Vamos mostrar que somos superiores, que não precisamos de violência para promover a nossa causa. Permaneçam firmes com o ideal dessa visão, camaradas. Por um futuro melhor para todos nós! Um futuro comunista!

Houve muitos aplausos e algumas vaias quando ele desceu do palco. A multidão já estava de pé, indo em direção às portas da frente. Olhei para Edward e vi que ele avançava aos poucos, no caminho contrário da multidão, como um salmão nadando rio acima, em vez de se juntar às pessoas que saíam. Eu também estava sendo arrastada para a saída. Eu me esquivei para o lado, abrindo caminho aos poucos até o corredor lateral para escapar do fluxo. Os homens que tinham estado no palco haviam agora desaparecido pela portinha para a qual Edward também estava indo. Eu andava muito devagar, sendo empurrada por trabalhadores e estivadores corpulentos.

– A saída é por aqui, meu amor – disse um deles. – Vamos, eu te pago uma cerveja.

Ele tentou colocar um braço ao meu redor.

– Não, obrigada. Estou esperando uma pessoa – falei, me esquivando.

Olhei ao redor, mas Edward tinha desaparecido. Havia uma porta lateral com a placa *Lavatório*. Entrei e tranquei a porta. Por fim, o barulho das pessoas diminuiu. Saí e encontrei o salão todo escuro. Ainda havia um pouquinho de luz do dia entrando pelas janelas altas, o suficiente para eu ver a configuração do salão e as grandes portas no fundo fechadas. Todo mundo tinha ido para casa, menos aqueles que desapareceram pela portinha na lateral do palco. Fui até lá e acabei tropeçando em uma cadeira que tinha sido deixada no corredor. Prendi a respiração para o caso de alguém ter ouvido. Mas nada aconteceu, então abri a porta e entrei.

Dentro da passagem estreita estava completamente escuro. Olhei em volta procurando um interruptor, mas depois pensei melhor. Eu não devia chamar a atenção para a minha presença. Não sabia até que ponto estava segura – afinal, fora Edward quem tinha preparado os coquetéis naquela noite. Ele estava com aquele olhar estranho e extasiado enquanto dirigia muito rápido pela tempestade. Com certeza havia alguma coisa nele que não era confiável.

Segui bem devagar pela passagem estreita, tateando em volta. Quando cheguei a uma porta entreaberta à direita, verifiquei, mas descobri que era um armário de vassouras. Contei os passos a partir da porta, percebendo que seria um lugar para me esconder caso os homens voltassem por ali inesperadamente. A passagem terminou de repente no que parecia ser uma parede. Meus dedos tatearam, mas não encontraram nenhuma porta ou maçaneta. Aonde eles podiam ter ido? E por que eu não fui sensata o suficiente para levar uma lanterna, como qualquer bom detetive faria?

Por fim, meus dedos localizaram uma rachadura na parede, que parecia ser a lateral de uma porta, mas eu não conseguia sentir a maçaneta nem o batente. Encostei o ouvido e ouvi vozes fracas do outro lado.

– Aquela garota esteve aqui hoje à tarde – ouvi um homem dizer com clareza. – Ela estava planejando participar da reunião hoje à noite.

– É, acho que a vi no salão. – Era a voz de Edward? Estava abafada demais para eu ter certeza.

– Você acha que ela suspeita de alguma coisa? – A terceira voz parecia feminina, mas grave e gutural, com um acentuado sotaque estrangeiro.

– O que importa? De qualquer forma, ela vai chegar tarde demais, não é? – A voz de Edward de novo?

– Você ainda pretende seguir com o plano?

– Eu vi o que aconteceu com Roberts... aquele certinho burro com aquela moral de classe baixa. Se eu estivesse planejando desistir, já teria fugido para a Austrália.

– Ainda estou perturbado por causa de Roberts. Era mesmo necessário matá-lo?

– Ele teria nos traído. – A voz gutural da mulher estrangeira.

– E você ainda acha que essa é uma linha de ação inteligente? Dada a situação?

– Qual seria a opção? As primeiras tentativas fracassaram, e o tempo está se esgotando.

– Foi burrice matar a baronesa.

– Não tive escolha, meu amigo. Ela ia telefonar para o pai da princesa, e isso estragaria tudo, não é?

Então parecia que havia três pessoas ali – dois homens e uma mulher –, todas falando baixinho como se não quisessem ser ouvidas.

– Então está tudo preparado? Alguma coisa que você precisa que façamos?

– Preparem a rota de fuga se algum de nós conseguir escapar.

– Não é a situação ideal. Falei isso desde o começo.

– Vai ter que funcionar. É agora ou nunca, você não concorda?

– Acho que tenho que concordar. Eu nunca achei que fosse uma boa ideia. O que vamos conseguir com isso, além de colocar metade da população contra nós?

– Você não está dando para trás, não é, Solomon?

– Vocês sabem o que eu penso da violência. Só quando for absolutamente necessário.

– Isso mesmo. Quando for absolutamente necessário.

As vozes estavam se afastando. Ouvi mais alguma coisa, mas não consegui entender. Achei que tinha ouvido um baque. Tateei meu caminho de volta pelo corredor e até o armário de vassouras para o caso de eles reaparecerem de repente. Mas ninguém apareceu. Esperei e esperei até as minhas pernas ficarem tensas e com cãibra por estarem curvadas entre os esfregões e baldes. Por fim, saí e prestei atenção. Nada. Devia haver outra saída na sala em que eles estavam conversando.

Voltei para o salão principal. Já estava escuro lá fora, com a luz de um poste reluzindo através de uma das janelas. O salão tinha se tornado um lugar arriscado – com sombras bruxuleantes e formas estranhas. Uma explosão estridente de vozes cantando em um pub me fez perceber que eu estava em uma área potencialmente perigosa. Devagar e com cuidado, segui pelo corredor até chegar às portas da frente. Empurrei com força, mas elas se recusaram a ceder. Procurei uma maçaneta. Não havia nenhuma. Pelo que pude perceber, as portas estavam trancadas com cadeado pelo lado de fora. Eu estava presa.

Tinha que haver outra saída. Aquelas pessoas tinham atravessado o que parecia ser uma parede sólida e não tinham retornado. Fiz o caminho de volta, consciente agora de cada pequeno som, do eco dos meus pés no chão de pedra e de misteriosos ruídos e rangidos que deviam ser só o prédio velho se acomodando no ar noturno, mas que pareciam sinistros naquele momento. Não consegui acreditar que eu estava totalmente sozinha. Eu via sombras em movimento em cada canto e pulei ao ouvir a buzina de um automóvel que passou.

Coragem, Georgie, você não é assim. Tentei me incentivar. Eu, que tinha ousado ficar de vigília nas muralhas do castelo Rannoch para tentar ver o fantasma do meu avô; eu, que tinha sido descida no poço do castelo pelo meu irmão e os amigos dele... agora estava com medo de ficar sozinha no escuro? Bem, isso era um pouco diferente. Eu tinha acabado de ouvir pessoas confessando ter matado a baronesa e Sidney Roberts, pelo que entendi. Isso significava que a minha vida não valeria muito se me encontrassem ali.

Voltei devagar por aquela passagem estreita e encontrei a rachadura na parede de novo. Tateei ao redor, mas não consegui achar a rachadura que deveria ser a outra lateral da porta nem uma maçaneta. Empurrei. Cutuquei. Então, frustrada, pisei forte no assoalho. Senti alguma coisa ceder e parte da parede oscilou em silêncio para dentro. Hesitei só por um segundo antes de entrar. Eu percebi onde estava na mesma hora, claro. Aquele cheiro característico de livros antigos e fumo de cachimbo. Eu estava na livraria. Quer dizer que afinal havia uma saída que a polícia não tinha descoberto. Não demonstrava muita inteligência da parte dela.

Tentei analisar em que andar eu estava. Quase não havia luz. Me perguntei se conseguiria encontrar um interruptor e se teria coragem de acioná-lo. Fiquei em silêncio ouvindo, caso as pessoas não tivessem saído mas simplesmente ido para outra parte da livraria. Eu com certeza não queria esbarrar em ninguém no escuro. Para me tranquilizar, estendi a mão para trás para tocar na porta pela qual eu tinha entrado, mas não consegui encontrá-la. Recuei, com o coração acelerado, e toquei em estantes de livros em três lados ao meu redor. A entrada secreta tinha voltado ao lugar. Agora eu estava presa na livraria.

Depois de esperar pelo que pareceu uma eternidade, prestando atenção a qualquer som ou movimento, deixei o abrigo do corredor lateral, tateando o caminho ao longo da estante. À minha frente havia uma luz fraca, suficiente apenas para delinear as fileiras de estantes. Devagar, segui em direção à luminosidade até que tropecei em uma coisa macia. Eu me abaixei, depois recuei horrorizada. Havia uma pessoa deitada ali. Com cuidado, estendi a mão e toquei, apalpando o braço até encontrar uma mão. Ainda estava quente. Segurei o pulso para verificar os batimentos, mas não consegui detectar nada. A luz fraca delineou os óculos em um rosto esquelético. Só podia ser o Sr. Solomon.

Eu precisava sair para buscar ajuda. Talvez ainda houvesse uma chance de salvá-lo. Eu o contornei e tateei adiante. A luz fraca aumentou até que consegui ver que era um poste de luz brilhando através dos vidros empoeirados das janelas da frente. Soltei um enorme suspiro de alívio. Eu poderia encontrar o policial mais próximo e contar tudo que eu sabia. O que quer que aquelas pessoas tivessem planejado, eu ia conseguir detê-las. Segurei a maçaneta da porta da frente. Ela se moveu, mas a porta não abriu. Eu balancei, sacudi, empurrei com todas as minhas forças, mas, além de fazer o sino soar furiosamente, nada aconteceu. Eles tinham trancado a porta ao sair. Eu estava presa ali com o corpo do Sr. Solomon.

Olhei para as janelas e avaliei se conseguiria encontrar alguma coisa que desse para quebrá-las, mas as vidraças eram tão pequenas que eu nunca conseguiria sair por elas.

Deslizei até o chão pela parede ao lado da janela e apoiei os braços no peitoril largo. Naquele momento, eu não queria ser adulta e independente e estar sozinha em uma cidade grande. O que eu queria mais do que tudo naquele momento era estar em casa – com a babá, Binky e, naquela hora, até mesmo Fig, em um lugar seguro e bem longe dali. E eu queria de verdade que alguém me resgatasse. Espiei pela janela na esperança de que meu avô viesse arrombar a porta e me levar embora. Mas eu tinha dito a ele que ia sair com amigos, e ele não tinha ideia de quem esses amigos seriam nem de como entrar em contato com eles. E Darcy estava no campo, longe dali, dando passeios ao luar com Hanni – já que Edward tinha saído totalmente do caminho.

Eu só teria que ficar sentada ali até de manhã, quando as pessoas estivessem a caminho do trabalho e eu pudesse quebrar uma janela e gritar por socorro. E então... a polícia viria e eu teria que explicar por que estava ali sozinha com o corpo do Sr. Solomon. E eles só teriam a minha palavra de que eu não era a assassina. Dava para imaginar o sorriso irritante de Harry Sugg.

"É mesmo?", diria ele. "Ficou trancada por engano, foi? E esse homem morreu por engano também? Bem, eu não vejo mais ninguém dentro deste prédio trancado, então que tal me dizer quem o matou, se não foi a senhorita?"

Os pensamentos zumbiam furiosos na minha cabeça. Aqueles comunistas planejavam uma coisa terrível da qual Sidney tinha se recusado a participar e à qual o Sr. Solomon se opunha. Quem sabe era algum tipo de manifestação violenta, como tomar as Casas do Parlamento ou até mesmo matar o primeiro-ministro. E, se um deles voltasse à livraria pela manhã, talvez com um automóvel para levar o corpo, e me encontrasse ali, eu também seria eliminada. Fiquei sentada à luz do poste que iluminava os livros empilhados no chão ao meu redor. Era a livraria mais bagunçada que eu já tinha visto. Perto de mim havia uma pilha de livros infantis. Comecei a folheá-los na esperança de encontrar um amigo familiar e reconfortante dos meus tempos de infância. Mas os livros eram estrangeiros, com ilustrações de bruxas malvadas e ogros selvagens. Nem um pouco reconfortantes. Na base da pilha havia um chamado *Vamos aprender russo*. A capa tinha uma foto de duas crianças comunistas felizes e sorridentes, carregando uma foice e um martelo. *Que conveniente*, pensei. Talvez eles distribuíssem uma cópia para todos que participavam daquelas reuniões idiotas. Eu o folheei.

O alfabeto russo é diferente do nosso, eu li. *Você precisa dominá-lo antes de poder ler palavras em russo.* Meus olhos percorreram a página. O russo usa a letra *C* no lugar da nossa letra *S*. Meu olhar seguiu adiante. A letra russa *R* é escrita como o nosso *P*. Eu me peguei pensando nas duas cartas que alguém tinha enviado para Hanni, a primeira com um ponto de interrogação, a segunda com uma cruz em cima das letras. *C.P.* não era C.P., mas sim S.R. – Sidney Roberts?

Isso significava que tinham sido enviadas por Edward Fotheringay e sua estúpida sociedade secreta esquerdista de Cambridge. Ele tinha estudado idiomas modernos: alemão e russo. A mãe dele era russa. Ele tinha dito que esteve na Índia, mas o coronel Horsmonden nunca o encontrou lá e Edward foi evasivo ao responder às perguntas dele. O que agora me fazia suspeitar de que ele nunca tinha estado na Índia. Ele estava na Rússia, sendo treinado para o momento em que fosse mandado de volta para derrubar o governo à força, como os comunistas tinham feito lá. Ou talvez para instaurar o caos e, quem sabe, uma nova guerra mundial, da qual o comunismo internacional emergiria triunfante. Eu devia ter captado os sinais antes. Fora ele quem preparara os coquetéis na festa e tentara matar Sidney ali mesmo. E ele tinha tentado envolver Hanni. Eu não via como nem por quê, a menos que ele quisesse criar problemas entre a Inglaterra e a Alemanha ou usá-la de alguma forma para colocar os comunistas alemães no poder. Mas ela era ingênua o suficiente e ele era bonito o suficiente para ela acreditar em qualquer coisa que ele dissesse.

Sendo assim, a próxima pergunta era: será que Edward a tinha persuadido a ajudá-lo a matar Sidney? Mas não fazia sentido. Nós duas estávamos na livraria juntas. Hanni tinha subido a escada segundos antes de mim e com certeza não tinha nenhuma faca consigo nem tinha aprendido a matar no convento.

Fechei o livro e o deixei de lado. Isso era absurdo. As cartas não deviam ter nada a ver com Sidney Roberts nem com a morte dele. A noite se arrastou. Devo ter cochilado de vez em quando, porque ao me endireitar por causa de um torcicolo, percebi que o céu estava com um tom acinzentado. A luz do dia estava chegando. O pobre Sr. Solomon estava deitado ali, com a boca e os olhos abertos, parecendo um boneco de cera do Museu Madame Tussauds.

Eu tinha que encontrar um jeito de sair dali. Andei até o mais longe da luz que ousei, examinando os corredores laterais e chutando as paredes em busca de algum sinal de uma porta escondida. Mas, quando clareou de verdade, eu já tinha empurrado e chutado todas as estantes e não tinha encontrado nada. Claro, ainda havia o sótão que o Sr. Solomon tinha mencionado. Com certeza valia tentar. Subi a escada e vi um alçapão no teto. Tinha uma corda presa a ele. Eu a puxei e uma escada desceu. Subi com cuidado porque tenho muito medo de aranhas e odeio suas teias. Estava bastante empoeirado lá em cima. Havia muitos livros empilhados ao lado de baús velhos e formas escondidas sob lençóis empoeirados. À meia-luz eles pareciam sinistros, e eu não me surpreenderia se um lençol saísse voando, revelando Deus sabe o quê.

Mas consegui chegar à janelinha na extremidade oposta. O parapeito estava limpo onde a polícia devia ter tirado o pó das impressões digitais e, felizmente, eles devem ter forçado a abertura da janela, porque não precisei me esforçar muito para abri-la. Arrastei um baú até ali, subi nele e coloquei a cabeça para fora. O mundo estava coberto por uma névoa espessa, de modo que era impossível ver mais do que alguns metros adiante. Mas o que eu conseguia ver já não era animador. Ai, céus, o telhado era íngreme e terminava em uma descida brusca. As telhas estavam úmidas com a névoa pesada. Eu não estava empolgada com a tentativa de sair e, se eu começasse a escorregar, não ia conseguir parar.

Desci e empilhei livros em cima do baú até ficarem em uma altura suficiente para eu conseguir sair pela janela. Eu saí, depois me ergui até ficar de pé no parapeito, segurando o topo da moldura da janela para me apoiar. O único caminho era para cima. Eu me aproximei da janela da mansarda, escalando a lateral dela até conseguir alcançar o topo do telhado. Fiquei feliz por estar usando minhas meias velhas de algodão e não as boas, de seda, e minhas sandálias de sola de crepe, e não de couro. Mesmo assim, as telhas estavam muito escorregadias, e eu mal conseguia respirar porque meu coração estava acelerado. Montei na cumeeira do telhado, mais ou menos como se estivesse montando um cavalo. Na direção em que eu olhava, dava para ver que o telhado terminava na parede vazia de um prédio mais alto. Não havia razão para ir naquele sentido, então. Eu não conseguia ver uma calha nem outro auxílio para a descida.

Eu me virei e fui na outra direção, avançando bem aos poucos com o coração martelando no peito. Era uma descida muito, muito longa. Consegui chegar a uma concentração de chaminés e passei por elas, depois continuei pelo telhado, que virava em ângulo reto. Cheguei ao fim do prédio e parei, engolindo as lágrimas de frustração. Entre o telhado e o próximo prédio havia um vão. Não era muito largo, mas não tinha como descer rastejando até a calha e depois me virar para conseguir ficar em uma posição da qual pudesse pular, mesmo que eu tivesse coragem para tanto. E, ainda que eu pulasse, não teria onde me segurar.

Eu não tinha ideia do que fazer. Meus músculos tremiam com o esforço e a tensão, e eu não queria voltar para aquela janela do sótão. Se eu gritasse dali de cima, alguém ia conseguir me ouvir? Com certeza não ia conseguir me ver nesta névoa. Então a névoa rodopiou e se abriu por um instante, e ouvi água batendo. Em algum lugar abaixo de mim estava o Tâmisa. Pacientemente, esperei até que a névoa se dissipasse de novo. O rio estava a uma boa distância, mas era logo abaixo de mim, e eu já tinha pulado muitas vezes de uma pedra alta para o lago da minha casa na Escócia. A questão era: será que o rio era fundo o suficiente? Isso foi respondido quase no mesmo instante pelo som grave de uma sirene de navio que soou de maneira assustadora e melancólica através da névoa. Grandes navios de carga atracavam ali, e parecia que estávamos na maré alta. Claro que seria fundo o suficiente. De qualquer maneira, eu não conseguiria imaginar um plano melhor depois de ter passado a noite praticamente em claro e muito medo.

O céu ficou mais claro e a névoa rodopiou e se desfez. De vez em quando, eu era presenteada com uma visão nítida das águas cinzentas logo abaixo. Eu ia conseguir. Eu ia pular. Joguei a perna por cima de onde estava montada e me movimentei como um caranguejo, descendo a superfície íngreme. Uma telha se soltou e deslizou pelo telhado até cair na água. Alguns pombos decolaram, esvoaçando, do telhado próximo, quase me fazendo perder o equilíbrio. De trás de mim vinham sons através da névoa: a cidade estava acordando.

Não sei por quanto tempo eu conseguiria ficar ali empoleirada, tentando criar coragem, mas percebi que meu pé ia ficar dormente. Isso não era bom. Eu tinha que agir naquele instante. Respirei fundo, fiquei em pé na calha e pulei. Caí no rio jogando água para todos os lados. O frio me tirou o fôlego. Afundei e nadei até chegar à superfície, cuspindo e sentindo o gosto de água oleosa na boca. A neblina se enrolava na superfície da água e escondia as margens, me deixando sem saber para qual direção eu estava virada. A saia se enrolava nas minhas pernas como uma horrível criatura marinha enquanto eu lutava para manter a calma. O gemido distante de uma buzina me lembrou que grandes navios passavam por ali. Eu não tinha a menor vontade de ser atropelada por um navio de carga. À esquerda dava para distinguir o contorno escuro do prédio do qual eu tinha acabado de pular, e eu nadei em direção a ele.

O único problema seria encontrar um jeito de sair do rio. Um muro branco apareceu. Ouvi um grito e vi homens parados em um cais alto que se projetava à minha direita. De repente, um deles tirou o casaco e pulou, nadando até mim com braçadas poderosas.

– Está tudo bem, querida, vou pegar você – disse o homem.

Ele colocou um braço no meu pescoço e me arrastou até a margem.

Eu queria dizer a ele que eu era perfeitamente capaz de nadar sozinha até os degraus, mas ele me segurava com tanta força que eu não conseguia falar. Chegamos a uma escada que se estendia até uma margem, e mãos me puxaram sem nenhuma cerimônia para fora da água.

– Muito bem, Fred – disseram algumas vozes.

– Você vai ficar bem agora, querida.

Um deles disse:

– Você não devia ter feito isso. Ele não vale a pena. Sempre há motivo para viver. Você vai ver.

E eu percebi que eles achavam que eu tinha tentado me matar. Eu não sabia se devia rir ou ficar indignada.

– Não, você não entendeu – falei. – Fui trancada em um prédio por uns comunistas e eu só tinha como escapar pelo telhado, e a única maneira de descer de lá era pular.

– Claro, querida. – Eles se entreolharam, sorrindo com astúcia. – Venha, vamos levá-la para o abrigo e pegar uma xícara de chá. Não há necessidade de avisar a polícia.

E eu me dei conta, claro, de que suicídio era crime.

Trinta e seis

Uma hora depois, eu estava de volta à segurança da Rannoch House, enfrentando um avô furioso.

– Eu estava quase maluco de preocupação! – gritou ele. – Eu não sabia se tinha acontecido alguma coisa ou se você tinha simplesmente perdido a hora em uma daquelas festas chiques que você frequenta.

– Desculpe – falei e expliquei tudo para ele.

– Que burrice! – Foi tudo que ele conseguiu dizer depois. – Um dia desses você vai passar dos limites, minha garota. Se você fosse um gato, já teria usado várias das suas sete vidas.

– Eu sei. Mas foi bom eu ter me arriscado, porque agora eu sei. Assim que eu me trocar, preciso ir até o inspetor-chefe Burnall e contar o que descobri. Eles estão planejando alguma confusão, vovô.

– Você não vai a lugar nenhum – disse ele com firmeza. – Antes de mais nada, vou lhe preparar um banho quente, depois você vai tomar um belo café da manhã e depois vamos telefonar para a Scotland Yard e o inspetor-chefe Burnall pode vir aqui. Ele não vai estar no escritório a esta hora, vai?

Não dava para discutir. Era como estar com a babá de novo. Quando ela ficava com aquele olhar, você já sabia que todos os protestos eram inúteis. Deixei que ele me levasse escada acima, depois afundei na água quente por um tempo antes de me vestir e descer para comer um ovo cozido e petiscos. Até isso era como estar de volta à infância e me dava uma adorável sensação de segurança.

Vovô ligou para a Scotland Yard e o inspetor-chefe Burnall chegou cerca de meia hora depois.

– Tem algo importante para me dizer, milady? – perguntou ele.

Relatei os acontecimentos da noite anterior. Ele me ouviu com atenção.

– E a senhorita pode me dar o nome de alguma dessas pessoas?

– Acho que eram dois homens e uma mulher, embora a voz da mulher fosse grave e tivesse um sotaque estrangeiro, então podia muito bem ser outro homem. O homem morto era o Sr. Solomon. Tenho certeza disso, e tenho quase certeza de que um deles era Edward Fotheringay.

– O mesmo Edward Fotheringay que está dividindo um apartamento em Londres com Gormsley?

Eu queria perguntar "Quantos Edward Fotheringays podem existir?", mas acabei assentindo com educação. Afinal, naquele momento, ele estava realmente me ouvindo.

Então ele sorriu e quebrou a ilusão.

– Isso tudo é meio absurdo, não acha, Vossa Senhoria? Tem certeza que não está tentando me passar a perna, me afastando do seu amigo Gormsley, por exemplo?

– Eu posso provar tudo – falei. – O senhor vai encontrar o corpo do Sr. Solomon na livraria dele. Acredito que o mataram porque ele não estava querendo concordar com o plano deles, assim como Sidney Roberts.

Burnall se levantou no mesmo instante e foi para o meu vestíbulo. Eu o ouvi vociferando ordens ao telefone. Ele voltou para a sala.

– Mandei homens para lá agora mesmo. A senhorita poderia nos dar uma declaração por escrito?

Fui até a mesa da sala matinal e tentei expressar minha experiência da maneira mais sucinta possível. Eu ainda não tinha terminado quando nosso telefone tocou. Burnall chegou até ele antes do meu avô. Ele voltou com uma expressão interrogativa.

– Agora milady se importa de me dizer a verdade?

– Como assim? Acabei de lhe dizer a verdade.

– Não havia nenhum corpo na livraria.

– Mas eu estava lá. Eu toquei nele. Era uma pessoa morta. A pele estava fria, e tenho certeza que era o Sr. Solomon.

– Meus rapazes tiveram que arrombar a porta e não encontraram nada suspeito lá dentro.

– Então eu estava certa. Aquelas pessoas devem ter ido buscar o corpo.

Burnall me encarava como se estivesse tentando ler a minha mente.

– Mentir para a polícia é um crime grave.

– Eu não menti! – Eu me ouvi gritando, e sei que uma dama nunca levanta a voz. Minha governanta teria ficado horrorizada. – Olhe, eu podia ter morrido ontem à noite. Pergunte aos homens que me tiraram do Tâmisa hoje de manhã se o senhor quiser uma prova de que eu estava lá.

O olhar dele se suavizou um pouco.

– Não duvido que a senhorita tenha tido uma experiência assustadora, e talvez tenha sido trancada na livraria por engano, mas acho que sua imaginação saiu do controle, não é? Talvez milady tenha tocado em uma almofada ou uma pilha de trapos?

– Uma pilha de trapos que usava óculos e tinha dentes? Eu coloquei a mão no rosto dele, inspetor-chefe, e ele estava morto. Se o senhor quiser me levar até lá, posso mostrar o lugar exato onde ele estava caído. Se o senhor examinar com cuidado, vai encontrar vestígios de sangue, tenho certeza. Mas esta não é a questão mais importante de hoje. Se aquelas pessoas estão planejando um ato dramático e violento, o senhor precisa colocar os homens em alerta e a postos.

– E onde milady sugere que eu coloque esses homens? – perguntou ele.

– Não tenho a menor ideia. Um primeiro passo seria prender Edward Fotheringay.

– Eu já mandei os meus homens o interrogarem. Se a senhorita tem certeza que não consegue se lembrar de mais detalhes, não vejo o que mais eu possa fazer neste momento.

– O senhor não está acreditando em mim, está?

– Acredito que toda ameaça deve ser levada a sério, mas, dado o desaparecimento do corpo e a natureza genérica do perigo, não posso julgar qual parte é histeria feminina e qual parte é verdade. Aliás, se não fosse por Sidney Roberts, eu não estaria levando essa história adiante. Já que ele foi morto por um assassino habilidoso, talvez o que a senhorita está dizendo faça algum sentido.

Ele se virou para a porta.

– Suponho que devo alertar o secretário de Estado para Assuntos Internos. Se temos um elemento criminoso estrangeiro envolvido, ele precisa saber. E sugiro que milady fique em casa. Se tudo que me contou sobre a noite passada for verdade, a senhorita tem sorte de estar viva.

Então ele foi embora. Meu avô apareceu.

– Que sujeitinho metido, não é? Vamos para a cama, mocinha. Você precisa de umas boas horas de sono.

Não protestei. Eu estava começando a me sentir mal e vazia por dentro, tanto por medo quanto por falta de sono. Subi e me enrolei embaixo do edredom. Devo ter caído no sono na mesma hora, porque fui acordada por alguém me sacudindo. Levei um susto e tentei me sentar.

– Desculpe incomodar, minha querida – o rosto do meu avô estava me olhando –, mas acabei de lembrar que você tem que ir para aquela festa no jardim.

– Ai, meu Deus, eu me esqueci completamente. – Saí cambaleando da cama. – Que horas são?

– É quase uma, e a festa começa às duas.

– Meu Deus. É melhor eu me mexer, não é?

Pela primeira vez, eu queria que Mildred estivesse por perto. Ela saberia o que eu deveria vestir.

Abri o guarda-roupa e percebi que meu baú com quase todas as minhas roupas ainda estava em Dippings. Eu não tinha nada para vestir. Não podia ir. Então, um pensamento assustador me ocorreu: festa no jardim real. O rei e a rainha circulando entre os súditos no gramado do palácio. Será que era esse o evento que os conspiradores estavam planejando?

Desci a escada correndo e telefonei para o inspetor-chefe Burnall, mas fui informada de que ele tinha saído para cuidar de um caso. A jovem na mesa telefônica perguntou se eu queria falar com outro oficial, mas achei que ninguém me levaria a sério. Além disso, haveria policiais de serviço no palácio. Eu mesma tinha que ir à festa no jardim para alertá-los. Nem que para isso eu precisasse usar o último tostão do dinheiro de Binky. Se a princesa voltasse para a minha casa, eu ia pedir uma contribuição à rainha. Afinal, se a minha suspeita estivesse correta, ela ia me dever um pouco mais do que um vestido novo!

Eu ainda tinha o chapéu de penas brancas que costumava usar em casamentos, então o coloquei (ficou meio ridículo com um vestido simples de algodão), depois peguei um táxi para a Harrods. Apontei para o chapéu.

– Preciso de alguma coisa que combine com isso. Festa no jardim real. Agora.

A vendedora pareceu assustada, mas era muito competente. Em poucos minutos, escolhemos um vestido de seda branco com listras azul-marinho que ficou muito elegante em mim. Coloquei o vestido, assinei um cheque, deixei o vestido de algodão no vestiário e segui para o palácio, onde cheguei pouco depois das duas horas. Eu me juntei à fila de pessoas na entrada lateral, esperando para entrar nos jardins. Para alguns era claramente a primeira visita à realeza, e eles pareciam nervosos e animados. Ouvi um homem na minha frente dizendo:

– Se eles pudessem me ver agora, hein, mãe?

E ela respondeu:

– Você é o meu orgulho, Stanley.

A fila avançou um pouco, com cada pessoa entregando o convite no portão. Quando chegou a minha vez, perguntei:

– Pode me dizer se alguém chamado Edward Fotheringay foi convidado para hoje?

O jovem atrapalhado fez que não.

– Infelizmente não sei dizer de cabeça. A lista principal está dentro do palácio, mas, se alguém apresentar um convite, nós deixamos entrar.

– Você poderia enviar alguém para verificar?

– Infelizmente, não, estamos muito ocupados no momento – respondeu, inflexível.

– Então você pode me dizer onde eu encontro a pessoa encarregada da segurança?

As pessoas atrás de mim estavam resmungando que a fila não andava. O jovem olhou em volta, pensando em como se livrar de mim. Então ele gesticulou para um policial uniformizado, que veio correndo.

– Qual é o problema? – perguntou ele.

Eu o chamei de lado e disse que precisávamos descobrir se Edward Fotheringay estava na festa no jardim. Uma questão de segurança nacional. Eu precisava falar com alguém encarregado. Dava para ver que ele não tinha certeza se devia acreditar em mim ou não.

– Segurança nacional? E o seu nome, senhorita? – perguntou ele.

– Eu sou prima do rei, lady Georgiana Rannoch – respondi, e vi a expressão do homem mudar.

– Muito bem, milady. E a senhorita acha que esse jovem pode tentar criar um tumulto?

– Temo que ele faça exatamente isso.

– Então venha comigo, milady. – Ele saiu andando rápido, subindo um lance de escadas e chegando ao primeiro andar do palácio. – Se a senhorita esperar aqui, eu vou encontrar meus superiores.

Esperei. No saguão, um relógio de pêndulo marcava os minutos com um sonoro tique-taque. Por fim, não aguentei mais. Enfiei a cabeça pela abertura da porta. Silêncio total. Nenhum sinal de atividade. Será que o policial tinha acreditado em mim ou tinha me largado ali de propósito para me tirar do caminho? Eu não podia esperar nem mais um segundo. Se Edward estivesse naquela multidão, ele precisava ser detido. Os jardins agora transbordavam de pessoas bem-vestidas, cartolas e casacos matinais, vestidos de seda esvoaçantes e chapéus elegantes. Quase fui atingida no olho por várias penas salientes enquanto abria caminho pela turba. Algumas senhoras menos gentis pensaram que eu estava tentando conseguir uma posição vantajosa e me impediram de passar com uma cotovelada feroz.

Os garçons circulavam carregando bandejas de coquetéis e champanhe, canapés e *petit fours*. Segui atrás de um deles e o deixei abrir caminho para mim enquanto meus olhos procuravam algum sinal de Edward. Mas havia um grande número de jovens parecidos com ele, elegantes de cartola, e muitos arbustos e estátuas atrás dos quais alguém poderia se esconder. A coisa toda seria inútil se aquele malfadado policial não tivesse acreditado em mim. Então uma voz chamou o meu nome, e lá estava lady Cromer--Strode, acenando para mim.

– Estávamos procurando você – disse ela. – Hanni estava com medo de você não ter vindo.

A princesa estava de pé ao lado dela, parecendo mal-humorada em um vestido de seda cinza simples e nada apropriado.

– Lady Cromer-Strode disse que eu tinha que usar isto porque estou de luto pela baronesa e meu vestido rosa não era adequado – disse ela. – É de Fiona. É grande demais.

Era mesmo. Fiona era uma garota saudável. Ela estava do outro lado da mãe, parecendo resplandecente em um vestido turquesa florido.

Olhei para Hanni, tentando conciliar minhas suspeitas com a pessoa que eu tinha hospedado na última semana.

– Como estão as coisas na casa dos Cromer-Strodes, tirando o fato de você ter que usar um vestido que não gostou? Está se divertindo?

Hanni fez uma careta.

– É chato – disse ela. – A maioria das pessoas foi embora. Só tem velhos agora.

– Darcy e Edward foram embora? – perguntei baixinho, porque não queria que Fiona ouvisse.

Ela assentiu.

Fiona deve ter ouvido o nome do amado.

– Edward disse que se juntaria a nós hoje – disse ela –, mas eu ainda não o vi.

– Tinha uma fila bem longa esperando para entrar – comentei. – Ele deve estar preso lá fora.

Mesmo enquanto eu dizia isso, percebi que os homens no portão não deviam ter sido instruídos a impedir a entrada de Edward. Eu tinha que voltar lá e avisar a eles.

– Eu já volto – falei. – Guardem um lugar para mim.

Enquanto eu lutava para chegar ao portão, um murmúrio atravessou a multidão e a banda da Guarda Real começou a tocar o hino nacional no terraço. O casal real deve ter aparecido. Um silêncio cheio de expectativa caiu sobre a multidão enquanto as pessoas abriam caminho para o rei e a rainha passarem. Enquanto todos olhavam para a frente para ter o primeiro vislumbre do casal real, eu era a única pessoa correndo na direção contrária. Dei um pulo quando alguém pegou o meu braço.

– Eu não sabia que você vinha a esta festa. – Era minha mãe, absolutamente deslumbrante em um vestido preto e branco, com uma taça de champanhe na mão.

Eu não costumava ficar feliz ao vê-la, mas naquele momento eu podia tê-la abraçado.

– O que você está fazendo aqui? – perguntei.

– Foi ideia do Max. A empresa automobilística dele quer fazer uma parceria com uma empresa inglesa. Ele achou que esta seria uma boa maneira de conhecer o proprietário de um jeito informal: começar com o pé direito, digamos assim. Ele deve estar em algum canto fazendo negócios. Eu tenho que admitir: aquele homem sabe ganhar dinheiro. – Ela me olhou de um jeito crítico. – Belo vestido, mas claramente foi comprado pronto. Você devia arranjar uma boa costureira.

– O problema é dinheiro, mãe. Se você quiser financiar meu guarda-roupa…

– Vamos fazer compras juntas, querida…

– Mãe – interrompi –, por acaso você viu Edward Fotheringay hoje à tarde?

Ela me lançou um olhar gelado.

– Ora, o que eu tenho a ver com Edward Fotheringay?

– Na última vez que eu a vi, diria que você estava bem íntima dele.

– Foi só uma aventura louca e impetuosa – disse ela. – Um desejo repentino por alguém bonito, confiável e britânico… ah, e jovem também. Um belo corpo firme. Mas acabou dando muito errado. O rapaz não tem dinheiro e está sempre agarrado com outras mulheres. Então, por favor, não fale o nome dele de novo, ainda mais quando Max estiver por perto.

– Mas você não o viu hoje, viu? É importante.

– Eu não estava procurando por ele, querida.

Ela olhava ao redor, apreciando os olhares de admiração e inveja que recebia. Ela sempre gostou de ser o centro das atenções. Eu estava prestes a seguir em frente quando ela agarrou o meu braço de novo.

– Eu queria perguntar – disse ela – quem é aquela linda moça loura que você levou para aquela festa. Ela está ali agora, usando o vestido mais feio do mundo.

– É a princesa Hannelore. Eu não te disse que ela estava hospedada comigo?

– Princesa Hannelore?

– Da Baviera.

Minha mãe encarava Hanni, que agora estava na frente do caminho pelo qual o rei e a rainha iam passar.

– A menos que ela tenha encolhido muito nas últimas semanas, aquela definitivamente não é a princesa Hannelore. – Ela pareceu se divertir com o meu rosto atordoado. – Hannelore é mais alta e mais magra e, pelo que ouvi na Alemanha, ela está muito doente. No momento, está se recuperando no iate da família no Mediterrâneo.

– Então quem é aquela? – perguntei em um arquejo.

– Até a semana passada, eu nunca tinha visto essa jovem – disse minha mãe. – Ah, lá está Max. Iurrú, Max, meu querido! – E ela sumiu.

Os murmúrios indicavam que o casal real se aproximava. Hanni, ou quem quer que ela fosse, estava parada ali, se inclinando para a frente a fim de ter um vislumbre com o resto da multidão. Suspeitas dispararam pela minha mente. Será que Edward poderia tê-la persuadido a fazer alguma coisa no lugar dele? Detonar uma bomba? Eu a analisei com cuidado. Ela não carregava uma bolsa e usava só um chapeuzinho de palha. Não havia nenhum lugar para esconder uma bomba.

O rei e a rainha apareceram, cumprimentando todos e conversando com as pessoas por quem passavam. Nenhum sinal de Edward ainda. Logo em seguida, duas coisas aconteceram ao mesmo tempo. Vi um rosto familiar na multidão. Darcy O'Mara estava em pé no lado oposto da fila de recepção. Os cachos escuros e rebeldes tinham sido domados para a ocasião e ele estava incrivelmente bonito em um terno matinal. Antes que eu conseguisse chamar a atenção dele, vi Hanni enfiar a mão nas dobras do vestido volumoso e sacar uma pequena pistola.

O rei e a rainha estavam se aproximando.

- Darcy! – gritei. – Ela tem uma…

Mas não tive tempo de terminar a frase. Darcy correu e se jogou em cima de Hanni quando a arma disparou, soando como uma pistola de brinquedo. Os dois caíram no chão juntos. Houve gritos, berros e um caos generalizado enquanto policiais e serviçais do palácio vieram correndo.

– Ela tem uma arma! – gritei. – Ela estava tentando matar Suas Majestades!

– Seus idiotas – cuspiu Hanni para os homens que jogaram a arma para longe dela. – Na próxima vez nós venceremos!

Esperei Darcy se levantar, mas ele continuou deitado no cascalho, e sangue escorria por baixo do ombro direito dele.

Trinta e sete

– Darcy! – gritei e abri caminho até ele. – Ele está ferido! Chamem uma ambulância! Façam alguma coisa!

Ele já estava sendo virado. O rosto estava pálido e uma grande mancha escura e feia decorava o paletó.

– Não!

Eu me joguei no chão ao lado dele.

– Ele não pode estar morto. Darcy, por favor, não morra. Eu faço qualquer coisa! Por favor.

Peguei a mão dele. Ainda estava quente.

Os olhos de Darcy se abriram um pouco e se concentraram em mim.

– Qualquer coisa? – sussurrou ele, e voltou a ficar inconsciente.

– Saiam da frente – dizia uma voz. – Sou médico, me deixem passar.

Um homem corpulento de fraque se ajoelhou ao meu lado, ofegando.

Ele abriu o paletó e a camisa de Darcy, pegou o próprio lenço e o pressionou sobre o ferimento.

– Vocês aí. Carreguem este homem para dentro do palácio agora!

Vários homens pegaram Darcy e a multidão se afastou para eles passarem enquanto o carregavam. Vislumbrei o rosto chocado de Sua Majestade antes que ela voltasse para a multidão.

– Está tudo sob controle – disse ela com a voz clara. – Vamos prosseguir com a festa como se nada tivesse acontecido.

Ela começou a se mover pela multidão, voltando a apertar mãos.

– Edward Fotheringay – gritei enquanto a polícia arrastava Hanni para longe. – Ele deve estar aqui em algum lugar. Não o deixem sair.

Então eu tropecei nos degraus atrás da procissão. Eles colocaram Darcy no chão em uma área de serviço, abaixo do andar principal. O médico corpulento tinha tirado o paletó, arregaçado as mangas e examinava Darcy.

Não consegui aguentar.

– Não deveríamos ter chamado uma ambulância? Ele não deveria estar a caminho do hospital em vez de o senhor estar perdendo tempo o examinando aqui?

Ele levantou o olhar para mim, com o grande rosto barbado vermelho por causa do esforço.

– Minha querida jovem. Sou considerado o principal cirurgião da Inglaterra, embora um calouro de St. Thomas sem dúvida conteste esse fato. Eu só preciso verificar se... ah, ótimo, certo.

Ele olhou para a multidão que agora tinha se reunido ao nosso redor.

– Meu carro e meu motorista estão esperando lá fora. Traga-os até aqui, meu amigo. – Ele disse isso para um dos funcionários do palácio que estava ali perto, de olhos arregalados. – E você, traga toalhas. Precisamos estancar o sangramento.

Ele se levantou com alguma dificuldade.

– Westminster é o mais próximo, acho, mas o St. Thomas é maior e, como antigo médico do University College Hospital, lamento dizer que é o melhor em uma situação de emergência. É para lá, então. Leve-o para o meu carro. Vamos para o St. Thomas.

Toquei no braço do médico.

– Ele vai ficar bem? Vai sobreviver?

Ele baixou o olhar para mim e sorriu.

– Ele é um sujeito sortudo. A bala atravessou o ombro direito, parece não ter acertado o pulmão e saiu do outro lado. Portanto, não vamos precisar cavar para localizá-la. Ele só precisa de uma limpeza e de uns pontos, e eu mesmo posso fazer isso. Ele vai sentir muita dor por um tempo, claro, mas, a menos que adquira o hábito de se jogar no caminho de balas, posso dizer com segurança que vai ter uma vida longa e feliz.

Lágrimas inundaram os meus olhos. Eu me virei e voltei para os jardins porque não queria que os funcionários me vissem chorando. Lá fora, sob a luz do sol forte, logo fui abordada por seguranças à paisana, que agora estavam muito interessados em ouvir o que eu tinha a dizer. Tive que repassar a história, desde a chegada da falsa princesa até o episódio depois da manifestação comunista na noite anterior. Eles anotavam tudo muito devagar e me faziam as mesmas perguntas várias vezes, enquanto a única coisa que eu queria era estar com Darcy.

Eles finalmente me deixaram ir. Peguei um táxi para o Hospital St. Thomas, do outro lado do Tâmisa. Como sempre, no irritante estilo dos hospitais, eles não me deixaram ver Darcy pelo que pareceram séculos. Fiquei sentada naquela sala de espera lúgubre com linóleo marrom e paredes verdes monótonas cheio de avisos animadores, variando de *Tosse e espirro espalham doenças* a *Você não pega doenças venéreas no assento do banheiro*.

Quando importunei pela enésima vez uma enfermeira que passava, finalmente tive permissão para vê-lo. Ele estava enfiado em lençóis brancos engomados, e seu rosto parecia tão pálido quanto o travesseiro. Os olhos estavam fechados, e eu não conseguia detectar a respiração. Devo ter soltado um pequeno suspiro, porque os olhos se abriram e focaram em mim, e ele sorriu.

– Olá – falei, me sentindo tímida de repente. – Como você está se sentindo?

– Neste momento, flutuando. Acho que eles devem ter me dado alguma coisa. É muito bom.

– Você sabia, não é? – indaguei, empoleirada na beira da cama. – Você sabia que ela ia fazer alguma coisa do tipo?

– Eu suspeitava, sim. Recebemos a dica de alguém de dentro do partido da Alemanha dizendo que eles planejavam enviar agentes para cá, então fiquei de olho naquela jovem.

– Foi por isso que você ficou próximo dela e foi tão amigável? – Um alívio me inundou.

– Não foi exatamente uma tarefa difícil – disse ele. – Agora, se eles tivessem me pedido para acompanhar a baronesa… bem, a pobre coitada ainda poderia estar viva, mas teria sido um trabalho mais difícil.

Fiquei encarando-o até ele dizer:

– O que foi?

– Darcy… quem é você?

– Você sabe quem eu sou. O honorável Darcy O'Mara, herdeiro do agora sem terra lorde Kilhenny.

– Eu quero dizer, *o que* você é.

– Um garoto irlandês selvagem que gosta de um pouco de diversão e emoção de vez em quando – disse ele, com a sombra do habitual sorriso malicioso.

– Você não vai me contar mais nada, não é?

– Eles me disseram para não contar.

– Você é irritante, sabia? – falei com mais veemência do que pretendia, do jeito que se faz depois de um choque. – Você me deixou apavorada! Nunca mais faça nada parecido.

– Mas, se é isso que eu preciso fazer para levar você por vontade própria para a minha cama, valeu a pena. E eu não esqueci a sua promessa.

– Que promessa?

– Que você faria qualquer coisa se eu não morresse.

– Você tem que ficar forte o suficiente primeiro – falei.

Eu me inclinei para a frente e beijei a testa dele.

– Ah, acredite em mim, eu tenho total intenção de ficar forte o suficiente.

Ele estendeu a mão para tocar no meu rosto.

– Já chega disso – disse a enfermeira, com firmeza. – Na verdade, está na hora de você ir embora.

A mão de Darcy ainda estava em meu rosto.

– Volte logo, está bem? – sussurrou ele. – Não me deixe à mercê dessa mulher antipática.

– Eu ouvi isso – disse a enfermeira.

Rannoch House
Segunda-feira, 27 de junho de 1932

Querido diário,

Dia agitado pela frente.

Mildred voltou para Londres ontem à noite e anunciou sua intenção de me deixar. Parece que lady Cromer-Strode fez uma oferta que ela não pôde recusar. Tentei não sorrir quando ela me deu essa triste notícia.

Darcy vai ter alta do hospital ainda hoje.

Ah, e a rainha me convocou.

– Que coisa extraordinária que aconteceu, não foi, Georgiana? – disse a rainha.

Tinham se passado vários dias e a ordem fora restaurada no Palácio de Buckingham. A imprensa se deleitou com manchetes sobre anarquistas e assassinos no nosso meio, e a demonstração de amor pela família real foi muito tocante. No fim das contas, Hanni e seus amigos insensatos conseguiram exatamente o oposto do que almejavam.

– Muito extraordinária, madame.

– Aquela jovem enganou a todos nós. Ainda não consigo imaginar como ela conseguiu isso.

– Ela aproveitou a oportunidade, madame. Pelo que nos disseram, havia um agente comunista trabalhando dentro da corte da Baviera. Eles esperavam criar uma instabilidade na Alemanha e derrubar o atual governo. Quando a verdadeira princesa Hannelore adoeceu de repente e o rei escreveu uma carta para dizer que ela não poderia aceitar seu amável convite, a mensagem foi interceptada. A comitiva real foi para o iate para fazer um longo cruzeiro, e os comunistas enviaram essa garota no lugar de Hannelore. Ela é atriz e atuou em pequenos papéis em Hollywood. Ela percebeu que o inglês dela ia parecer americano, por isso fingiu ser fã de filmes de gânsgteres. Devo admitir que ela interpretou o papel muito bem. Ela só escorregou uma vez, até onde eu percebi.

– Quando foi isso?

– Ela disse que o Jungfrau ficava na Baviera. Mas na verdade fica na Suíça. Quem da Baviera não saberia os nomes das próprias montanhas?

– Ela era alemã de verdade?

– Era, mas não da Baviera.

– Então a garota era mesmo a líder? Ela parecia tão meiga e inocente.

– Como eu disse, ela interpretou o papel muito bem. Tem mais de 18 anos, claro, mas parece bem jovem para a idade dela. Mas ela não era a líder de fato. A criada, Irmgardt, era a agente enviada da Rússia para supervisionar tudo. Era dela a voz que eu ouvi naquela noite na livraria. Eles a pegaram em Dover, tentando fugir.

– E a baronesa… ela fazia parte do plano deles?

– De jeito nenhum. Era uma baronesa de verdade. Não via Hannelore havia algum tempo, então foi enganada com facilidade, mas logo ficou claro que a presença dela era uma ameaça para eles. Primeiro eles conseguiram bani-la para a casa da condessa viúva Sophia, mas depois, quando ela voltou, a baronesa ameaçou telefonar para o pai da princesa. Claro que isso teria atrapalhado o plano todo. Foi a criada, Irmgardt, que colocou a droga no chá dela para provocar um infarto. Hanni e Edward Fotheringay tinham um álibi perfeito, porque estavam em um passeio comigo.

– Terrível, absolutamente terrível. – A rainha estremeceu. – E quem matou aquele pobre rapaz na livraria?

– Sidney Roberts? Hanni, claro. Ela era, afinal, uma assassina treinada. Parece que a faca tinha uma lâmina retrátil, por isso ela conseguiu escondê-la com muita facilidade. Madame tem muita sorte de estar viva. Ela estava sempre procurando uma oportunidade para matá-la. Ela ficava me importunando para levá-la ao palácio, depois para levá-la a Sandringham para fazer uma visita.

– Meu Deus. – A rainha teve que tomar um gole de chá. – Não se espera essas ameaças no interior da Inglaterra, não é?

– Nem que surjam da nobreza inglesa – acrescentei. – Estou muito feliz porque eles finalmente pegaram Edward Fotheringay tentando fugir do país.

– É claro que o rapaz era só meio inglês, então é compreensível – disse a rainha. – A mãe dele era russa, não é?

– Uma aristocrata, por isso é mais estranho ainda ele ter sido seduzido pelo comunismo.

– Os jovens são muito estranhos – disse a rainha. – Menos você, é claro. Você se saiu muito bem, Georgiana. O rei e eu estamos muito agradecidos.

Ela fez uma pausa, olhou para mim e suspirou.

– E tudo isso deixa meu filho cada vez mais distante de um bom casamento, não é?

– Infelizmente, madame.

– Eu me preocupo com o que vai acontecer com o império quando o rei morrer, Georgiana, se esse garoto não consegue nem escolher uma noiva pelo bem do país. Há tantas garotas adequadas… você, por exemplo.

– Ah, não, madame – respondi. – Eu nunca poderia competir com a Sra. Simpson.

Além do mais, pensei, mas não disse em voz alta, *meus interesses estão em outro lugar.*

LEIA AGORA UM TRECHO DO
TERCEIRO LIVRO DA SÉRIE *A ESPIÃ DA REALEZA*

A caçada real

Um

Rannoch House
Belgrave Square, Londres
12 de agosto de 1932

Acredito que não exista nenhum lugar no mundo mais desagradável do que Londres durante uma onda de calor. Provavelmente devo fazer uma ressalva e confessar que nunca subi o rio Congo até o Coração das Trevas com Conrad nem atravessei o Saara montada em um camelo. Mas imagino que as pessoas que se aventuram nesses locais estejam contando com o desconforto. É tão raro o clima de Londres ficar apenas um pouquinho quente, que sempre somos surpreendidos. O metrô se transforma em uma imitação do infame Buraco Negro de Calcutá, e o cheiro de axilas não lavadas é devastador.

Você pode estar se perguntando se os membros da família real costumam andar de metrô. A resposta é: claro que não. Meus parentes austeros, o rei Jorge V e a rainha Maria, só deviam ter uma vaga noção do que era o metrô. Mas sou apenas a trigésima quarta na linha de sucessão ao trono e, provavelmente, a única da família que está sem um tostão furado e tentando sobreviver sem criados em Londres. Talvez seja melhor eu me apresentar antes de continuar. Meu nome completo é lady Victoria Georgiana Charlotte Eugenie de Glen Garry e Rannoch. Minha avó, a julgar pelas fotografias antigas que vi, era a menos bonita das muitas filhas da rainha Vitória. Mas, por outro lado, essas fotos antigas sempre faziam as pessoas parecerem ranzinzas, não faziam? De qualquer maneira, sem receber propostas de kaisers ou reis, ela foi arranjada com um duque escocês e viveu no Castelo de Rannoch, no canto mais remoto da Escócia, até morrer de tédio.

Meu irmão, Binky, é o atual duque. Ele também está praticamente sem um tostão porque nosso pai perdeu a última parte da fortuna da família na grande queda da bolsa de 1929. Depois disso, ele se matou com um tiro e deixou a Binky pesados impostos sobre a herança. Pelo menos meu irmão tem a propriedade e a caça, então não está exatamente morrendo de fome. Eu tenho vivido à base de feijões enlatados, torradas e chá. Fui criada sem nenhuma habilidade além de um francês razoável, a capacidade de andar equilibrando um livro na cabeça e o conhecimento de onde alocar um bispo à mesa de jantar. Nenhum possível empregador se interessaria por isso, ainda que fosse adequado para alguém da minha posição conseguir um emprego comum. Eu inclusive tentei trabalhar no balcão de cosméticos da Harrods e durei o total de impressionantes quatro horas.

Para piorar, a Inglaterra está no meio de uma depressão terrível. Basta olhar em qualquer esquina para encontrar homens com placas de *Aceito qualquer trabalho* para saber que as coisas estão bem ruins para a maioria das pessoas. Mas não para aqueles da minha classe. Para a maior parte deles, a vida continua igual, com iates no Mediterrâneo e festas extravagantes. Eles nem devem saber que o país vai mal.

Então agora você sabe por que não há um Bentley com motorista estacionado em frente à Rannoch House, a casa da nossa família em Londres, na Belgrave Square, e por que eu não tenho dinheiro nem para pegar táxis com muita frequência. Mas costumo tentar evitar o metrô. Para uma garota criada no campo como eu, entrar naquele buraco negro sempre foi motivo de pavor – e mais ainda desde que quase fui empurrada para baixo de um trem por um homem que tentava me matar.

Mas no momento eu não tinha escolha. O centro de Londres estava tão insuportável e sufocante que decidi visitar meu avô, que mora nos arredores da cidade, em Essex, e a District Line era a melhor maneira de chegar lá. Ah, devo esclarecer que não estou falando do meu avô que era duque, cujo fantasma é famoso por tocar gaita de foles nas muralhas da nossa casa ancestral, o Castelo de Rannoch, em Perthshire, na Escócia. Estou falando do meu avô que não é da realeza, que mora em uma modesta casa geminada com anões de jardim. Minha mãe era atriz, filha de um policial plebeu e também era conhecida por não se acomodar com um homem só. Ela deixou meu pai quando eu tinha apenas dois anos para se envolver com um jogador de polo argentino, depois com um piloto de rali de Monte Carlo e agora com um milionário texano do petróleo. As façanhas românticas da minha mãe tiveram lugar no mundo inteiro, ao contrário das da filha, que eram inexistentes.

Depois que ela fugiu, fui criada no Castelo de Rannoch e mantida bem longe da família da minha mãe. Por isso acabei conhecendo meu avô só recentemente e passei a amá-lo muito. Ele é a única pessoa no mundo com quem posso ser eu mesma. Pela primeira vez sinto que tenho uma família de verdade!

Para minha grande decepção, meu avô não estava em casa. Nem a viúva da casa ao lado, com quem ele desenvolveu uma amizade bastante próxima. Eu estava no jardim, sem saber o que fazer, quando um homem idoso passou com um cachorro. Ele me olhou e balançou a cabeça:

– Ele não está aí, moça. Ele se foi.

– Se foi? Para onde? – perguntei, preocupada, enquanto visões de hospitais ou coisas piores passavam pela minha cabeça. A saúde do vovô não estava muito boa nos últimos tempos.

– Para Clacton.

Eu não tinha a menor ideia do que era Clacton nem de como se chegava lá.

– Clacton?

Ele assentiu.

– A excursão do clube dos trabalhadores. Naqueles ônibus abertos. A vizinha foi com ele.

Ele me deu uma piscadela de quem sabe das coisas. Soltei um suspiro de alívio. Uma excursão. De ônibus. Provavelmente para a praia. Quer dizer que até meu avô estava conseguindo escapar do calor. Eu não tinha escolha a não ser pegar o trem de volta para a cidade. Todos os meus amigos tinham abandonado Londres e ido para suas propriedades rurais, iates ou para o continente, e aqui estava eu, com calor e cada vez mais abatida em um vagão cheio de corpos suados.

O que eu estou fazendo aqui?, perguntei a mim mesma. Eu não tinha nenhuma habilidade, nenhuma esperança de conseguir um emprego e nenhuma ideia do que fazer em seguida. Ninguém com bom senso e dinheiro ficava em Londres em agosto. Darcy, o indomável filho de um nobre irlandês que eu considerava meu namorado, não me dava notícias desde seu suposto retorno para casa, na Irlanda, para se recuperar do tiro que levou. Isso pode ser verdade, ou não. Com Darcy nunca se sabe.

É claro que eu posso voltar para a Escócia, pensei enquanto o ar no metrô ficava sufocante. A lembrança das correntes de ar frias varrendo os corredores do Castelo de Rannoch era muito tentadora enquanto eu subia a escada da estação de metrô, enxugando sem sucesso gotas de suor que escorriam pelo meu rosto. E, sim, eu sei que damas não suam, mas algo como uma cachoeira escorria pelo meu rosto.

Eu estava quase pronta para correr para casa, fazer uma mala e pegar o próximo trem para Edimburgo quando me lembrei por que tinha abandonado o castelo. A resposta era Fig, minha cunhada e atual duquesa – mesquinha, crítica e horrível em todos os aspectos. Fig deixou bem claro que eu era um fardo e que não era mais desejada no castelo. Então, quando comparei o calor e a solidão em Londres com Fig, o calor não pareceu tão ruim assim.

Só mais duas semanas, eu disse a mim mesma enquanto caminhava até minha casa. Eu tinha sido convidada para ir à Escócia dali a duas semanas, não para minha casa ancestral, mas para Balmoral. O rei e a rainha já tinham ido para o castelo escocês, a poucos quilômetros do nosso, a tempo do Glorioso Décimo Segundo, o dia em que oficialmente começa a temporada de caça a perdizes. Eles ficariam lá por um mês, e esperavam que seus diversos parentes ficassem hospedados em seu castelo por pelo menos algumas semanas.

Animada com a perspectiva do belo ar fresco das Terras Altas em um futuro não muito distante, abri caminho entre as pessoas e, na hora em que olhei para cima, houve um grande estrondo.

O céu escureceu rapidamente quando as nuvens tempestuosas se juntaram. As pessoas que estavam pegando sol foram procurar abrigo. Eu também comecei a me apressar. Mas não fui rápida o suficiente. Sem nenhum aviso, as torneiras se abriram e a chuva caiu de uma vez. O granizo ricocheteava em todas as superfícies. Não fazia sentido procurar um lugar coberto. Eu já estava ensopada até a alma, e a casa estava a poucos minutos de distância. Então corri com o cabelo grudado no rosto, o vestido de verão grudado no corpo, até subir cambaleando os degraus da Rannoch House.

Se eu estava me sentindo deprimida antes, agora estava no fundo do poço. O que mais poderia dar errado? Eu tinha ido para Londres cheia de esperança e empolgação, e nada parecia dar certo. Então me vi no espelho do corredor e me encolhi, horrorizada.

– Olhe só para você! – falei em voz alta. – Você parece um rato afogado. Se a rainha te visse agora...

Comecei a rir. E ri o caminho todo até o banheiro, onde tomei um banho de banheira demorado. Quando me sequei, já estava me sentindo quase normal de novo. Eu não ia passar outra triste noite sozinha tendo apenas o rádio como companhia. Alguém além de mim deveria estar em Londres. E é claro que pensei em Belinda na mesma hora. Ela era uma daquelas pessoas que nunca ficavam em um lugar por muito tempo. Tinha sido vista pela última vez fugindo para uma vila na Itália, mas havia uma chance de já ter se cansado dos italianos e voltado para casa.

Procurei meu vestido menos amarrotado, escondi os cabelos molhados sob um chapéu e fui para o chalezinho de Belinda em Knightsbridge. Ao contrário de mim, Belinda tinha recebido uma herança quando fez 21 anos. Isso permitiu que ela comprasse o chalezinho e tivesse uma criada. Além disso, o custo de vida dela era praticamente nulo, dado o tempo que ela passava na casa (e na cama) dos outros.

A tempestade tinha passado, deixando o ar um pouco mais fresco, mas ainda abafado. Abri caminho entre poças e evitei os táxis que espirravam água. Eu estava na entrada do chalezinho quando ouvi um ronco de motor atrás de mim. Percebi uma forma escura e lustrosa vindo na minha direção e só tive tempo de me jogar para o lado antes que uma motocicleta quase me atropelasse. Ela passou em cima de uma poça enorme e jogou uma onda de água lamacenta em mim.

– Ei! – tentei gritar por cima do barulho enquanto a motocicleta seguia sem diminuir a velocidade.

Fui atrás deles, fervendo de raiva, sem parar para pensar se os motociclistas poderiam ser bandidos fugindo da polícia. A motocicleta derrapou até parar e dois homens com jaquetas e capacetes de couro e óculos de proteção começaram a descer.

– Vejam só o que vocês fizeram. Eu estou encharcada! – exclamei quando me aproximei deles, com a raiva ainda me cegando para o fato de que estava sozinha em uma ruela com dois desconhecidos.

– É, parece que você se molhou um pouco – disse o primeiro, e começou a rir.

– Não tem graça nenhuma! – vociferei. – Você destruiu um vestido ótimo, e meu chapéu…

A pessoa que estava na garupa desceu e estava tirando o capacete.

– Claro que não tem graça, Paolo. – A voz era de uma mulher. Ela tirou o capacete e os óculos de proteção com um floreio, sacudindo os cabelos escuros e curtos.

– Belinda! – exclamei.

CONHEÇA OS LIVROS DE RHYS BOWEN

A ESPIÃ DA REALEZA
A espiã da realeza
O caso da princesa da Baviera

Para saber mais sobre os títulos e autores da Editora Arqueiro,
visite o nosso site e siga as nossas redes sociais.
Além de informações sobre os próximos lançamentos,
você terá acesso a conteúdos exclusivos
e poderá participar de promoções e sorteios.

editoraarqueiro.com.br